科幻经典

三尖树时代

[英]约翰·温德姆 著
陈元飞　杨荣广 译

THE DAY OF THE TRIFFIDS

JOHN WYNDHAM

人民文学出版社
PEOPLE'S LITERATURE PUBLISHING HOUSE

目录

第一章

末世降临

如果某天早晨你起床后，听听外面，四周静悄悄的，感觉像星期天——而那天其实是星期三，这肯定是有什么地方出了差错，而且错得很离谱。

那天，我一觉醒来，就有这种感觉。然而，当我想努力探究一番时，却又止不住地愈发焦虑起来。毕竟有这种可能啊，错的人是我，而不是其他人，尽管我觉得这种可能性不大。带着些许疑惑，我继续待在那里。但很快我就掌握了客观证据：那是一座远处的大钟，在我听来刚好敲了八下。我不敢确定，屏气凝神，用心倾听。不一会儿，另一座钟也响了，钟声响亮而悠长，不紧不慢地响了八下，不容置疑。这次我听得真真切切，既然如此，那肯定是有什么地方出问题了。

我能躲过世界末日吗？起码在我这个即将跨入30岁的人的心目中，那天可以被称为世界末日——其实完全是个意外。实际上，只要认真想想，就会发现大多数幸存者都是这样躲过灾难的：每天都有人生病，医院里照例人满为患，而平均定律也总是以意想不到的方式起着作用——托它的福，恰恰让我在末日来临的前一周住进了医院，成为诸多病人当中的一员。住院这件事也同样可能提前一周，那样的话，我现在也就不可能在这儿一本正经地写小说了。

可事情偏偏就是这么巧，我不仅在那个特定的时间住进了医院，而且就连我的眼睛——确切地说是整个头部——都被绷带缠了起来。所以我必须感恩（不管是谁安排了这次偶然事件）。然而，当时我只是气急败坏，骂骂咧咧，毫无感恩之心，根本不知道到底发生了什么。住了这么久的医院，我的经验变得十分丰富，除了护士长，就数我最明白了：医院里最神圣最伟大的其实就是——钟表！

医院里如果没有钟表，日常工作就完全无法进行，因为每一秒都会有人看表，以确定出生时间、死亡时间、吃药时间、用餐时间、熄灯时间、谈话时间、工作时间、入睡时间、休息时间、探访时间、更衣时间、洗漱时间。根据这一原则，现在这个时间就应该有人开始帮我洗漱和整理房间。确切地说应该是从七时零三分开始。这也是我偏爱单独拥有一间病房的最主要原因。在公共病房区，这项混乱的日常工作会提前整整一小时，而在我看来这完全没有必要。但今天，多方面的可靠证据显示：已经八时了。钟声从四面八方传来，可现在连个人影都没有。

我不喜欢让别人用毛巾蘸水给我擦拭，我完全可以自己来。但我怎么说都没用，每天依然如此。可今天直到现在都还没有动静，反倒让我忧虑起来。况且，一般来说，洗漱之后就是早饭时间，我现在已是饥肠辘辘，饿得前胸贴后背。

若是昨天或是前天早上发生这件事的话，我早就“喷火”了。但今天是五月八日星期三，对我个人来说这一天极为重要——他们打算今天拆掉我头上的绷带！而我迫不及待地想告别这一切，也就不再想小题大做、表示不满了，倘若惹出麻烦可就糟了。我再也不想每天都按部就班地生活在黑暗中了！

我在黑暗中四下摸索，找到了电铃按钮，按了整整五秒钟，我想告诉医护人员：本大人已经等得不耐烦了。

我一边听着周围的动静，一边等着医护人员过来，如此强烈的诉求肯定会让他们气急败坏，气势汹汹地跑过来兴师问罪——他们本来脾气就不好。

听着听着，我终于意识到，外面的情况可能比我想象的还要糟糕——有奇怪的嘈杂声，但照例应该传来的声音却根本听不到，比星期天还要像星期天。等我再次回过神来时，我更坚信了一点——那天就是星期三，无论发生了什么事情，都改变不了一个事实——那天是星期三。

圣梅林医院的选址有点小问题，我很可能永远都不明白其中的原因：为什么要把医院建在主干道上？毕竟这条路贯穿一个重要的办公区，每天车水马龙，医院里病人脆弱的神经只能饱受噪音之苦，无休无止。然而，每天川流不息的交通并不会加重病人的病情，而且，对“有幸”在这里遭受病痛煎熬的人来说，其实也是有好处的——一个人住在这儿，即便只是躺在床上，也不会与外界失去联系，可以说，他一直都在“体验”外界的川流不息：一辆辆西行的公共汽车呼啸而过，马达声震耳欲聋，势头之猛好像要把街角已经变红的交通信号灯撞个粉碎；随之而来的是刺耳的刹车声。不一会儿，绿灯亮了，众多车辆如脱缰的野马，呼啸着加速爬上斜坡。每时每刻都有可能发生小插曲——不知是哪辆车，车体忽然向后滑行，结结实实地撞上了后面那辆车，于是整个路口的交通也就停滞下来，造成了拥堵。而对一个像我这样的病人来说，虽然急着想了解情况，却也只能干瞪眼，因为我只能通过司机之间彼此的叫骂声来判断究竟发生了什么事……很明显，白天也好，绝大部分的黑夜也罢，如果说圣梅林医院的病人有了这种感觉——日常的川流不息、车水马龙忽然停滞了，无声无息了，这可能吗？绝不可能！即便这个人被暂时封闭起来，没人搭理，这也是不可能的！医院外面的一切怎么可能停滞呢？

但今天上午却很不一样，周围反常的安静令人不安，这一切太不可思议了！我听不到车轮的隆隆声，听不到公交车的呼啸声，甚至听不到任何其他声音。什么声音都没有，没有刹车声，没有喇叭声，连之前偶尔会听到的马蹄声也没有。这个钟点，外面至少应该有各类工作人员纷至沓来的脚步声呀，可我连脚步声也没有听到。

我越听越觉得反常，但蹊跷的事越来越多，也就无暇顾及了，总不至于一件一件都要细细思量、弄个一清二楚吧？

我又仔细听了一会儿，估计有十分钟，听到了五次拖沓迟疑的脚步声，那声音感觉就在附近，远方还传来三个人莫名其妙的号哭声，还有一个女人歇斯底里的哭喊声。既没有鸽子在“咕咕”叫，也没有麻雀在“喳喳”叫，只有风中的电线发出的“嗡嗡”声，外面的世界听起来十分诡异……

一种令人窒息的空虚感渐渐在我心头蔓延开来。这种感觉并不陌生，孩提时代我就有过多次：有时，我会幻想在卧室中的阴暗角落里，隐藏着骇人的恐怖；有时，我甚至不敢下床，生怕会有什么东西突然从床下伸出手来，一把抓住我的脚踝。有时，我甚至不敢伸手去开灯，害怕稍有动作就会招引某种力量向我扑来。我知道现在必须战胜自己内心深处的恐惧，可这很难，小时候战胜自己就非常不易，现在想超越自我自然也并非易事。人往往是在面对考验时，才会惊奇地发现自己其实并没有真正意义上成长了多少。那种与生俱来的恐惧感一直伴随着我，潜藏在我内心深处，伺机反扑，而现在它们也算是“阴谋”得逞了——因为我的眼睛被绷带缠住了，一片黑暗，而与此同时，外面川流不息的交通也忽然变得无声无息——一切都是那么诡异。

冷静下来之后，我试着对整件事进行逻辑推理：外面喧闹的交通为什么会停下来呢？一般来说是因为道路禁行，要进行路面修护。但如果是道路维修的话，修路工人一定会用到气钻，这无疑是给长期饱受噪音折磨的病人们增加了一种新花样——另一种更加刺耳的噪音。奇怪的是，这一随时都可能传来的噪音却迟迟没有出现，问题还不止于此，我甚至连远处车辆的隆隆声、火车的汽笛声、拖船的汽笛声都没有听到，这些现象用我所谓的逻辑推理都解释不了。除了八时敲钟报时之外，什么声音都没有。

此时的我，心中猛地升起一股想偷看一下的强烈欲望，当然啦，仅仅是偷看一眼而已。不过最终我还是克制住了。我有自己的考虑：一方面，偷看一下说起来简单，做起来却很难。我不仅需要摘掉眼罩，还需要把衬垫和绷带拆下来。另一方面，也是最重要的原因——我不敢。如果你也像我一样经历了一星期失明的痛苦，那你也就不敢轻易拿自己的视力冒险了。没错，医生把拆绷带的日期定在了今天，但就算是拆，也不是在这儿拆，而是要在一种特定的昏暗状态之下，并且只有在我双眼检查的结果都令人满意之后，才可以彻底拆除头部的绷带。我不知道检查结果会怎样，可能我的视力会永远受损，也有可能恢复正常，我不知道到底会是什么样子……

我忍不住破口大骂，并又使劲按了按电铃，以发泄我的不满。

似乎没有人在意这刺耳的铃声。本来我只是担忧，可左等右等都不见回应，我不禁勃然大怒。依靠他人固然有些难堪，但无人可以依靠的处境却令我觉得可怜甚至是可悲了，这无疑是一种巨大的讽刺。我的耐心已经消耗殆尽，决定主动出击，改变目前的处境。

如果我跑到走廊中咆哮、破口大骂的话，应该会有人出现，哪怕是把我臭骂一顿也好啊，总好过现在——都这么长时间了，连鬼影子都不见一个，什么声音也没有。于是我掀开被单，下了床。我从没看到过我现在住的这间病房，所以尽管我听力很好，能从声音中分辨出房门到底在哪儿，可找到房门的具体位置还是颇费周折：房间里好像有许多莫名其妙的多余摆设，经过一番摸索，我终于到了门口，但也付出了代价——大脚趾被狠狠地碰了一下，小腿也磕破了点皮。我拉开门，把头探出去，朝走廊大声喊道：

“喂！听到没有？我要吃早餐，快送饭来！ 48 号房！”

刚开始没有任何回应。随后，喧哗声四起，听上去似乎有几百人，可他们说的话我却一个字也听不清，就好像在播放一段录音，里面有一大群人在吵吵嚷嚷，似乎还有个别人居心不良。突然，一个可怕的念头在我心头一闪而过——是不是我在睡觉时被偷偷转移到了一家精神病院呢？这里根本就不是圣梅林医院，因为在我听来，那些人的声音完全不正常。

在那片嘈杂声中，我赶紧关上门，又摸索着回到了床上。那一刻，在一片令人困惑的混沌中，这张床好像成了唯一的慰藉，让我能拥有些许安全感。在周围一片未知的黑暗中，除了这张床，其余的一切都显得十分诡异。接下来发生的事

情就好像是要再强调一下这种诡异似的：外面突然传来了一种声音，当时我正想把被单盖在身上，街上传来了一声狂叫，声音尖厉，令人毛骨悚然。我不禁愣在那里，拉着床单一动不动。尖叫声一共三次，然后就悄无声息了。但声音似乎仍在空气中萦绕、萦绕，经久不息……

我有点儿不寒而栗，渗出的汗水浸湿了绷带，刺痛了包扎着的前额。我这才更清楚地意识到，一定发生了什么可怕的事。这种孤独无助的感觉我再也受不了了。我必须搞清楚，周围到底发生了什么。于是，我把手伸向绷带，但当指尖碰到别针的一刹那，我又犹豫了……

如果我的眼睛还没有治愈怎么办？如果摘下绷带，我却发现自己仍然什么也看不见怎么办？噢，天哪，我会彻底陷入痛苦的深渊……

我垂下双手，又躺了下来。我对自己的懦弱很恼火，也痛恨这个鬼地方。我不停地咒骂着，同时又觉得自己很傻，很无助。

没过多久，我就对所发生的事情琢磨出了一个看似恰当的解释；可过了一会儿，脑子里又乱得像团糨糊。我找不到任何合情合理的解释。但不管怎么揣摩，我仍然十分确定——今天就是星期三，因为前一天发生的事情给我留下的印象太深刻了。我敢发誓，从那会儿到现在只过了一夜。

五月七日，星期二，只要查看那天的历史记录，你就会发现，当天地球的运行轨道穿过了一团彗星碎屑。倘若你愿意，甚至可以把这事当真，毕竟成百上千的人都对此深信不疑。或许，事实就是如此吧。不管是真是假，我都无法确认，因为我什么都看不见，当然也就不知道发生了什么事。对于那一盛况，我所知道的一切，其实都是那天晚上躺在床上听目击者说的。他们对此赞不绝口，认为那是有史以来最壮观的天象。

然而，让人纳闷的是，对于这颗万众瞩目的彗星及其碎屑，以前从未有过预报，也不曾听说过只言片语的介绍，直到它突然造访地球才受到了全人类的关注。

任何活动自如的正常人，或者步履蹒跚的病人，甚至那些需要搀扶的人，都可以免费观赏这场最盛大的“烟火晚会”——其中的区别只不过是在室内还是在室外而已，那为什么还要广播呢？我真弄不明白。不过广播公司还是作了报道，听着那火树银花的描述，着实让我更深切地体会到眼前一片漆黑的痛苦。我甚至产生了这样的念头，倘若治疗失败，我宁愿结束这痛苦的一切，也不愿意继续活着，成为一个什么也看不见的瞎子。

据那天的新闻报道，前一天夜里，加利福尼亚上空闪耀着神秘的绿色光芒。然而，加利福尼亚州那么大，每天发生的事情数不胜数，这件事按理说并不见得能让大家群情激奋。但由于相关报道不间断地跟进——这颗大尾巴彗星终于现身，并且在夜空中“亮相”了很长一段时间。

来自太平洋沿岸的报道称，绿色的彗尾把太平洋的夜空照得亮如白昼，据说，那些绿色的星星“有时不计其数，就像在下流星雨，让人觉得整个夜晚的星空好像都围绕着我们旋转”。

夜幕向西推进，可整个壮观的景象并未因此而逊色。偶尔还有几道绿色的闪光，在夜幕降临之前划过天际。播音员在六点的新闻播报中报道了这一现象，并告诉人们，这是一场奇观，千万不要错过。他还信誓旦旦地说，这一奇观的出现严重干扰了远距离短波无线电的接收。顺便插一句，医院里的每个人都为此兴奋不已。看来，除了我之外，任何人都不会错过这个千载难逢的天象奇观。

给我端晚饭的护士，唯恐电台的评论还不够详尽，怕我不能“尽窥其妙”似的，又一五一十地向我作了一番解说。

“天上满是流星，”她说，“全都发着明亮的绿光，照在人脸上，让人一个个看上去面如鬼魅，令人不寒而栗。所有的人都奔出去看绿光了。有时，亮得就像白天一样，只是颜色不对劲；有时又会出现‘个头’大一点儿的流星，光艳夺目，真是绝妙的胜景啊！这种景象以前从来没有出现过。可惜呀！你错过了这一切，真是太可惜了！！”

“是啊。”她的话让我有点儿不耐烦。

“我们把各个病房的窗帘都拉开了，让大家都瞧瞧，”她接着说，“如果你的眼睛没缠绷带就好了，至少你也能饱饱眼福嘛！”

“哦。”我敷衍了一声。

“如果能出去的话，那就再好不过了。听说，成千上万的人拥向公园，还有的干脆跑到荒原上，那儿视野开阔，可以看得更清楚。你会发现，所有的平顶屋上都站满了人，一个个都伸长脖子，像鹅一样仰着头看呢！”

“这一现象会持续多久？”我耐着性子问。

“我也不太清楚。听说这会儿已经不如刚开始时那么亮了。不过话又说回来，哪怕你今天拆了绷带，医生也不会允许你马上就看如此夺目的光线。你呀，得慢慢来，一开始还不能见强光。彗星……彗星的光线太刺眼了，它们简直——哇！”

“‘哇’什么呢？”我问道。

“刚才那颗流星太漂亮了——把整个房间都照绿了！哎呀，可惜你看不到！”

“是呀，”我应答道，“你真是个好姑娘，不过现在你可以走了。”

我仔细地听着收音机，想听些别的新闻，可听到的净是“天哪”“哇”“太棒了”之类啧啧称赞的声音，还带着绅士派头的腔调，喋喋不休地说着“壮美的奇观”“独特的现象”之类的肉麻话，让人觉得，全世界的人都应邀出席了一场盛大的晚会，而唯独我没接到邀请函。

我没有权力选择其他的娱乐方式，因为医院的无线电系统只转播一个台的节目，要么，顺时针，听下去，要么，逆时针，关掉。过了一会儿，我估计这场“彗星秀”开始缓缓降下帷幕了。播音员建议还没有看过的人赶紧去看，否则只能为错过这一奇观而抱憾终生了。

我敢断定，这些事无疑都是昨晚发生的。一方面，如果事情发生在更久以前的话，我肯定会比现在要饿得多，应该会饿得要命才对。既然如此，那这到底是怎么回事呢？难道医院里所有的人——甚至全城的人都因为昨晚看得太尽兴，直到现在还没回过神来吗？

就在这时，远远近近的钟声不约而同地敲响，打断了我的思绪。哎，已经九时了！

我第三次把满腹的不快发泄到了电铃上。我躺在床上，等待着回应。这时，门外传来一阵轻微的声音，似乎是啜泣、滑动和拖拖拉拉的声音，还不时被远处高亢的声音打断。

尽管如此，可还是没人来病房招呼我。

此时，我又开始幼稚地胡思乱想了。哼，真可恶！我发现自己好像正等着那扇看不见的门打开，一些可怕的东西也会随之而来。而实际上，这屋里根本就没有人或什么东西，可怜的我无法确定，会不会有什么东西偷偷在我的病房里蹑手蹑脚地活动了呢？想到这些我不寒而栗了。

并不是说我害怕这些东西，我真的不怕……要怪就怪我眼睛上蒙着的那条该死的绷带，那些楼道里冲我大喊的乱哄哄的声音。但我的确越来越惴惴不安，而一旦有了这种感觉，往往就会愈演愈烈。这种恐惧感，已经不是吹吹口哨或给自己唱个歌儿就可以轻易赶走的。

最后，又回到最直接的问题上来了：我是更害怕拆除绷带会危及视力呢，还是更害怕这种每时每刻都在加剧的恐慌呢——毕竟我是独自一人待在房间里的啊，更何况我还两眼一抹黑呢。

换作一两天前，我不知道自己该怎么做，最终的结局很有可能会和现在一样彷徨，无法作出抉择。但今天我至少可以对自己说：

“去他妈的吧！只要我稍稍利用一些常识，自己拆掉绷带，也许并不碍事。毕竟，今天本来就该拆绷带的。伙计，赌一把吧！”

我镇定地下了床，拉下百叶窗，然后开始动手取别针。

一摘掉绷带，我就发现自己可以模模糊糊地看到点什么了，顷刻间我感到一阵从未有过的轻松。尽管如此，在确定没有歹人或东西藏在床下或别的地方后，我做的第一件事就是把椅背挪到门把手旁边，以防有人冲进来对我造成伤害。我花了整整一个小时，才慢慢适应强烈的日光。谢天谢地，我终于知道，由于抢救及时、治疗得当，我的视力已经完全恢复！

可这段时间依然没有人来。

我在床头柜下的一排搁架上找到了一副墨镜。医护人员考虑得很周到，把墨镜放在一边以备我不时之需。我小心翼翼地戴上它，走到窗边。窗户的下半部分无法打开，因此视力范围就受到了限制。我眯着眼，朝外面张望，又瞧了瞧两旁，只见有一两个人正在大街上漫无目的地闲逛。他们正向街道的另一头走去，步态怪异。但让我印象最深刻的，就是在那一刻，我眼前的一切忽然都清晰了起来，甚至连对面的屋檐和更远处的屋顶也能看得一清二楚。怪了，我发现大大小小的烟囱都齐刷刷地不冒烟……

常听智者说，我们每一个人都在各自固有的位置上贡献着自己的一份绵薄之力，久而久之，便容易把一些习惯性的东西与自然规律混为一谈。因此，当日常生活稍稍被打乱之后，人们就会急得像热锅上的蚂蚁。

如果一个人在秩序井然的环境中活了大半辈子，那么，让他重新适应秩序混乱的环境，三五分钟时间肯定是不够的。如果回想那时的情况，人们就会发现，关于日常生活，我们一无所知或者不屑一顾的东西简直太多了，多得连我们自己都觉得诧异，甚至还有点儿震惊。比方说，食物是怎么来的？清洁的水又是从哪儿来的？身上穿的衣服是怎么织出来的，又是怎么做成的？城市的排水系统是怎样正常运作的？诸如此类的日常问题，我竟然一概不知。我们的生活似乎形成了一个由“专家”组成的联合体。在这个联合体中，专家们潜心于各自的事业，很有效率，而且他们认为别人在各自的岗位上也是如此。所以，我压根儿不相信，医院竟然也会乱作一团。看来，肯定有人躲在某个地方操纵着这一切。可不幸的是，这个人把48号病房完全抛在了脑后。

那时，走廊里一个人也没有，只听见远处传来一阵嘟哝声，还有拖沓的脚步声，偶尔能听见一个洪亮的声音在走廊里空洞地回荡，但这与平日的嘈杂声却大相径庭，以往的嘈杂声太过吵闹，我总是要关上门才能免受其扰。这次我没有再朝着走廊大声嚷嚷，而是蹑手蹑脚地走了出去。为什么要如此小心翼翼、步步留神呢？我也说不上来，可似乎就是有某种神秘的力量引导着我这么做。

在一个处处都有回声的大楼里，很难分辨声音究竟来自何方，但走廊的一端已经到了尽头，那里装了一扇落地窗，使得光线昏暗，阳台上护栏的影子映在窗上。于是我径直朝另一端走去，转过一个拐角，就走出了单人病房区，来到宽敞的楼道上。

乍一看，我还以为走廊上空无一人呢。等我向前走过去时，才发现有个人从阴暗处走了出来，定睛一看，原来是个男的。他身穿黑夹克，配着条纹裤，外面还套着一件白色的棉大褂。我猜他可能是医生。但奇怪的是，他一路扶着墙，摸索着往前走——这让我十分不解。

“嗨，你好！”我向他打了声招呼。

他顿时止步，扭头面对着我，惨白的脸上充满了恐惧。

“你是谁？”他惊魂不定地问道。

“我叫梅森，”我告诉他，“住48号病房，我出来是想看看为什么……”

“你还看得见？”他迫不及待地打断了我。

“当然看得见，和以前一样清晰！”我向他保证，“这的确很神奇，没有人帮我拆掉眼睛上的绷带，我只好自己动手了。我……”

话刚说到一半就被他打断了——

“快，请你带我去办公室，我得赶紧打个电话！”

我愣了一会儿，才明白他的意思，但这也不能全怪我，毕竟眼前发生的一切，都太令人费解了。

“办公室在哪儿？”我问道。

“五楼西侧。门上有名字——索姆斯医生。”

“好吧，”我嘴上答应，心里却有点儿惊讶，“我们现在在哪儿呀？”

那人把头摇得像拨浪鼓似的，神情焦急而愤怒。

“见鬼，我怎么会知道？”他痛苦地嚷道，“该死的，你长着眼睛，不会自己看？难道你没看出来我瞎了吗？”

什么？他瞎了？他眼睛睁得大大的，分明是在盯着我。

“你在这儿等一下。”我环顾四周，发现有一个大大的“5”字赫然印在电梯口对面的墙上，于是我便折回去告诉他。

“好，你拉着我的胳膊，”他用命令的口吻说，“出电梯后向右拐，走左边第一个过道，第三个门就是。”

我按照他的指示一一做了。一路上，我们连个人影也没见着。走进办公室，我把他领到桌旁，把电话机递给他。他拿起话筒听了一阵子，接着摸索着把摇柄摇得嘎嘎作响，显得极不耐烦。渐渐地，他脸上的表情开始发生了变化，原本的暴躁与焦急慢慢消失，取而代之的是一脸的疲倦，似乎已经累坏了。他把话筒放回桌上，默默地站了几秒钟，似乎凝视着对面的墙。然后，他又转过身来。

“没用了——电话坏了。你还在吗?”他又问了一句。

“在的。”我告诉他。

他的手指顺着桌沿摸索着。

“我的脸朝着哪个方向？该死的，窗户在哪儿呢?”他又恢复了刚才怒气冲冲的样子，命令似的问道。

“在你背后。”我回答道。

他转过身，探出双臂，一步步朝窗台走去。他先仔细地摸了摸窗棂，又摸了摸窗框，然后倒退了一步。还没等我意识到他想干什么，只听到“哗啦”一声，他已经撞破玻璃，纵身跳了出去……

半晌，我才回过神来，一屁股跌坐在椅子上。我从桌上的烟盒里取出一根烟，双手止不住地颤抖，哆哆嗦嗦总算点着了。几分钟后，我才慢慢镇定下来，不那么惊慌失措了。没过多久，等一切都恢复得差不多了，我离开办公室，走到最初发现那个医生的地方，心里仍然很不是滋味。

楼道很宽敞，在走廊的另一端，病房的一扇扇门上都无一例外地装了毛玻璃，模模糊糊看不清里面，只有齐脸高的位置上是一块椭圆形的透明玻璃，可以朝里面张望。那儿总该有值班的人吧，我寻思着，这样我就可以把刚才那位自称索姆斯医生的事向他们一五一十地作个汇报了。

我推开门，里面黑咕隆咚的。显然，昨晚观看了胜景之后，窗帘就被拉上了，而且再也没被拉开过。

“护士小姐在吗？”我问了一句。

“不在，”是一个男人的声音，“她已经很长时间没到这儿来了。老兄，帮个忙，把窗帘拉开，让我们见见那该死的阳光。也不知道今天早上这个鬼地方到底出了什么事！”

“行。”我答应了他。

即便整个医院都乱作一团，我也不该对这些不幸的病人置之不理，任由他们待在漆黑的房间里呀！

我把最近的窗帘拉了开来，一道明媚的阳光唰地照了进来。这是一个外科病房，里面住了二十来个病人，他们全都卧床不起。大部分人都是腿部受伤，有一些还截了肢。

“别唬弄我们，老兄，快把窗帘拉开！”同样的声音再次响了起来。

我回身看着那个冲我说话的人，他皮肤黝黑，身材魁梧，一副饱经风霜的样子。他坐在床上，面对着我，全身都沐浴在阳光中。他的眼睛直勾勾地看着我的眼睛，旁边铺位上的那个人也是如此，其余的人都是如此……

我也盯着他们看了一会儿，过了许久，我才回过神来，说：“我……呃……这些窗帘好像被卡住了，我得找个人来看看。”

话音刚落，我拔腿逃出了这间病房。

我又开始浑身颤抖，急需一杯烈酒来压压惊。事情开始渐渐变得明朗起来，真是太令人难以置信了，整个病房的人竟然都瞎了，和那位医生一样，然而……

不争气的电梯罢工了，我只得步行下楼。到了下面一层，我打起精神，鼓足勇气朝另一个病房里张望：里面凌乱不堪，床铺上也乱七八糟。一开始我以为这儿没人，可事实并非如此，确切地说，是不完全如此。有两个身穿睡衣的男人躺在地板上：其中一个倒在血泊中，鲜血从尚未愈合的手术切口中流了出来；另一个看起来好像全身充血，浑身都胀得发紫了。他们都已经死了，除此之外不见其他人的踪影。

回到楼梯口时，我才意识到，刚才一直听到的模模糊糊的声音大部分都是从楼下传来的。此时，声音越来越响，越来越近。我迟疑了一下，但除了下楼之外，别无选择。

在楼梯平台上，我差点儿被一个横在阴暗处的人绊倒。在这段楼梯的最下面，也躺着一个人，他应该是真的被哪个人绊倒的，顺势摔了下去，一头栽在石阶上，脑袋被撞开了花。

我终于走到了最后一个楼梯平台处。站在那儿，整个大厅一览无余。大厅里每一个能够走动的人，不管是想去求助，还是想逃离，似乎都下意识地朝出口处拥去……在主出口处，有扇门大大地敞开着，但大多数人还是找不到出口。男男女女一大群人把大厅挤得水泄不通。他们几乎清一色穿着医院的病号服，像无头苍蝇似的四处乱窜。这倒不要紧，可两旁的人却被害苦了，他们被狠狠地挤到了大理石墙角上，有些人被挤到了墙边，被压得喘不过气来，偶尔还有人被绊倒在地。一旦有人被这股人流推倒，那么再站起来的机会也就微乎其微了。

这么说吧，这个地方看起来就像法国画家多雷笔下的作品，画面上描绘了在地狱中受苦的人，不同的是，他的画里没有声音——啜泣声、低沉的呻吟声、声嘶力竭的哭喊声，这些都只是想象中的，那是一片沉默的惨景，而我眼前则是一个活生生的人间地狱，声像俱全，异常惨烈。

我实在不忍心再看下去。过了一两分钟，我飞也似的跑回到楼上。

我觉得应该为他们做些什么，也许可以把他们领到街上，或者至少可以让他们不必痛苦地摸索。但只要看一眼便知道，我压根儿挤不到那边，更不用说把他们领出去了。况且，就算我能挤到门那边，就算我把他们全都领出去，那又能怎样呢？

我在台阶上坐了一会儿，想要冷静下来。各种各样可怕的声音混合在一起，一直在我耳边萦绕，我只得用双手捂住耳朵，然后，四处寻找，终于找到了另一处楼梯——专供员工上下、比较狭窄的楼梯。沿着楼梯，我走出了医院大楼，从后门进了院子。

或许我对以上这部分情况的描述并不详尽，但整个事情简直太出人意料，太令人震惊了，以至于曾有一段时间，我努力想忘记那些细节。当时，我感觉自己好像做了一场噩梦。在梦里，我拼命想醒过来。可梦醒之后，我丝毫没有如释重负的感觉。踏入院子的一刹那，我仍不愿相信眼前所看到的一切。

但有一点我非常确定——不管是在现实里，还是在噩梦中，我都需要喝杯酒，尽管之前我几乎滴酒不沾。

在院门外的小路上看不到一个人影，不过正对面恰好有家酒吧，名字我现在还记得——“阿拉曼驻军”。一块招牌从铁架上悬垂下来，招牌上的肖像是第二次世界大战期间指挥过阿拉曼战役、赫赫有名的蒙哥马利将军。招牌下面，有一扇大门敞开着。

我径直走了过去。

走进酒吧，我感到了片刻的慰藉，一切好像又恢复了正常。与其他许许多多的酒吧一样，这个酒吧不怎么起眼，却透着一股亲切感。

酒吧里虽然没见到什么人，但雅座的一角却有动静。我听到了粗重的喘息声，还听见一只瓶塞“砰”地被拔了出来，接着又悄无声息了。这时，有人骂道：

“娘的，又是杜松子酒！去他妈的吧！”

接着就听到好像有东西摔碎了，然后是醉醺醺的笑声。

“嘿嘿，是镜子破了，但镜子能有什么用？”

又一个瓶塞“噗”的一声蹦离了瓶口。

“去他娘的，又是杜松子酒，该死！”这个声音抱怨着，显得非常愤怒，“去他娘的杜松子酒！”

这次，瓶子可能砸到了一件软绵绵的东西上，接着又倒在了地板上，瓶里的酒汩汩地流了出来。

“伙计！”我叫道，“我想来一杯。”

一片寂静。过了一会儿，一个声音小心翼翼地问道：“你是谁？”

“我是从医院那边过来的，”我说，“我想来一杯。”

“你的声音我不熟悉，一点儿印象也没有。你还能看见？”

“是啊。”我告诉他。

“太好了，看在上帝的分上，医生，快到吧台后面去，给我拿瓶威士忌！”

“我虽然不是医生，可这件事还是难不倒我。”我说。

我爬过去，拐进一个角落。一个大腹便便的男人正满脸通红地站在那里。他蓄着海象一般的花白胡子，身上穿着一件无领汗衫和一条裤子，已经烂醉如泥。究竟是该打开手里的酒瓶呢，还是把它当作防御武器呢？他似乎对此有点儿犹豫不决。

“你说你不是医生，那你是干什么的？”他有些疑虑。

“我曾经是个病人——但我和医生一样，需要来一杯，”我说，“你手里拿的还是杜松子酒。”我补充道。

“又是杜松子酒！”话音未落，他已经将手中的酒瓶甩了出去，接着传来清晰的破碎声，瓶子破窗而出。

“把开瓶器给我。”我说。

我从酒架上取下一瓶威士忌，打开后递给他，同时还递过去一个酒杯。我给自己也倒了一杯掺有少量苏打水的白兰地。过了一会儿，我又续了一杯。两杯酒落肚，我的手不再抖得那么厉害了。

我回头看那个家伙，发现他已经把那瓶威士忌喝得一滴不剩。

“你会喝醉的。”我对他说。

他顿了顿，扭头对着我，我敢发誓，他的眼睛绝对是看见我了。

“喝醉？哼！老子他妈的早就醉了。”他大声嚷嚷着。

他沉思了一会儿，开口道：

“醉吧，喝他个烂醉，”他凑近我，“知道吗，我瞎了，我成了一个什么都看不见的瞎子。所有的人都瞎了，可你却没有。老天爷呀，你怎么就没瞎呢？”

“我也不知道。”我如实告诉他。

“都是那些该死的流星，就是它们干的好事！什么绿色流星，星光灿烂——现在好了，大家都看不见了！你没看见发着绿光的流星？”

“没有。”我直言不讳。

“这就对了，你的经历证明了一切：你没看见那该死的流星，所以你没瞎；其他人看了，”他挥舞着手臂，情绪很激动，“所以他们都瞎了。依我看，就是流星搞的鬼。”

我给自己倒了第三杯白兰地，心中琢磨着他的话，不知道是否真的如此。

“每个人都瞎了吗？”我口中喃喃地重复着。

“没错，所有的人。世界上所有的人都瞎了。”后来，他又想起了什么，补充了一句，“除你以外。”

“你是怎么知道的？”我问他。

“那还不简单，你听！”他说。

酒吧里一片昏暗，我们并排站着，倚着吧台，竖起耳朵倾听，可什么也听不见，只有肮脏的报纸被风卷起、在空荡荡的大街上飞扬发出的“沙沙”声。我敢说，近一两千年以来，这个世界从来没有如此寂静过。

“明白了吧，这再清楚不过了。”那个男人说。

“嗯，”我长长地叹息了一声，“是啊——我懂你的意思了。”

我决定离开这儿，虽然我也不知道该去哪儿，但我一定要获得更多消息，要明白现在到底发生了什么事。

“你是老板吗？”我问他。

“是又怎样？”他好像不完全信任我。

“如果是的话，我就得把这三大杯白兰地酒钱付了。”

“哦，算了吧。”

“可是，你看……”

“算了吧，跟你说实话，知道原因吗？对一个将死之人来说，钱又有什么用呢？我现在就是这么一个人——差不多了，再喝几杯就该上路了。”

照他现在这个年龄来看，他还算是挺健壮的。于是，我鼓励他别灰心。

“一个人什么也看不见了，活着还有什么意义？”他没好气地说，“我老婆就是这么说的。真被她说对了——只是她比我有胆量。当她发现孩子们也瞎了以后，你知道她做了什么？她带着孩子们上了床，然后打开了煤气。她就是这么干的，我却没有勇气和他们一起走。我老婆比我有胆量，但我的胆量也会大起来的。等我喝够了，我很快就可以去她那儿了。”

我还能说什么呢？无论说什么，除了扰乱他的心绪之外，似乎都毫无裨益。最后，他拎着瓶酒，摸索着上了楼，消失在楼梯的尽头。我不想阻拦他，也没有尾随，只是目送他离去。然后，我把最后一杯白兰地一饮而尽，走出酒吧，踏上了静悄悄的街道。

第二章

三尖树现身

亲爱的小读者，以上是我的亲身经历，其中很多东西现在已经消失了。不过当时我们常用一些词来描述那些逝去的东西，现在虽然时过境迁，可我找不到其他方式来讲述它们，所以只好沿用原来的那些描述。但为了把整件事的背景交代清楚，我觉得还是应该再多回顾一点，讲讲我住院之前的事。

小时候，我和父母住在伦敦南部的郊区，我家的小屋就坐落在那儿。父亲是家里的顶梁柱，他每天都去国税局上班，工作勤勉。我家还有个小花园，每逢夏天，父亲都会在小花园里劳作。那时候，伦敦市包括郊区有一千多万人，大家家境都差不多，没有太大区别。

当时，我们这一带实行的货币制度很复杂，复杂得甚至有点儿荒谬，可即便如此，有些人只需瞟上一眼，就能把这种制度之下的任意一行数字相加并得出结果——我父亲就是这种人，所以他想当然地认为，我应该做会计，但其实我并不擅长算数。我两次把同一组数字相加，会得到不同的结果。父亲对我很失望，他不理解我怎么会笨成这样，完全不像他的儿子。不仅如此，还有别的事也可以证明我做不了会计。

凡是教过我的老师都千方百计地想让我明白，数学答案是通过逻辑推理，而不是靠某种神秘的启示得来的。然而，他们的种种努力都是瞎子点灯——白费蜡，都以失败告终——不得不承认，我的确缺乏数学头脑。每次看我的数学成绩单时，父亲都是一脸的阴沉，若是换了其他科目的成绩单，他才不会那么着急呢。我想他脑子里一定存在这么一个公式：没有数学头脑 = 没有金融概念 = 没钱。

“我真不知道该拿你怎么办才好。你以后想干什么呢？”他常常这么问我。

直到十三四岁，面对这种问题时，我依然只能摇头不止，悲哀地承认自己无能，不知道自己将来到底能做点儿什么。

父亲见状，也只能无奈地摇摇头。

在父亲眼里，全世界的人被非常严格地分为两类：一类是坐办公室的脑力劳动者；另一类是非脑力劳动者，他们不坐办公室，整天脏兮兮的。我真不知道他怎么会如此固执己见，而且这种观念根深蒂固，毕竟这种观念已经过时一百多年了，不过，这一观念还是深深地影响了我的幼年生活。直到很久以后，我才意识到，即使我的数学成绩单挂满红灯笼，也不一定会一辈子扫大街或是在厨房里打杂。我从来也没想过自己最喜欢的学科，会促使我成就一番事业。我的生物成绩一直不错，对此，父亲却没有注意到，或者说，即使注意到了，他也不觉得这会有什么用。

三尖树时代

三尖树的出现，为我工作的落实起了真正的决定性作用。事实上，它们为我做的远不止这些：我因此有了一份工作，并且活得很滋润；但也有好几次，它们差点儿要了我的命。不过话又说回来，我的命也是它们救的，因为在最关键的时候，我被三尖树的刺藤击中了，住进了医院，这样才在“流星雨”降临的危险时刻逃过了一劫。

在不少书中，作者都对三尖树的突然出现作了非常随意的推测，但大部分根本没有说到点子上。虽然三尖树肯定不是通过自然演变而来的，可还是有很多头脑简单的人偏偏这么认为；而大多数人赞同的那套理论也不对，说什么三尖树是天灾的先兆，预示着末世来临，要想躲避天灾，人们就得改变处世态度，收敛自己的行为——人类看似是在四处研究开发，实际上是在四处招惹麻烦，引起了上帝的愤怒。还有一种错误说法，说三尖树的种子穿越太空来到地球，是一种恐怖物种，它们衍生于其他一些自然条件十分恶劣、不太适宜物种存活的星球，所以生命力十分顽强——所有这一切都是不靠谱的猜测。

三尖树其实并非如此，我比大多数人都更了解三尖树，因为研究三尖树就是我的工作。而且三尖树之所以会出现在大众面前，与我们公司有密切的关系——虽然这种关系并不体面。可尽管如此，三尖树的来历依旧成谜。不管是真是假，我个人认为，三尖树是一系列生物干预计划的产物，它们的出现可能很偶然。如果它们是在世界上某个地方繁衍、而不是在当时哪个地方培育出来的，那我们必然会有翔实的记载，以记录这个物种是如何生发出来的。事实上，那些最了解内情的人并未给出权威的说法，这是因为那时不寻常的政治环境占据了统治地位。

当时，我们生活在一个大世界里，不必费大力气，就可以到世界上的大多数地方。公路、铁路和航道星罗棋布，时刻准备把乘客安全舒适地送到数千里之外。如果我们希望再快点儿，就可以选择坐飞机出行。那时候，任何人都没必要携带武器，或者采取任何防御措施。你可以随心所欲地去你想去的任何地方，除了一些表格和规章之外，没有什么能妨碍得了你。如此遵纪守法的世界若是放到现在，听起来就显得有些乌托邦了。然而，这仅限于全球六分之五的地方，其余那六分之一就截然不同了。

年轻人不了解那时候的世界，在脑海中很难勾勒出它的模样。或许，那听上去很像黄金时代，但对于生活在当时的人来说，并不完全是这样。或者他们会觉得，如果全世界都井然有序，彬彬有礼，这日子就乏味无趣了，但事实也并非如此。不管怎么说，至少在生物学家眼里，地球是个令人振奋的地方。每年我们都将种植粮食作物的最北界限向更远处推进；历史上全然是冻土或者荒原的地方，现在已经开发成新的田地，种上了能快速生长的农作物；每个季节，人们都会开垦已有的和新形成的沙漠，在上面种草或粮食，因为当时，解决粮食问题是当务之急。正如我们的上一代密切关注战争一样，我们也一样关心再生计划的进展和在地图上推进耕种界限等问题。

人们的兴趣从枪炮转移到了耕犁上，这无疑是进步，一种社会的进步，但同时，也导致乐观主义者错误地认为，这体现了人类本质的改变。人类的本质还是和以前差不多：百分之九十五的人希望平静地生活，另外百分之五的人则在冒险行事之前，先考虑成功的可能性。我们的生活之所以很平静，就是因为那百分之五还没有那么大的把握做成某事。

同时，每年有2500万新生命嗷嗷待哺，粮食供应问题日趋严峻。一年又一年宣传少生优生都无济于事，最后，还是几个收成不好的灾年让人们终于意识到问题的紧迫性。

人造卫星的研制成功，让那好斗的百分之五暂时松懈下来，不再伺机挑起事端。对火箭锲而不舍的研究，最后也终于小有成就，目标之一已经达到——发射了一枚会停留在空中的导弹。实际上，还有可能把导弹发射得更远，让它进入轨道。一旦如此，这枚导弹就会像一个小型的月球一样环绕地球，只要不启动，就不会造成伤害，直到有人按下按钮，它才会受到推力，坠回地面，造成毁灭性的后果。

如果有哪个国家第一个如愿以偿地研发出卫星武器，并对外宣布研制成功的话，人们会给予高度关注。但更让人们忧虑的是，有些国家即使取得了类似的成功，也不会发表任何通告。只要一想到头顶上有危险物体在悄悄盘旋，数目未知，随时都有可能坠落下来，而且人们对此还束手无策，你就绝对乐不起来了。不过日子还得照常过，新鲜感很快就会过去，人们会渐渐习惯这种想法。但有时新闻会报道，人类的威胁不仅来自于载有核弹头的人造卫星，还来自于其他诸如作物疾病、牲畜疾病、放射性颗粒、病毒以及各种各样的传染病，其中有些传染病我们很熟悉，有一些则刚刚从实验室里培育出来，对此我们还很陌生，它们都盘旋在我们头顶上。因此一听到这样的报道，人们还是会惊慌失措地发出各种各样的警报。很难说我们是否真的拥有这样一种不确定性极强并且威力无穷的对抗性武器。但当时，很难限制研发对抗性武器这一荒唐事，尤其是在这种荒唐还伴有随之而来的恐惧时。一种生物体，带有剧毒，并且性质不稳定，那它就绝不可能在几天之内变得无害。（谁又能说这样的生物体培养不出来呢？）有人认为，如果这种生物体投放恰当，必将发挥战略性作用。

至少美国政府高度重视这一设想，强调不会操控卫星，绝不蓄意对人类直接发动生物战争。另外还有一两个小国家，虽然根本没人会相信它们有控制卫星的能力，但也赶紧发表了类似的声明。可其余的强国却缄默不语。面对这种不祥的沉默，公众开始要求被告知，当一些国家对这种战争形式跃跃欲试之时，美国为什么会选择对其置之不理呢？还有，“直接”又是什么意思呢？在这关键时刻，所有的国家都心照不宣，不再否定或者肯定任何关于卫星的事，转而更加努力地想把公众的注意力转移到同等重要、但却不太尖锐的问题上来——而粮食短缺恰恰是吸引公众注意力、转移视线的最理想话题。

供需规律本该促使更有进取心的人垄断商品，但世人却普遍反对公然垄断。然而，公司合并制却运转良好，如同联邦条约一样无可厚非。公众很少听说在这种模式下，还会不时出现一些需要解决的小麻烦。比如，几乎没人听说过一个叫翁贝托·克里斯托夫罗·帕兰古兹的人，就连我自己，也是在工作多年之后，才听说有这么一个人的。

翁贝托是拉丁人的后裔，是个混血儿，从国籍上讲，和南美洲有点儿关系。他迈进“北极—欧洲鱼油公司”的大门，并造成了混乱，阻碍了纯净食用油生产机构的发展——他拿出一瓶浅粉色的油，打算以此来引起“北极—欧洲鱼油公司”的兴趣。

不知出于何种原因，该公司并没有表现出多大的兴趣，交易也就因此搁浅了。然而，接下来的那段时间，该公司却非常认真地研究了翁贝托留下的样品。

首先，他们发现，这瓶油根本不是鱼油，而是植物油，尽管他们还无法确认其原料。其次，他们还发现，与它相比，大部分的上等鱼油都不是它的对手，只能用来填充润滑油箱罢了。他们对研究结果感到担心，于是一边把剩下的样品送去做更深入的研究，一边焦急地四处打听，想知道帕兰古兹先生是否已找到了其他的合作伙伴。

当翁贝托再次来访时，总经理殷勤地接待了他。

“帕兰古兹先生，您带来的油真是质量上乘。”他说。

翁贝托点了点头，黑亮的头发也随之颤动。他对这一切都了然于胸。

“我从没见过这样的油。”总经理坦言。

“没见过？”翁贝托十分彬彬有礼，然后，好像又想起了什么似的，他补充道，“但我想你很快就会见到的，先生，而且数量巨大。”他似乎在沉思，“我想，从现在开始，七年或者八年后，它就能投放市场。”说完，他笑了笑。

总经理认为这有点儿悬，可他还是毫无保留地说：

“这种油比我们的鱼油要好。”

“别人也都这么对我说，先生。”翁贝托赞同道。

“帕兰古兹先生，您是想自己把它推向市场吗？”

翁贝托又笑了。

“倘若我有这个打算，还会把这瓶油展示给你们看吗？”

“我们可以通过人工合成，提高公司现有的某种油的质量。”总经理若有所思地说。

“就算你们掺上一些维生素，能够成功合成，但这样一来成本就高了。”翁贝托慢条斯理地说。

“另外，”他又补了一句，“不管怎样，很多业内人士都说我的油能轻而易举地胜过你们最好的鱼油，而且制造成本远远低于你们现在的所有产品。”

“嗯……嗯，”总经理忙不迭地说，“先生，您必有高招，帕兰古兹先生，不妨说来听听？”

翁贝托解释道：“有两种方法可以应付这件对你们来说十分棘手的事。通常的做法是阻止这种油上市，或者至少要延迟它上市的时间，直到投放在现有设备上的资金全部回笼。这种方法当然最可取了。”

总经理点了点头，非常明白他的意思。

“但是这次，我感到很遗憾，因为，你知道的，这根本不可能。”

总经理非常疑惑，他本想说：“有些事情的发展会让所有的人都感到惊讶！”但他忍住了，没发表任何意见，只是说了声：“是吗？”

“另一种方法，”翁贝托建议道，“就是赶在麻烦还没开始之前，就自行生产新产品。”

“什么……”总经理好像还没有反应过来。

“我想，”翁贝托对他说，“大概再过六个月，我就可以供给你这种植物的种子。如果那时候你们就开始种植的话，那么再过五年就可以生产这种油了，也许，六年之后就能全面投产了。”

“这样的话，时间上刚刚好，足够我们回笼资金，收回成本。”总经理说。

翁贝托会意地点了点头。

“第二种方法更简单易行。”总经理评价道。

“前提是各方面都能行得通，”翁贝托并不完全赞同，“但不幸的是，你们的竞争对手不好对付，更不好糊弄。”

他说这番话时，很有自信，总经理不禁若有所思地盯着他仔细端详了一会儿。

“我明白了，”最后，他终于开口道，“我想知道……呃……帕兰古兹先生，您该不会碰巧是A国人吧？”

“不是，”翁贝托答道，“我总的来说还算走运，但我的社会关系网也很复杂……”

他这样说就让我们想到了另一个地区——世界上那另外六分之一的领土，去那里游览并不像去其他地方那么方便。事实上，几乎没人能拿到去A国游览的通行证，即使有人拿到了，其活动范围也会严格受限。这个国家故意给自己蒙上了一层神秘的面纱。有很多秘密藏在这层面纱之后，这些秘密在那个地方得到了近乎病态的发展，但世界上其他地方的人却几乎一无所知。外界也对此产生了猜疑。然而，虽然那些怪异的宣传掩盖了所有信息（即使那些信息是最不重要的），只散播可笑的东西，可那个地区也有很多领域无疑取得了举世瞩目的成就，生物学便是其中之一。A国同世界上其他国家一样，面临着食物需求日益增长的问题。A国曾经努力争取，希望能开垦沙漠、草原和北部的冻原地带。在信息交流还比较方便的时期，据报道，他们的确也取得了一些成绩。但是后来，由于在方法以及观点上存在一些分歧，一个叫X先生的人控制了A国的生物学界。由此，A国生物学便走上了一条不同于从前的路，并臣服于地方保密政策。A

国采取了什么样的方针路线，人们一无所知，但普遍认为那种路线并不可靠，于是便有人猜测，发生在那儿的事要么非常成功，要么十分愚蠢，抑或异常奇怪，亦或就是三者兼而有之。

“向日葵？”总经理从沉思中回过神来，漫不经心地说，“我碰巧知道他们当时正在尝试提高葵花籽油的产量。但那不是葵花籽油吧？”

“对，”翁贝托表示同意，“确实不是。”

总经理拿起笔，在纸上胡乱画着打发时间。

“刚才你说的种子，指的是一个新品种吗？因为如果那仅仅只是一种更容易加工的改良品种的话……”

“据我了解，这是个新品种……全新的品种。”

“那也就是说，其实你自己也没亲眼见过吧？事实上，它有可能是向日葵的改良品种？”

“先生，我见过一幅画。画里的确有向日葵、萝卜、荨麻和兰花。但我想说的是，假如它们都是这个新品种的父辈，那么这些父辈谁都不会认得自己的孩子。我想它们也不会乐于见到像这个新品种一样的后代。”

“我明白了。把种子给我们吧，你打算要个什么价？”

翁贝托说了个数，总经理听完之后蓦然停笔。他摘掉眼镜，更仔细地打量着翁贝托，可翁贝托却泰然自若。

“先生，你想想，”翁贝托打了个响指说，“这事很难办，而且危险——非常危险。我不怕危险，但我也不会冒险拿自己的生命开玩笑。另外还有一个A国人，我得把他带出国，还要给他一大笔钱做酬劳；而他也要先拿钱打点其他人。而且我还必须买一架飞机，一架飞得很快的喷气式飞机。这些都得花钱。

“而且，我跟你说，这也不是件容易的事。你肯定想要好的种子，但这种植物的种子里有很多没有繁殖能力，所以为了确保质量，我得把筛选过的种子带过来，这样一来，这些种子就很珍贵了。而且在A国，每件事都属于国家机密，都得保密。所以，这事办起来就更不容易了。”

“这我相信。但还是……”

“有那么贵吗，先生？再过几年，A国人就会把这种油销往世界各地，而你的公司却要面临倒闭，到那时，你还会说贵吗？”

“帕兰古兹先生，我得好好考虑考虑。”

“当然可以，先生！”翁贝托微笑着表示同意，“我可以等，但等不了太久；而且很遗憾，我是不会降价的。”

他确实没有降价。

发现者和发明家都是做生意的祸根。产品里的小瑕疵算不得什么——你只需把损坏的部分换掉，然后继续就行了。但是，当一切都准备就绪，进展顺利的时候，新工序或者新材料的出现就成了大麻烦。有时情况还会更糟糕，所以一定要阻止新产品的出现，毕竟风险太大了。如果你不能采取法律手段，那就得另想办法了。

翁贝托对这些都了如指掌。新型廉价油很有市场竞争力，它不仅会挤垮北极—欧洲鱼油公司及其同行，还会产生更深远的影响。对于以落花生、橄榄树、鲸等为原料的产油业以及其他一些产油业，这种新型油带来的打击并不致命，但很麻烦。它还会波及相关产业，强烈影响人造奶油、肥皂以及从面霜到墙漆等一百多种产品，影响范围会一直发酵。其实，一旦这些重大影响构成了实实在在的威胁，那么翁贝托提出的条件似乎也就不那么离谱了。

尽管总经理有点儿不确定，但他还是极不情愿地接受了翁贝托的条件，因为翁贝托带来的样品实在太诱人了。

实际上，这家对新型油感兴趣的公司没花那么多钱，他们花的钱远远低于原先约定的数目，因为翁贝托带着定金坐飞机离开以后，就再也没露过面。

但这并不是说他从此就杳无音信了。

过了几年，一个来路不明的人在“北极—欧洲油业公司”（那时，公司名称以及各项活动中的“鱼”字已经被去掉了）现身。这个来路不明的人声称自己叫费多尔，还说自己是A国人，此次前来的目的是：希望资本家能发发善心，他想要点钱花花。

他曾受雇于世界上第一个三尖树实验基地，该基地建在堪察加半岛的埃洛伏斯克地区。那个地方荒无人烟，他很不喜欢那儿，一心想着离开，于是他听从了那里另一名员工的建议，具体地说，那个人叫托瓦里奇·尼古拉·亚历山德罗维奇·巴尔京诺夫。他要费多尔按他的指示行动，并许诺事成之后给费多尔几千卢布的报酬。

这件事不会太费力——他只需从架子上取下一盒精心筛选、能够繁殖的三尖树种子，换上一盒相似但却不能繁殖的种子，然后再把掉包得来的盒子，在约定的时间放在约定的地点，就大功告成了。这么做基本没有风险，因为即使露馅，也可能是几年以后的事了。

可接下来的事就有些麻烦了。种植园一两英里外有一大片田地，他得在约定的晚上独自去那里，那里有一盏信号灯。当听到有飞机在头顶上盘旋时，他要迅速打开信号灯，恭候飞机着陆。然后，他要做的就是赶在别人来调查之前，尽快离开那片区域。

只要能把这些事都办成，他就能得到一大笔钱。而且，如果之后他能顺利离开A国的话，他还能从英国的“北极—欧洲油业公司”那里得到更多的钱。

据他所说，一切都照计划顺利进行。费多尔还没等飞机着陆，就打开了灯，发出了信号。

飞机只停留了一小会儿，可能连十分钟都不到就起飞了。他从飞机的气流声中可以判断，飞机正一边往前飞，一边急剧向上攀升。不一会儿噪音就消失了，但过了大概一分钟，他又听到了引擎声。更多的飞机一架接一架地越过头顶，向东飞去。可能有两架，或者更多，他也说不清到底有几架。

但它们都飞得很快，呼啸而过……

第二天，那个名叫巴尔京诺夫的同志失踪了，很多麻烦事也就接踵而至，幸运的是，调查人员最后认定这些事是巴尔京诺夫一个人干的，费多尔总算逃过了一劫。

他小心翼翼地等了一年，才开始筹备出国的事。买通最后一个关节后，他几乎已经身无分文。为了生存，他什么活儿都干，这样，在花了好长时间之后，他终于来到了英国。不过现在他总算到了，他可以请公司给他点儿钱吗？

“北极—欧洲油业公司”对埃洛伏克斯的事也有所耳闻，而费多尔提到的飞机着陆日期听上去也还靠谱，所以公司就给了他一笔钱，还给了他一份工作，但要求他对此守口如瓶。虽然翁贝托没有亲自把种子送来，但他至少让该公司知道了此事，从某种程度上来说也算是挽救了危局。

一开始，“北极—欧洲油业公司”并没有把三尖树的出现和翁贝托联系起来，但几个国家的警察出于各自国家的利益，继续关注翁贝托的动向。后来，调查人员把三尖树树油的样本拿到公司检测，他们这才意识到，这与翁贝托给他们看的样品一模一样——他要带过来的正是三尖树的种子。

翁贝托到底出了什么事，我们并不知道。不过据我推测，费多尔听到的那几架飞机应该是在追捕翁贝托。在太平洋上空的平流层高处，翁贝托遭到了那些飞机的攻击。而此前翁贝托一直都不知道有人在追捕他，等注意到时，A 国战斗机已经发射了炮弹，而他的飞机也随即被炸了个粉碎。

而且我还认为，其中有一枚炮弹炸碎了一个十二英寸的木盒子，这个盒子像一个小茶叶箱。据费多尔所说，那里面装满了三尖树的种子。

翁贝托的飞机可能爆炸了，也可能被撕成了碎片。但不管怎样，我确信，当那些残骸缓缓坠向大海时，它们留下了一些东西——那些东西乍看上去就像是白色的蒸气。

其实，那不是水蒸气，而是一团种子。它们太轻了，即使在稀薄的空气中也能飘荡。几百万颗种子轻若蝉翼，在空中分散开来，自由自在，随风到处飘洒……

它们可能要漂泊几周，也可能几个月，才能最后埋进土里，有许多甚至会飘到距离起点几千英里以外的地方。

重申一下，这仅仅是我的猜测而已。但除此之外，我找不到一个更合理的说法，来解释这种绝密的植物怎么一下子就遍布世界各地了。

我很早之前就知道三尖树了，因为我家那一带的第一批三尖树中，有一棵碰巧就长在我家的花园里。刚开始谁都没有注意，等我们发现它时，它已经长得很“出色”了，就长在篱笆围着的垃圾堆后面，扎根于杂草之间，不会伤害谁，也不会妨碍谁，所以，即使后来我们注意到了它，也只是偶尔看上一眼，瞧瞧它长得怎么样，然后就随它去了。

嗨！三尖树当然与众不同。过了一段时间，我们不由得对它产生了好奇心，因为不知怎么的，花园里容易被人忽视的角落，总被一些不知名的东西占据着，那就是三尖树，尽管当时我们还并不知道。时间长了，我们也就见怪不怪了。不过，值得一提的是，三尖树越长越怪异了。

现在人人都非常清楚三尖树的样子，可我们还是很难回想起，第一批三尖树是多么的怪异，多么的另类。据我所知，当时没有人对它们产生怀疑和警觉。我想，大多数人对三尖树的看法——假如他们稍微有点儿看法的话——都与我父亲的看法大同小异。

我家的三尖树长了快一年时，有一次，父亲仔细观察了这株植物，露出疑惑的表情，那情景至今仍历历在目。不管怎么看，它都和长成的三尖树一模一样，大小有成年三尖树的一半，只是那时它还没有这个名字罢了，而且也没人见过长成的三尖树。我父亲探过身去，透过那副角质架眼镜凝视着它，同时用手指触摸着树干，轻轻地吹着姜黄色的胡子——这是他沉思时的习惯。他仔细观察着笔直的茎，还有树干——三尖树就是从那里长出来的。父亲用好奇但并不敏锐的目光注视着茎干周围，那里冒出了三根光秃秃的小枝桠，一直向上生长。他用食指和拇指抚平了生长在短枝上的坚韧绿叶，仿佛它们的质地能告诉他什么似的。然后，他一边朝树干顶端那个怪异的漏斗状结构里张望，一边仍然若有所思，不确定地在胡须底下吹着气。我还记得父亲第一次抱起我，叫我朝那个圆锥形的萼状结构里看时的情景，我看到了里面紧紧包裹着的叶片轮生体。它看起来不像蕨类植物的新叶那样严严实实地卷在一起，而是从萼形结构底部的黏液那儿伸出来，足有几英尺长。我没去碰它，但我知道那种物质肯定很黏，因为有苍蝇和其他小昆虫正在里面垂死挣扎。

那棵三尖树大概有四英尺高。当然，附近一定还有很多三尖树在悄无声息地生长，那会儿它们还不具备攻击性——至少表面上看起来是这样的，所以没有人会特别留意它们。因为如果有生物学家或植物学家对三尖树这一物种大惊小怪的话，那么这一消息就是秘密了，在没有真正的进展之前，大家是不会知晓的。事实就是这样：这么长时间了，三尖树的存在没有引起世面上的任何“地震”，也没有发生过反常事件，所以我家花园里的那棵三尖树也就继续平静地生长着。与此同时，世界各地也有许多三尖树和它一样，就生长在大家的眼皮底下，却又很容易被人忽视。

没过多久，第一棵三尖树就把自己的根从泥土里拔了出来，开始行走。

三尖树会走路，这消息实在令人难以置信，但在A国，人们肯定早就已经知道这个事实了——而且这无疑被列为国家机密。不过我能够证实的只是，除A国之外，此事最早出现在印度支那，这就意味着人们基本不会给予太多关注，因为印度支那是公认的盛产奇闻怪事的地区之一，所以如果缺乏抓人眼球的新闻，编辑就会加入一些“神秘东方”的内容，这会让报纸上的新闻立刻生动起来。但不管怎么说，印度支那物种成了报纸的头条新闻。几周后，植物会走路的报道在各大报纸上闹得沸沸扬扬，它们来自苏门答腊岛、婆罗洲、比属刚果地区、哥伦比亚、巴西以及赤道附近的大多数地方。

这下，三尖树总算是见诸报端了。然而媒体还是秉持他们一贯的作风，写出来的故事经过反复处理，显得既小心谨慎，又带着一丝防御性的好奇。他们在报道海蛇、四脚精灵、心灵感应以及其他不寻常的现象时，也是如此。于是，就因为这些报道的春秋手法，人们根本没有意识到，这些会行走的植物其实就是悄悄地在我们的垃圾堆旁生长的大型杂草。所以，直到这种植物的图片刊登出来之后，人们才发现这一传奇物种和垃圾堆旁的杂草原来是同一种植物，只是大小不同而已。

不久，摄影师们就不再关注三尖树了。虽然他们飞到异国他乡之后，可能拍到了合适而且有趣的图片，但剪辑师们普遍认为，任何一个新闻题材，必须要注重题材的新颖，新鲜劲儿一过，哪怕多讲几秒钟，观众也会感到厌倦——唯有拳击比赛是个例外。因此我第一次在荧幕上看到长成的三尖树时，也只是短短的一瞬。它夹在檀香山草裙舞比赛和第一夫人主持战舰下水仪式（这并不过时，他们至今仍在建造战舰，甚至连海军上将也必须保留）这两个节目中间——尽管三尖树将会对我和许多人的未来起到重要作用。当时，我只是看见几棵三尖树摇摇晃晃地走过屏幕，画外音倒是挺煽情的：

伙计们，仔细看看我们的摄影师在厄瓜多尔拍到的画面吧——正在度假的植物！以往，只有在聚会上畅饮微醉之后，你才能迷迷糊糊见到这样的事，如今在阳光明媚的厄瓜多尔，人们随时都可以看到，而且是真实的场景，不是喝醉之后的幻觉！会行走的古怪植物！所以，我想到了一个好主意！也许我们可以好好教教土豆，让它们自己走进锅里。伙计们，这主意不错吧？

在这个短片播出的短暂时间里，我一直目不转睛地盯着屏幕，完全被吸引住了。如果我家垃圾堆旁的神秘植物长到了七英尺甚至更高，那它就是电视上的样子。没错，它确实在行走！

那是我第一次见到三尖树树干，它的表面很粗糙，长满了小细根，好像绒毛一样。它几乎是球形的，只是底部有三个钝圆锥形突出物延伸出来。这三个突出物支撑着主干，使其离地面足有一英尺。

它“走”起路来就像是一个拄着拐杖的人。两条生硬的“腿”先向前滑动，后“腿”再向前“腿”靠拢，当后“腿”快要靠上前“腿”时，它整个身体会随之突然倾斜，之后，前面的两条“腿”再向前滑动。每走一“步”，修长的树干都会前后剧烈地晃个不停，让人看了之后有种晕船的感觉。这种前进的方式看上去既费力又笨拙，让人会隐约想起嬉戏中的小象。有人会觉得，如果三尖树继续以这种方式长时间蹒跚的话，即便树干不折断，树叶也会掉个精光。可事实是，尽管这种方式看上去很笨拙，但三尖树偏偏打算以这种方式“走”遍全世界。

这就是我能看到的全部内容，紧接着就是战舰下水仪式了。虽然内容不多，但它足以激发一个小男孩探究的好奇心：这种植物在厄瓜多尔能做出那样有趣的事情，为什么我家花园里的这株就不行了呢？不错，我们这棵确实要小得多，但看上去还是一模一样的啊……

回到家大约十分钟后，我便围着三尖树挖了起来。我小心翼翼地翻松它周围的泥土，希望它也能行走。

不幸的是，在探寻这种会行走的植物的过程中，有一种情形摄影师并没有经历过，或者是出于某种原因，他们没有揭露这一事实，也没有给予任何警告。我俯下身，想要清理三尖树周围的土，又要确保不伤害它，就在这时，不知从哪儿冒出的某种东西（或者说是某尊大神）狠狠地砸了我一下。顿时我失去了知觉……

等我醒来时，发现自己躺在床上，爸爸、妈妈和医生都忧心忡忡地看着我。我头痛欲裂，浑身疼痛，后来还发现自己的一边脸上有一道鞭痕，肿了起来，满是红斑。继续追究我为什么会躺在花园里不省人事这个问题，没有任何意义——我根本不知道是什么东西袭击了我。但不久后，我便得知，在英国，我一定是最早遭三尖树袭击、却又幸免于难的一个幸运儿。当然，主要原因是我家的这棵三尖树还没有长大。没等我完全康复，父亲就已经查清楚到底是怎么回事了。当我再去花园时，发现父亲已经毫不留情地对三尖树实施了报复：将它付之一炬。

既然植物会走路已经成了确定的事实，媒体也就一改原先遮遮掩掩的态度，把它们公之于众了。于是，为它们取名就迫在眉睫了。一些植物学家根据三尖树的习性，在多音节的仿拉丁语术语和希腊语里为它们找名字，继而便产生了带有“行动”、“假足”这类词缀的各种变体。然而，媒体与公众所需要的词不仅要朗朗上口，还要简短，让人过目不忘。如果你有幸看到当时的报纸，你会发现报纸上曾用下列词语来指代三尖树：

三枝桠　　三位一体
三尖瓣　　三足
三颊　　三支柱
三枝　　三棱
三叶　　三脚架
三尖　　三凸轮

另外，还有一些更加稀奇古怪的名字，虽然它们不用

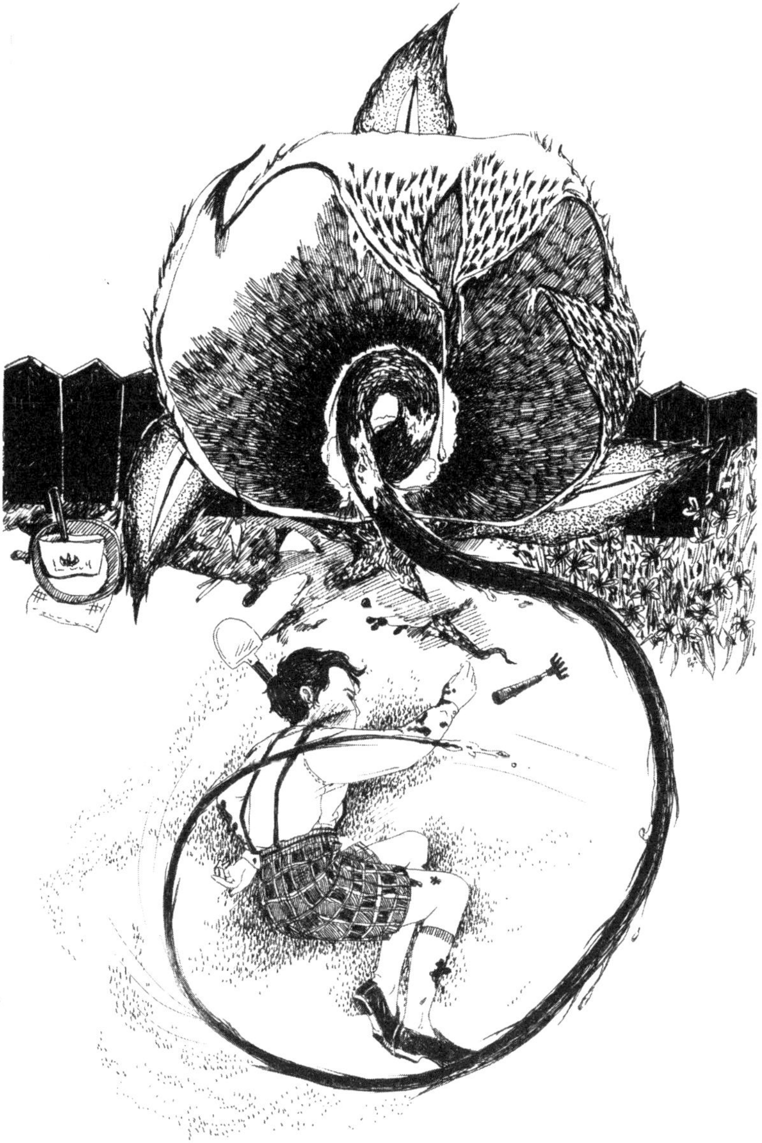

“三”字开头，但基本都着眼于三尖树会行走、根分三叉这一特点。

无论是公众发言、私下交谈还是在酒吧闲聊，大家都会从近似科学、词源学和若干其他角度出发，激烈争论哪个词比较恰当。渐渐地，一个词在这场语言学比赛中脱颖而出。起初，人们还不习惯它的构词形式，但后来通过英语的一般用法，调整了第一个长音“i”，又通过习惯用法迅速加了个“f”，大家便不再对它指手画脚了。就这样，标准的名字诞生了。这个通俗易记的名字就是三尖树（Triffid），它出自一家报社，用于指代稀奇古怪的东西。然而，此时此刻，聪明的人类还不曾料到，这个词有一天注定会成为痛苦、恐惧和悲惨的代名词……

公众最初的热情很快消失了。三尖树确实有些古怪，但那毕竟只是因为它们是新奇的事物罢了，不是吗？人们曾经对袋鼠、巨蜥和黑天鹅之类的新奇事物也产生过同样的好奇心。而且，你想想，三尖树是否真的比泥鳅、鸵鸟、蝌蚪还有其他上百种稀奇的东西更加奇怪呢？蝙蝠是一种会飞的哺乳动物，那么，三尖树也不过是一种会走的植物——这有什么大不了的吗？

然而，我说的是然而，三尖树有一些特征却不容忽视。对于它的来源，A 国人始终保持低调，只字不提，这很符合他们的民族个性。即使有人听说过翁贝托，也没有人把他和三尖树联系起来。它出现得很突然，而且分布广泛，这就更加令人困惑不解，进而引发了种种猜测。尽管它在热带地区生长速度较快，但听说，各个阶段的三尖树样本几乎遍布除极地和沙漠以外的任何地区。

当人们听说该物种是食肉植物，而那些被困在萼里的苍蝇和其他昆虫，实际上就是被里面的黏性物质消化掉的时候，他们觉得很惊讶，还有点小小的恶心。我们虽然生活在温带地区，对食虫植物也并不陌生，但还不习惯看到它们生长在温室以外的地方，会觉得它们的出现很不雅观，或者说不太合适。但真正令人警觉的是三尖树茎干顶部的叶片轮生体，它在发起攻击时，可以变成一个带刺的细长武器，有两三米长。如果这种武器直接打在没有任何保护的皮肤上，那它释放出来的毒液，足以置人于死地。

一旦意识到危险，各地的人便开始焦躁不安起来，他们纷纷把三尖树砸得稀烂，砍得精光。直到有人想到，其实只要砍掉它身上那些伤害人的尖刺武器，它就不能害人了。因此，随着三尖树的数量锐减，对这种植物近乎歇斯底里的攻击也就慢慢减少了。不久之后，在花园附近种上一两株经过修剪的三尖树，便开始成为一种时尚。人们发现，大约每过两年，被剪掉的刺藤又会重新长出来，所以每年都得修剪一次，以确保它们处于“温柔”的状态。被修剪过的三尖树，还能为孩子们带来无限的欢乐。

在温带地区，人们已经成功地把大多数自然形态限制在一个合理的范围内，三尖树自然也不例外，被治理得服服帖帖——此时的人类，除了无法控制自己一些矛盾的本性之外，一切都在掌控之中。

但是，“温柔”掩护了罪恶。在热带，尤其是在林木蔽天的地区，三尖树发展迅速，并且泛滥成灾。

游客很容易忽视躲在一般灌木丛和矮树丛中的三尖树，所以当他们处于三尖树的攻击范围内时，毒刺藤就会伸出“手”来，猛地鞭打他们。如果三尖树一动不动，巧妙地“潜伏”在丛林的小路旁，就算是住在这一带的居民也很难察觉。三尖树对周遭的任何动静都出奇地敏感，要想经过它们身边而不被察觉是很困难的。

在这类地区，如何对付三尖树就成了令人头疼的大事。最常用的办法是把树干顶部连同其上面的刺藤统统砍掉。生活在丛林地带的居民喜欢随身携带轻便的长竿子，上面绑着镰刀。只要能先下手，基本上就能奏效；但如果三尖树有机会向前摆动，出人意料地把攻击范围扩大一两米的话，这种竿子就完全用不上了。于是，形形色色的弹簧枪基本上取代了这类长枪式样的武器。这类弹簧枪大都装有薄钢板制成的涡流盘、十字架或者小型回旋飞镖。只要它们能击中三尖树，就能轻松地将树干削成四瓣薄片，但不幸的是，十米之外，命中率就很低了。

这一发明取悦了统治者，因为他们都很反感有人随随便便地携带步枪；而使用者也从中受益，他们发现薄钢片做的飞弹要比子弹便宜得多，份量也更轻，对付悄无声音的偷袭者，实在是再合适不过了。

在其他地方，人们也在大量开展对三尖树的天性、习性和构造的研究。满腔热情的实验者还企图从科学的角度测定，它能走多远，又能走多久；据说它只有一个正面，只能朝前走——是否真的如此呢，还是它可以同样笨拙地朝任何方向行走？它在可以行走之前，根部要在地里保留多久；碰到土壤中的各种化学物质，它又会有怎样的反应，等等——诸如此类的问题都是人们热衷研究的对象。此外，大家还研究了很多别的问题，有用没用的都有。

迄今发现的最大样本有三米多高，生长在热带地区；而在欧洲，人们从来没见过超过两米五的样本，基本上都是两米二三的样子。这说明什么呢？说明三尖树拥有独特的秉性：能适应各种各样的气候和土壤环境，而且除人类以外，似乎没有其他天敌。

有一小段时间，一些很容易被注意到的明显特征竟然逃过了人们的视野。过了相当一段时间，人们才注意到，当三尖树用刺藤瞄准目标时，其准确率高得不可思议。而且，它们几乎都无一例外地会击中人的头部。另外，起初也没有人注意到，它们习惯“潜伏”在被击倒的受害者附近。人们一直不明白三尖树这么做的原因，直到发现它们不仅吃昆虫，还吃肉：它们的刺藤力量不够，无法撕开结实的肉体，但却足以从腐烂的尸体上扯下一片片肉，然后再“放”进树干顶端的萼形结构中。

对于树干底部的三根光秃秃的小枝桠，人们没有太大的兴趣了解其中的奥妙。少数人认为，这三根枝桠可能与三尖树的繁殖系统有关。该系统就像是一个存在于植物体内的杂物间，用来存放各种各样用途的东西，它们随后会被分门别类，明确分配到各处。因此，有人猜测三尖树能突然离开原地行走，与主干碰撞时还会发出急促的“砰砰”声，是它们奇特的发情方式。

在三尖树还没有完全长大时，我就遭到过攻击，虽然过程并不愉快，但也算得上奇特。这次经历激发了我对它们的兴趣。与它们结下了不解之缘。我花了大量的精力，饶有兴致地观察它们，而这一切在我父亲看来，纯属吃饱了撑的，白白浪费时间。

父亲认为我的嗜好毫无价值，这点在当时无可厚非，可后来，谁都没想到，我竟然赶上了好时机。就在我毕业前夕，“北极—欧洲鱼油公司”进行了重组，在此过程中，它删掉了名字中的“鱼”字。公众获悉，该公司和其他国家的一些同业公司都准备大规模种植三尖树，提取价值极高的树油、树汁，把三尖树废料压缩成营养价值极高的油渣饼来喂牲畜。就这样，三尖树一夜之间登上了国际大生意的舞台。

我的前途也随即确定了下来。我到“北极—欧洲油业公司”应聘，凭资历被分派到生产部门工作。虽然一开始父亲不赞成我干这一行，但薪水对于我这个年纪的人来说还算不错，所以他也就不再约束我了。可当我热情洋溢地大谈前途时，他总是眯着眼，半信半疑地吹着他的胡须。他只对稳定而传统的工作有信心，因为这些工作已经存在多年，不过，他做出了让步，说："如果这份工作做不成，你还可以趁年轻从头再来，找个更稳定的工作。"

事实上，这种顾虑后来被证明是多余的，因为五年后，父母就看着我们公司把其他油业公司挤出了市场，而我们这群在引进三尖树之初就入职公司的"元老"们显然前程无忧。

但之后不久，父亲和母亲就在度假时遇到了空难，双双丧生。

我的朋友沃尔特·卢克纳也是公司的元老之一。

一开始，我对公司雇佣沃尔特也感到疑惑不解，因为他对农业知之甚少，商业更是一窍不通，而且也不具备进实验室的资格。可话又说回来，他很了解三尖树，还知道不少独到的诀窍。

数年后那个致命的五月，虽然我不清楚沃尔特到底出了什么事，但我能猜到——沃尔特没能逃脱厄运，真是令人痛心，要不然，他将来肯定大有作为。我觉得，没有人真正了解、或者想去了解三尖树，可沃尔特已经逐渐接近真相了，他已经开始了解它们了，他比我知道的任何人都更了解三尖树。也许应该这么说，他对三尖树有一种直觉。

我们一起工作了两年，他才第一次让我大为震惊。

一天，太阳快要落山时，我们下班了，大家心满意足地望着三块新开垦的田地，地里满是快长成的三尖树。那时候，我们并不像后来那样简单地把它们关起来，而是在田里将它们大致排成一行。虽然植物本身并没有秩序感，但至少拴住它们的钢柱都已经排列整齐了。估计再过一个月，就可以提取树液了。那天晚上一片宁静，偶尔能听到三尖树的小枝桠拍打树干发出的咔嗒声。沃尔特微微侧头倾听，放下了自己的烟斗。

“它们今晚话真多。”他说。

与其他人一样，我把他的话理解为比喻。

“大概是天气的缘故吧，”我说，“它们在天气晴朗干燥时更容易这样。”

他斜着眼，笑眯眯地看着我。

“天气晴朗干燥时，你的话也会多一点儿吗？”

“为什么你会……”我刚说了几个字，就停了下来，“你不会真的觉得它们在聊天吧？”我看着他的脸。

“嗯，你怎么知道它们不是在聊天呢？”

“这太神奇了，植物也会聊天吗？”

“你是说植物聊天比它会走更荒谬，更让人难以接受吗？”他问道。

我盯着三尖树看了一会儿，然后又扭头看着他。

“我从来没想过……”我满腹疑虑地开了腔。

“你不妨试着想想我的话——同时要盯着它们，我很想听听你的意见。”他说。

说来也怪，打理三尖树这么久了，我从未想过有这种可能。我想，也许一直以来我都先入为主地抱有偏见，完全相信那种所谓的“发情理论”——简单地认为三尖树那时在“叫春”，从没真正想过沃尔特的意见，也就更谈不上相信了。可一旦他向我阐述了这个理念，就在我脑海里扎下了根。我觉得，它们或许真的是在喋喋不休，互相传递着秘密信息。

在那之前，我一直以为自己对三尖树的观察很细致，但听沃尔特谈起它们时，我才意识到自己还差得远呢。兴致一来，他就能拿三尖树这一话题谈上几个小时（请注意，是“几个小时”），还会提出一些“理论”，那些理论时而荒诞，时而又令人难以置信。

此时，公众已经不再认为三尖树稀奇古怪了，反而觉得三尖树笨手笨脚，挺好玩的。然而，我们公司却始终认为，三尖树的存在对每个人来说都是一种恩赐，对公司来说尤其如此。对于以上两种观点，沃尔特都不认同。有时候，听他谈着谈着，我也开始怀疑这一切了。

他深信三尖树在“交谈”。

“这就意味着，”他申明了自己的观点，“它们身上的某处潜藏着‘智慧’。但不可能在大脑里，因为经过解剖，我们没发现在其体内有类似大脑的东西，但这并不能表明它们体内没有某种东西在发挥大脑的作用。

“而且……而且它们体内一定有类似的智能。你注意到了吗？它们攻击人时，总是选择没有保护的地方，几乎每次攻击的地方都是头，但有时也会攻击手。还有，只要看看死伤者的相关数据，你就会注意到，因双眼被击中而最终致盲的比例大得惊人，其背后的深意绝对非同小可。”

“有什么重大意义吗？”我问。

“因为这个比例表明，三尖树一定知道怎样才能让人丧失活动能力，换句话说，它们知道自己在干什么。说白了，假如三尖树真的具备智能，那我们人类唯一重要的优势就只剩下视力了——我们看得见，而它们看不见。但如果我们也看不见了，我们的优势也就消失了。或许情况还会更糟，我们会处于劣势，因为它们已经习惯了看不见，但我们恰恰是不习惯。”

“可是，即便如此，三尖树也做不了什么大事啊，因为它们不会使用工具，挥过来的刺藤力量也不大。”我指出了问题的关键。

“没错，但如果不知道怎么对付三尖树，我们使用工具的能力又有什么用呢？不管怎么说，它们不必吃东西，这点不像我们。它们能直接从土壤或从昆虫和少量生肉中汲取养分，省略所有复杂的事务，不必经过种植、买卖、通常还有烹调等诸多过程，就能填饱肚子。实际上，如果要我选择三尖树和盲人谁能生存下去的话，我绝对知道应该把宝押在谁的身上。”

“前提是它们智力均等。”我说。

“哈哈，可能根本不是这么回事。我猜测，三尖树的智能很有可能是一种完全不同的类型，而且需求更简单。看看我们经过了多少道复杂的工序，才从三尖树身上提取到它们能吸收的那种提取物。现在，反过来想想，三尖树会怎么做呢？它们只需把我们刺伤，过不了几天，就能开始消化吸收了。过程很简单也很自然。”

他常常会自顾自地一直讲个不停，以至于我听到最后，变得自己也小题大做起来，发觉自己看三尖树的样子，就好像是在看竞争对手一般，沃尔特却从来没有故弄玄虚地朝别处想。他坦言，他曾经想再多收集点儿资料，然后针对这个主题写本书。

“你打算写本书？”我又问，“那为什么又不写了呢？”

“就是因为这个。”他摆了摆手，比画着整个农场的范围，“现在，这里已经开始盈利了。再对三尖树提出这种骇人听闻、蛊惑人心的想法，不会给任何人带来收益。不管怎么说，我们现在把三尖树打理得好好的，这挺好啊。所以尽管这一想法是个很好的课题，但现在却不值一提了。”

“你总让我琢磨不透。”我对他说，“我一直不确定，你能认真到什么程度，又能让自己的想象走多远。跟我说实话吧，你真的觉得那玩意儿身上藏着危险吗？”

他吸了一口烟斗，回答说：

“我觉得可能性很大，”他毫不讳言，“因为……嗯，我自己也不是很确定。但有一点我很肯定——三尖树身上蕴藏着危险。如果能搞清楚它们的嗒嗒声意味着什么，我差不多就能给你真正的答案了。但不知怎么，我却不太担心。虽然它们长在那里，但在人们眼里，也只不过是一大堆奇怪的‘卷心菜’罢了，有一半时间，它们都在互相拍打，发出‘噼噼啪啪’的声音。为什么呢？它们在急促地拍打什么呢？这才是我真正想知道的。”

在我看来，沃尔特很少在其他人面前提及他的想法，我也不会和别人说，一定程度上是因为我知道没有人会比我更有怀疑精神，还因为说出去对我们俩都没有好处，只会让公司里的人觉得我们俩是脑子进水的怪胎。

在这一年左右的时间里，我们一直通力合作。后来，公司开辟了一些新苗圃，需要有人到国外学习种植方法，我开始经常出差。而他也不再在田间工作，转去了研发部。那里很适合他，他可以一边为公司搞研究，一边自己潜心钻研。我偶尔会去看看他，总能看到他在做实验——研究三尖树，但实验结果却总是令他失望，无法证明他一直坚持的观点，不过，也有令他满意的地方——结果显示三尖树具有发达的智能。即便是我，也不得不承认，实验结果确实能表明三尖树的行为不仅仅是出于本能。他依然深信，枝条发出的拍打声是三尖树之间的一种交流方式。沃尔特认为，三尖树的枝条很重要，没有枝条的三尖树会慢慢退化。另外，他还证明，三尖树的种子大多都无法繁殖，繁殖失败率高达 95%。

“低繁殖率，”他说，“确实是件好事。如果它们都能活下来的话，过不了多久，这个星球就会变成三尖树的天下了。”

对此，我也表示认可。

三尖树的结子期确实很壮观：萼形结构下方的墨绿色豆荚闪闪发光，渐渐膨胀，涨到差不多有苹果那么大，便爆裂开来，发出“砰”的一声，声音响亮，连二十米以外的地方都能听得到。白色的种子像蒸气一样喷射到空中，微风一吹，便开始四处飘散。你可以在八月下旬观察地里的三尖树，这样，你就能明白它们确实是在断断续续地播种了。

此外，沃尔特还发现，如果保留三尖树的刺藤，提取液的质量就会更高。因此，在出售期间，农场工人便不再修剪三尖树了，我们则要穿上防护服，才能在这些植物中间工作。

让我入院的那场事故发生时，我其实是和沃尔特在一起的。当时，我们俩都戴着金属丝网的防护面罩，查看一些变异的标本。我也不太清楚到底发生了什么事，只记得当我俯身向前时，一根刺藤猛地挥向我，打在我脸上的金属丝面罩上，发出“噼啪”的声音。有 99% 的可能我会没事，因为面罩可以保护我。但这根刺藤的力量太大，连毒囊都震爆了，毒液喷溅了出来，有几滴溅落到我的眼睛里。

沃尔特把我带回他的实验室，立刻给我涂上解毒剂。全靠他急救得当，医生才能完全治好我的眼睛，但即便如此，我还是在床上躺了一个多星期，而且在这段时间内，我的眼睛完全看不见。

还在医院的时候，我就决定，如果能重见光明，我一定要申请调到公司的其他部门去工作；如果公司不批准，我就辞职。

我在花园里被三尖树刺过之后，就能在很大程度上抵抗它的毒性，被刺伤也不会有什么事，但如果是一个从未被刺过的人被刺到，那麻烦就大了。但是常言说得好，常在河边走，哪能不湿鞋。想到这句话，我就觉得自己还是小心为妙。

我记得自己在失明期间，很多时候都在想，如果公司不批准我调动工作，我辞职后该找个什么样的工作呢？

但现在，只要一想到灾难已经降临，我就实在无暇顾及这个无聊的想法了。

第三章

雾都中的摸索

我走出酒吧，站在大道的一隅。身后，酒吧的门还在摇晃。我站在那里，茫然无措，犹疑不前，不知道该走向何方。

如果往左走，穿过延伸数里的城郊街道，就可以看到一望无垠的田野；往右走可以到伦敦西区，再继续走就是伦敦市中心了。刚才我还觉得好像清醒了一点儿，可现在又莫名其妙地感到孤立无援，完全不知道该往哪边走。我什么对策都没有，直到现在，我才终于意识到，眼前的这场灾难并不是局部性的，而是大范围的。我目瞪口呆，束手无策——到底该怎么做才能应付眼前的情况呢？我觉得很孤独，随后又觉得凄凉无助，浑身不自在。

四周看不到一辆车，当然也就听不见车响。这里唯一的生命迹象就是周围的一些人，他们正小心翼翼地沿着店面摸索前行。

那是初夏的一天，天气极好，阳光从蔚蓝的天空中倾泻而下，天上飘着一簇簇毛茸茸的白云。一切都很洁净、清爽，只有一缕烟从北边的房子后面徐徐飘来，油腻腻的，像是一道污迹。

我站在那里，犹豫了一会儿，然后往东走去，那是伦敦市区的方向……

直到今天，我也说不出当时为什么要往东走。可能是出于本能吧，希望去自己熟悉的地方，也可能是出于直觉，认为如果还有什么地方有权威的话，肯定就是在那个方向的某个地方。

喝了白兰地之后，我感到前所未有的饿，可要想填饱肚子，却远没有原先那么简单了。其实，商店近在咫尺，里面既没有人也没有防护措施，食物就摆在橱窗里，而我还饿着肚子站在这儿，兜里也揣着钱。当然，就算我不想付钱也行，只要砸开橱窗，就可以拿到我想要的了。

不过，我还是很难说服自己那样做。在过去近三十年的时间里，我一直过着信奉正义、遵纪守法的生活。我还没做好准备接受这一事实——生活中的一切已经完全变样了。况且，我感觉只要我自己还能保持正常，或许一切就会以一种不可思议的方式恢复原样。毫无疑问，这种想法非常荒谬，但那时我确实有一种强烈的感觉，觉得从我打碎橱窗的那一刻起，我就会把正统秩序永远抛诸脑后，沦为抢劫犯、强盗、低等的食腐动物，撕咬已经坏死的体制，不顾它对我的养育之恩。这个世界已经千疮百孔，我却还留着如此细腻的情感，真是可笑！不过，我还是很乐于回想自己当时的所作所为，我没有立刻抛弃文明人的做法，而且，曾有一段时间，我对陈列柜里的食品视而不见，即使口水直流“三千尺”，还是坚持那些已经过时的惯例，忍饥挨饿地坚持住。

大概走了半英里之后，这个问题就自己解决了，虽然过程似是而非，而且也不那么合乎规矩：一辆出租车冲上了人行横道，撞坏了商店的橱窗，然后停了下来，散热器埋在一堆熟食中。我觉得别人打碎橱窗似乎与我自己打碎不一样，于是便翻过出租车，捡了些食物。捡到的食物足以让我饱餐一顿。但即使是那时候，我还是无法摆脱某些固有的观念，于是便估了一个合理的价格，自觉地把钱放在柜台上。

靠近马路对面的地方有个花园，看上去曾经是教堂的墓园，只是教堂已经不在了。陈旧的墓碑被移开，靠在了四周的砖墙旁。空地上是一片草坪，石子小径蜿蜒而上，映衬着满是新叶的绿树，美极了。我随便找了个座位坐下来，开始享用午餐。

这个地方既偏僻又静谧，没有其他人进来，只是偶尔会有人拖着脚步走过入口处的栏杆。我扔了些面包屑给麻雀，那是我那天第一次见到鸟儿。它们活蹦乱跳，对这场灾难漠不关心，看到它们，我觉得心情好了很多。

饭后，我点了一支烟，坐在那儿一边抽，一边琢磨着该往哪里去，该做些什么。这时，一阵钢琴声从一幢恰好可以俯瞰花园的住宅里传来，打破了原有的宁静。一个女孩的嗓音随即响起，唱了起来。她唱的是拜伦的诗[①]：

① 《好吧，我们不再一起漫游》，查良铮先生 1917 年译。

好吧，我们不再一起漫游，
消磨这幽深的夜晚，
尽管这颗心仍旧迷恋，
尽管月光还那么灿烂。

因为利剑能够磨破剑鞘，
灵魂也把胸膛磨得够受，
这颗心啊，它得停下来呼吸，
爱情也得有歇息的时候。

虽然夜晚为爱情而降临，
很快的，很快又是白昼，
但是在这月光的世界，
我们已不再一起漫游。

我侧耳倾听，抬头望见嫩叶和树枝纵横交错，斑驳的影子倒映在浅蓝色的天空中。女孩唱完歌，琴音也渐渐停止，剩下一阵呜咽。那声音听上去那么无助，那么凄凉，令人心碎。她是谁？哭得如此绝望，是刚才那个唱歌的女孩，还是另有其人？我不知道，也听不下去了。于是，我悄悄回到街上，出神地看了会儿街道，心里一片迷茫。

我继续向前走，来到海德公园的演讲角，那里也没有人，只有一些被人遗弃的小轿车和卡车杂乱地四散在路上，但似乎又不是在行进间突然失控的。一辆公共汽车穿过小道，停在了格林公园里；一匹脱缰的马身上仍挂着轭，可能是撞在了大炮纪念台上，颅骨碎裂，倒在那儿。只有少数人还在移动，其中男人的数量多于女人。在有栏杆的地方，他们手脚并用，小心翼翼地摸索前行，而在没栏杆的地方，则拖着步子向前挪动，伸出双臂，以便自我保护。出人意料的是，还有一两只猫显然并未失明，它们保持着惯有的矜持，冷静应对一切状况。它们在一片寂静中觅食，但收获甚微——麻雀已所剩无几，鸽子则全然绝迹。

昔日的中心区仍旧深深地吸引着我，于是我穿过马路，朝皮卡迪利大街方向走去。我刚想迈步，就注意到不远处又传来响声，我可以清楚地听出那是一阵连续的敲击声，它正逐渐向我靠近。我顺着公园小径向远处望去，发现了声音的来源。那是一个男人，衣着整洁，比我那天早上见过的任何人都要整洁。他正用一根白色的棍子敲击着身旁的墙壁，快步向我走来。他一听到我的脚步声，就停了下来，竖起耳朵警觉地聆听。

“没事，”我对他说，“过来吧。”

看到他，我觉得自己终于可以松一口气了，因为……这么说吧，他本来就是个瞎子，戴着墨镜，不会像其他人那样令人不安。其他人似乎都盯着你看，但实际上却又什么都看不见。

“那你也别动，”他说，“天知道我今天撞上了多少蠢货。

见鬼，究竟出了什么事？我知道现在是白天，我能感受到阳光。但到底出什么乱子了？”

于是，我就把自己知道的一五一十告诉了他。

听我说完之后，他一言不发，过了快一分钟才微微地苦笑了一下。

“给你提个醒，”他说，“现在，他们可都想为自己找个庇护人呢。”

说着，他不屑地挺直了身子，鄙夷之情溢于言表。

“谢谢你，祝你好运。”说完，他便向西走去，摆出一副傲然独立的样子，虽然稍微有点儿夸张。

我往皮卡迪利大街走去，那个人自信而又轻快的敲击声渐行渐远，在我身后慢慢消失。

人渐渐多了起来。路上到处都停着车，我穿行其间，没给沿着大楼侧面摸索前行的人造成多少困扰，因为他们一听到有脚步声临近，就会停下来，以免发生碰撞。类似的冲撞时不时就会发生在街道上，可其中的一次却让我感触颇深。两个人沿着店铺，从相反的方向摸索而来，撞到了一块儿。一个是年轻小伙子，身着做工精细的西服，但搭配的领带却不太协调，显然是凭触觉选出来的；另一个是位少妇，怀里还抱着小孩。那孩子哭哭啼啼地说着什么，但我听不清楚。小伙子慢慢向前走，就在他准备走过少妇身边时，却突然停住了。

“等一等，”他说，“你的孩子看得见？”

“是的，”她答道，“可我看不见。”

年轻人转过身，把一根手指放在厚厚的玻璃橱窗上，指着里面问道：

“看，小家伙，那里面有什么？”

“我可不叫小家伙。”孩子抗议道。

“快点儿，玛莉，告诉这位先生。”她母亲鼓励她说。

“有很多漂亮的姑娘。”孩子回答。

那男子拉住少妇的胳膊，摸索到另一个橱窗。

“那这里面呢？”他又问道。

“有苹果。”孩子告诉他。

“很好！”年轻人表扬她。

他脱下鞋子，用鞋跟猛砸橱窗，但由于是新手，所以第一击没能砸碎玻璃，第二击才成功。玻璃破碎的声音瞬间在长街四处回荡。他又穿上鞋，小心翼翼地把一只胳膊伸进砸碎的玻璃窗内，在周围摸索了一阵，总算找到了几个橘子，他给了少妇一个，又给了孩子一个。然后又开始摸索，给自己也找了一个，顺手剥开了皮。但少妇却仍然拿着橘子，没有吃。

“可是……”她说。

“怎么了？你不喜欢吃橘子？”他问。

“这样做是不对的，”她说，“我们不应该白拿，不该这样拿。”

“那你还有什么其他方法能弄到吃的？”他反问了一句。

“我想……我想，我想我也说不上来。”她一脸的困惑。

“很好，那就这样吧。快吃！我们还得再去找点儿更实在的东西吃呢。”

她还是握着那个橘子，低头注视着它。

“尽管如此，还是不该拿。”她又说了一遍，不过这次的语气已经没那么坚定了。

不一会儿，她便放下孩子，开始剥橘子……

到目前为止，人最多的地方是皮卡迪利广场。尽管总人数可能还不到一百人，但却显得比其他地方拥挤。大多数人穿着怪异，服装的搭配也不协调。他们焦躁不安地四处徘徊，好像有点儿精神恍惚。要在以前，一个小事故往往就会引来一阵咒骂和于事无补的勃然大怒，听起来挺吓人的，因为事件本身就是由恐惧以及幼稚的脾气引起的。但现在却有些例外，人们不会再注意这样的小事了，大多数人既不交谈，也不吵闹，只剩一个人还在说话，看来，失明让他们都变得自闭了。

那个人终于摸到了路中心的安全岛，站了上去。他是个高个子男人，上了年纪，人很削瘦，顶着一头灰白的乱发，发质看起来很硬。他滔滔不绝地大谈忏悔，说什么天灾将至，罪人前途堪忧之类的事，但没有人理会他，因为大部分人都觉得上帝惩戒人类的日子已经到了。

接着，远处传来歌声，吸引了大家的注意——不少人在齐声歌唱，声音越来越大：

我若撒手西去，
无需入土为安。
唯愿将我尸骨，
浸入琼浆玉液。

歌声在空荡荡的街道上反复回荡，声音刺耳，令人沮丧，无助而又凄凉。广场上摸索着游荡的人时而扭头向左，时而扭头向右，想确定那声音到底来自哪里。而安全岛上那位末日预言家则提高了嗓门，与那歌声抗衡。不成调的歌声如泣如诉，越来越近：

我的身边，
美酒相伴；
即怀信念——
尸骨不朽！

广场上的人们拖曳着脚步四处摸索，那脚步声竟然和歌声有些合拍。

我站在那儿，可以看到他们从一条小巷鱼贯而入，走到沙夫茨伯里大街，然后拐弯，朝广场走来。队伍里的第二位人将手搭在领队的肩上，走在第三位的搭在第二位的肩上，以此类推，他们总共有二三十人。唱到最后，有人开始大喊："啤酒，啤酒，上好的啤酒！"这句话音调很高，在人群中引起了一阵骚动，歌声也逐渐停止了。

他们步履维艰地走到了广场中央，随后领队提高了嗓门。他声音很大，很有阅兵的气势。

"同志们——立定！"

此时此刻，广场上其他人都惊呆了。他们一动不动地站在那儿，面对着他，不知道下一步要干什么。领队又拔高了声音，摆出一副专业导游的架势，大声说：

"我们全到了，一个也没落下。该死的皮卡迪利广场，这个世界的中心，宇宙的中心。这里是大人物喝酒、找女人、唱歌的地方。"

他不瞎，一点儿都不瞎。他边说话边扫视着周围，心中暗自盘算。他一定和我一样，出于偶然的原因，没有丧失视力，不过他和他身后的人都已经醉了。

"这一切，我们也会拥有的，一切尽在掌握之中！"他补充道，"下一站，著名的皇家咖啡馆，喝什么都不要钱。"

"好，可女人呢，女人在哪儿？"一个声音问道，接着便是一阵狂笑。

"哦，女人，就是说你想要女人？"领队问。

他迈步向前，抓住了一个女孩的手臂。不管那女孩怎么尖叫，他都不理会，径自把她拖到刚刚说话的男人跟前。

"给你，伙计，可别说我亏待了你。如果你很介意她的长相，那我告诉你，她可是个美人儿，漂亮极了。"

"嘿，那我呢？"旁边的男人问。

"老兄，你？好吧，让我想想，喜欢金发的还是黑发？"

现在回想起来，我觉得自己当时的举动有点儿傻，满脑子竟然还是那些作废的社会规矩和标准。我根本没有想到，如果到最后还能有幸存者的话，相比于那个女孩自己在黑暗中摸索，她跟这伙人在一起其实更有可能活下去。可惜当时我没有想到这些，不顾一切地冲了过去，心中燃烧着只有学生时代才有的英雄气概和高尚情操。直到我赶到那个领队身边，他才发现了我。我猛地一拳打向他的下巴，不幸的是，他的动作比我快多了……

当我再次醒来时，发现自己躺在马路上，那伙人的声音已经逐渐远去。末日预言家又开始高谈阔论，我朝他们远去的方向破口大骂，诅咒他们会被地狱之火烧死，而且地狱使者会让罪恶的火焰永远永远尾随着他们。

我恢复了点儿理智，开始庆幸这事没有酿成大祸。如果事情不这么发展，被打倒的人是他，恐怕我就得替他做领队了。毕竟，不管旁人怎么看待他的做法，他都是这伙人的眼睛。他们靠他找吃的、喝的，而女人们一旦饿得够呛，为了活下去，也会跟随其后。我环顾四周，怀疑这儿的女人会不会真的介意跟他们走，甚至有点儿相信，女人们愿意主动献身，投怀送抱。发生了这么多事，我还能躲过给一群瞎眼的疯子当头目的厄运，看来我似乎真的非常幸运。

想起他们要去皇家咖啡馆，我决定去附近的摄政宫饭店休息一下，清醒清醒。抵达目的地之后，我发现那儿人挺多，看起来不少人和我的想法一样。那儿还有很多瓶酒，只是他们没有找到。

我惬意地坐在饭店里，面前摆着一杯白兰地，手里拿着一根雪茄。在这儿坐了一会儿，我终于不得不承认，眼前所发生的一切都是真的，而且千真万确，毋庸置疑。再也回不到从前了，我所熟悉的一切都终结了……

也许真的需要一记狠狠的重拳，才能让我深入骨髓地接受这个现实。现在，我必须直面生活重心已经不再这一事实。我的生活方式、我的计划、我的雄心壮志和曾经的期待，都被一下子彻底摧毁了，一起消失的还有当初成就我的环境。我想，倘若我还有亲朋好友要去哀悼的话，那一刻应该有一种天塌地陷的感觉，好像自己被全世界抛弃了一样。但那时候，我反而很庆幸自己是孑然一身，虽然这样有时看起来分外凄凉。我父母双亡，几年前曾经想过结婚，但最终以失败告终，所以也用不着供养他人。而且奇怪的是，我确实清楚地感到了解脱，虽然这与我应有的感受完全是背道而驰的。

这个念头一直在我的脑海里徘徊，倒不仅仅是因为白兰地的酒劲儿让我眩晕。我想或许是因为面对新鲜事物才会产生这种感觉吧。所有的老问题，过时的问题，不管是个人的还是大众的，全都因为这猛然又残酷的一击而烟消云散。到目前为止，只有老天爷才知道接下来还会发生什么事——看起来还会发生很多事，而且都是新情况。我能主宰自己的命运，不再是那个无足轻重的小人物了。我要面对这个世界，它可能极度恐怖，险象环生，但我还是会自己想办法应付一切。我再也不会被自己不懂、也不在意的力量和利益推挤得左躲右闪了。

不，这根本与白兰地无关，因为即使是现在——很多年之后，我心中仍然残留着对这件事的感觉。不过在那时，白兰地确实有可能让事情变得更简单。

然后，又冒出了一个小问题：接下来我该做些什么呢？该到哪里去开始新的生活？怎么活下去？但眼下，我不会让自己为这些问题徒增烦恼。我端起酒杯，将白兰地一饮而尽，然后走出饭店，想看看这个奇怪、满大街都是瞎子的世界还会发生什么新情况。

第四章

前路漫漫

我不想在皇家咖啡馆与那帮乌合之众再起冲突，所以抄小路来到了中央区[①]，打算往北折回摄政大街。

可能是饥饿迫使更多的人离开了家，但不管是出于何种原因，我发现，自打离开医院后，就属我现在进入的这片区域人气最旺了。在人行道和狭窄的街道上，四处摸索的人群总是相互碰到，撞个满怀。此外，被打破的商店橱窗随处可见，好几群人聚集在橱窗前，那些想继续前行的人愈发跟人群挤成一团，可大家没有一个可以肯定地说出他们面前是什么店铺。站在前面的人四处摸索，希望能摸索到可以辨别出来的东西，从而找到答案；其他人则干脆冒着被竖立的玻璃碎片开膛破肚的危险，大着胆子爬进了商店。

我觉得自己应该引导这群人去找一个有食物的地方。可我真的该这么做吗？如果我把他们带到一家仍未被洗劫的食品店，他们用不了五分钟就会把那里搜刮个干干净净，而且在这一过程中，肯定还会有体弱多病的人被挤倒甚至被踩踏。无论如何，食物很快就会耗尽，那么，当成千上万的人吵着

① 伦敦市中心，多夜总会及外国饭店。

闹着索要食物时，我又该怎么办呢？也许应该挑出一小部分人，设法让他们多生存一段时间，尽管到底能生存多长时间我自己心里也没底。可哪些人应该选，又有哪些人应该留在那里等死呢？我想来想去也没找到合适的办法，于是我决定先看看再说。

眼前这一幕非常残酷，毫无绅士风度可言——大家根本不知道给予，只是一味地索取。两个男人撞在了一起，其中一个感觉另一个手中有个包裹，便乘机抢过来，仓皇而逃——他认为那里面可能有吃的；那个丢了包的人则气得在空中乱抓一气。还有一个老人猛地冲向路中间，也不管路上是否会有障碍物，为了不被他撞倒，我急忙闪到了一边。他显得极其狡诈，贪婪地把两罐红油漆紧紧地抱在胸前。我继续前行，在一个拐角处，发现一群人正对着一个不知所措的孩子沮丧而绝望地掉眼泪——那个孩子还能看见，可他年纪太小，根本搞不清楚身边的这群人到底想要什么。

我开始感到浑身不自在。文明意识敦促我去助他们一臂之力，可与此同时，我的本能又告诉我要避开他们，因为这群人原有的自制力正在迅速地消失。可一想到自己看得见，而他们看不见，一种莫名的愧疚感还是在胸中升腾起来。甚至当我夹在他们中走动时，也还是会本能地避开他们，为什么会如此，我自己也说不上来。

直到后来，我才发现自己的直觉有多明智。

快到金色广场时，我开始考虑是否要向左拐，回到摄政大街，那里的路更宽，走起来会更顺畅。我正要朝那个方向拐弯，突然听到一阵刺耳的尖叫，于是便停下脚步，其他人也随即停了下来。他们一动不动地沿着街道站着，脑袋一会儿向这边转转，一会儿又往那边转转，一副忐忑不安的样子。大家都想搞清楚究竟出了什么事。这声尖叫让他们恐惧到了极点，有些女人甚至还抽抽噎噎地哭了起来。男人们的精神状态也好不到哪儿去，他们受惊时，会不顾风度地破口大骂。这声尖叫是个不祥之兆，预示着会发生什么事——而且大家潜意识中已经意识到会有类似的事发生。大家都站在那儿，等待着尖叫声再次传来。

果不其然，尖叫声再次响起，充满了惊恐，最终化为了紧张的喘息。由于人们早有心理准备，所以现在听起来也就没那么吓人了。这次我找到了声音的所在，于是就朝那边走去，走了几步，来到一个小胡同口。就在我要转过拐角时，半带着喘息的哭喊声又传了出来。

声音从离胡同口几米远的地方传来——有个女孩蹲在地上，一个身材魁梧的男人正用一根细铜条抽她。她背后的裙子被扯破了，后背露了出来，上面满是红痕。直到我走近时，才明白她为什么不逃跑——男人的左手腕上拴着一根绳子，绳子的另一端把她的双手反绑在了背上。

我走到他们身边时，那个男人正扬手准备继续抽打女孩。我趁其不备，一把抓住他手中的铜条，使劲按住他的肩膀，把它夺了过来。他立即朝我的方向猛踢过来，但我迅速向后闪开了。他手腕上的绳子也限制了他的活动范围，没能让他踢中。当我在口袋里摸小刀时，他又一次朝我猛踢过来，但还是落了空，什么也没踢到。于是他转身朝那女孩一阵猛踢，然后破口大骂，拉扯着绳索，呵斥她站起来。我朝他头部的一侧打了一下——打得不重，只是让他无法再继续抽打那个女孩，脑袋晕上那么一会儿。不知为什么，我就是不忍心打昏一个盲人——即便是这种恶人，我也于心不忍。趁他还没恢复过来，我赶紧弯下腰，割断了把他们拴在一起的绳索。我轻轻推了一下他的胸口，他便向后打了个趔趄，差点儿翻倒在地；他失去了方向感，茫然站在了原地，过了一会儿才回过神来。他腾出左手狠狠地向我打来，但扑了个空，一拳砸在了墙上，指节疼痛欲裂，无暇顾及其他事了。我把女孩扶起来，为她松绑，领着她朝胡同口走去，留下那个男人在我们身后骂骂咧咧。

等我们来到大街上，她才开始回过神来。她转过脸，抬头望着我，脸上很脏，满是泪痕。

“你竟然看得见！”她面带疑惑地说。

“当然看得见。”我告诉她。

“哦，谢天谢地！谢天谢地！我还以为我是唯一一个能看见的人呢。”她说着又开始掉眼泪了。

我四下张望一番，看到离我们几米之外就有一家酒吧，里面传来留声机和杯子碎裂的声音，依然还有人在那儿狂欢。

几步之外还有一家小一点儿的酒吧仍然保持原样，看来这家酒吧还未遭洗劫。我用肩膀撞开那家小酒吧的门，扶着女孩走到雅座区，让她坐在椅子上。接着我拆了另一把椅子，卸下两条椅腿，插在了弹簧门的把手上，以防其他人进来。之后，我才把注意力转向酒吧间里贮存的各类酒水。

终于暂时安顿下来，不用急了。可以安静一会儿了——哪怕只是片刻。她动作不紧不慢，小口抿着第一杯酒，又仔细地嗅了嗅。她需要时间厘清头绪，于是我便一边摆弄着我的眼镜架，一边听着悲伤的小调——那是另外一家酒吧的留声机播放出的声音，时下很流行：

我的爱已冰封，
心已冻结。
她与别人走了，去向不知，
信中坦言，不会回来。
如今，她已不再爱我，
我形单影只，犹如置身冰窟。
美好时光已然不再，
我万念俱灰，彻骨生寒
我的爱已冰封，
我的心已冻结。

我坐下后，时不时用余光偷偷地瞟这个女孩。她的衣服，或者说是衣服的碎片，料子很好。她的声音很好听，虽然达不到舞台或银幕的标准，但面对压力时，依然能保持正常；头发是金色的，又掺杂着些许白色；若不是脸上的污迹和泪痕，她应该长得很漂亮。她比我矮十厘米左右，身材苗条，但并不瘦弱。看上去身体还算强健，如果真正需要用劲的话，她应该还是有些力气的。只不过，从出生到现在大概二十四五年的时间里，可能没有什么场合需要她费力气，最多也就是打打球、跳跳舞或骑马时要花点儿力气。她的手很漂亮，十分光洁，指甲留得很长，而且没有折断，与其说是为了实用，倒不如说是为了让人欣赏。

酒精渐渐开始发挥作用了。一杯酒下肚，她已经完全清醒过来，心绪也平复了下来。

“天哪，我看起来一定很糟糕。”她说。

看起来，除我之外，应该没人会注意到这一点，但我也没有表态。

她站起来，走到镜子前面。

“我真的看起来一团糟，”她确认了这一点，“哪里能……”

“你可以试着从那儿穿过去。”我建议道。

大约过了二十分钟，她才回来。考虑到这里条件有限，她能在这么短的时间内把自己打扮好已经很不错了：她已经完全恢复了心智，看起来丝毫不像是刚刚被毒打了一顿；但如果某位电影导演需要一个刚刚动手打过别人的女主角，那么她现在的形象倒是应该符合标准。

“抽烟吗?”我一边问，一边把另一只硬质玻璃杯推了过去。

我们一边自我调适，一边互相讲述各自的故事。我想再多给她点儿时间，所以先把自己的经历告诉了她。然后她也开口了，说：

“我感到无地自容。我平常绝对不是这个样子的，真的，我是说，不像你刚发现我时的那副模样。事实上，我相当自立，即便你不这么认为。可不知怎么回事，事情就闹大了，大得我无法承受。原本发生的一切已经够糟了，但现在摆在我们面前的却更加可怕，而且这么突如其来，简直让人难以接受，所以我惊慌失措，甚至有些崩溃，开始怀疑自己可能是这个世界上唯一还能看见的人。一想到这些，我就十分沮丧，惊恐万分，大脑一片空白。我崩溃了，哭得像个维多利亚时代情景戏里的小女孩。我压根儿没想到自己会变成这个样子。”

“别太担心，”我说，“接下来还可能会发生更多惊人的事呢，可能就会发生在我们身上。”

“可我确实很担心。如果接下来我还是像刚刚那样失控的话……”她说着说着就停住了。

“我在那家医院的时候，也几乎崩溃了，不知该怎么办才好，”我说，“毕竟，我们是人，不是机器啊。”

她叫约瑟拉·普莱顿。我对她有种似曾相识的感觉，却又不知道这感觉是从何处来的。她住在圣约翰伍德区的沙丘路上——其实我已经多多少少猜到了。我还记得沙丘路，那儿的房子各自独立，非常舒适，但多数很难看，而且很贵。大多数人都受到了这场灾难的影响，而她却能幸免于难，真是与我一样幸运，或许比我更幸运——星期一晚上，她参加了一个聚会，似乎还是个挺盛大的聚会。

“我想，那些认为聚会很有意思的人肯定是被酒精冲昏了头，”她说，“聚会结束时，我觉得非常难受，我从来没有那么难受过，但其实我喝得并不多。”

她回忆说，第二天，也就是周二，她一天都很不舒服，迷迷糊糊的，并且感觉自己从来也没那么醉过。大概下午四点时，她实在受不了了。她模模糊糊记得自己好像和用人说要好好休息一下，就算是彗星现身、发生地震、甚至是世界末日，都别去打扰她。做完最后的叮嘱，她就服了大剂量的安眠药——这种药如果空腹服用的话，只需很少的量就会奏效。

她一觉睡到第二天早上，对周围发生的事情浑然不觉，直到父亲跌跌撞撞地走进她的房间，她才醒过来。

“约瑟拉，”他喊道，“老天啊，快去叫梅尔医生，告诉他我瞎了，什么都看不见了。”

她这才愕然发现已经快九时了，于是赶忙起床穿衣服。她和父亲都摇了铃，但家里的用人却毫无反应。她只好自己去叫他们，却发现他们也都瞎了，这简直让她毛骨悚然。

由于电话打不通，她只能自己开车去请医生。街上静悄悄的，一辆车也没有，显得很奇怪。行驶了将近一英里之后，她才终于想明白这一切到底是怎么回事。当意识到这一点时，她惊慌失措，差点儿就要立刻掉头往回走，可这么做又有什么用呢？也许医生和她一样，没有失去视力——她自己也不清楚忽然失去视力到底是什么病。因此，尽管希望渺茫，约瑟拉还是决定孤注一掷，继续往前开。

车子开到摄政大街中段时就“噼噼啪啪”地响，最后终于熄了火，怎么也打不着了。她走得太仓促，没来得及看油尺——油箱里的油已经用光了。

她失魂落魄地在车里坐了一会儿，发现此时外面每张面孔都面对着她，不过那时她已经意识到这些人都已经失去了视力，没人能够帮她。约瑟拉下了车，希望能在附近找个加油站，如果找不到的话，就准备步行走完剩下的路。她“砰”的一声关上了车门，就在这时，有个声音在她身后叫道：

“嗨！伙计，等一等！”

她回过头，看见一个男人正摸索着向她走来。

“什么事？”约瑟拉问道，一点儿也没有注意到他神情异样。

那男人一听到约瑟拉的声音，态度马上就变了。

“我迷路了，不知道自己在哪儿。”他说。

“这里是摄政大街，你身后就是新画馆电影院。”她说完，转身想走。

“小姐，请带我到路边，好吗？”他说。

约瑟拉迟疑了一下，就在这时，男人靠近了她，伸出双臂四处摸索着，碰到了她的衣袖。接着他又猛地向前冲了过来，一把拽住她的双臂，抓得她生疼。

“也就是说你能看得见，对吧！”他说，“见鬼，为什么你看得见，而我却看不见，其他人也都看不见了呢？”

还没等约瑟拉回过神来，那男人已经把她双手反剪，绊倒在地，膝盖趁机抵在她后背上。他用一只手抓住约瑟拉的双腕，另一只手从衣兜里掏出一根绳子，捆住了她的双手。然后他站起身，又把约瑟拉拽了起来。

“好了，”他说，“从现在开始，你就是我的眼睛。饿死我了，带我去吃点儿好的，快！”

约瑟拉拖曳着想躲开他。

“不，立刻给我松绑，否则我……”

她还没说完，男人就狠狠地掴了她一记耳光。

“够了，小妞儿，快走！我要食物，听明白了吗？”

“你听好了，我是不会带你去的。”

“你一定会很愿意带我去的，我的小姑娘！”他的语气斩钉截铁。

她确实带他去了。

约瑟拉一路都在寻找机会逃跑，可那男人也料到了这一点。有一次，她快要逃脱了，但最终还是被他抢先了一步。

当时约瑟拉已经解开了绳子，就在这时，男人伸出一只脚绊倒了约瑟拉，还没等她站起来，男人就抓住了她。自那以后，男人又找来更结实的绳索，把约瑟拉拴在了自己的手腕上。

约瑟拉先把他领进一家咖啡店，带他到电冰箱里取食物。冰箱已经不工作了，但里面的食物还很新鲜。接着又去了一家酒吧，男人想要爱尔兰威士忌。约瑟拉发现酒摆在架子高处，可男人够不着。

“要是你能松开我的手……”约瑟拉提议说。

“那又怎么样，给你机会用酒瓶打爆我的头？小妞，我可不是 3 岁小孩。没门！我改喝苏格兰威士忌了，是哪一瓶？”

男人的手每碰到一个酒瓶，约瑟拉就得告诉他那些形形色色的瓶子里装的是什么。

“我那时肯定昏了头，”约瑟拉说，“现在想想，其实我有很多办法可以甩掉他。如果你不出现的话，说不定我用不了多久就会杀了他呢。可一个人不可能一下子就变得那么残暴——至少我不能。事情发生时，我的头脑还一片混乱呢。当时，我有种感觉，觉得现如今，那样的事情是不会发生的，我总觉得很快就会有人出现来阻止这一切。”

在约瑟拉和那个男人离开酒吧之前，他们与其他人起了冲突：另一群男人和女人摸索到敞开的大门，就走了进来。那个男人做事很不小心，在那些人找到酒瓶之后，他就让约瑟拉告诉他们瓶子里装的是什么。他们听后就都不吱声了，面朝着约瑟拉，彼此咬了咬耳朵。然后便有两个男人小心翼翼地向前探过身来，脸上的企图非常明显。约瑟拉见状，急忙扯了扯绳索。

“当心！”约瑟拉喊道。

俘获她的男人毫不犹豫地向前甩腿就是一脚，幸运地踢中了其中的一个男人，被踢中的那个人随即弯下身子，痛得直叫唤。另一个人向前一跳，约瑟拉则顺势往旁边一闪，他就猛地撞上了柜台。

“你们最好离她远点儿，”拴着她的男人咆哮道，气势汹汹地用脸“盯”着周围那群人，威胁道，“她是我的，你们这些该死的杂种，是我先找到她的！”

其他人显然不会这么轻易就放弃。虽然他们能想象到那个男人脸上杀气腾腾的表情，但也不会就此善罢甘休。约瑟拉开始意识到，拥有视力，即使是借助别人的视力，现在也变得十分珍贵，远远胜过一切财富，所以人们不会轻易放弃它，为了争夺它，一定会有一场恶斗。其他人渐渐围拢过来，双手伸向前方探寻着什么。约瑟拉伸出一只脚，钩住椅子的一条腿，把它掀了过来，堵在路上。

“过来啊！”她喊道，把那个男人拖了回来。

两个男人被翻倒的椅子绊倒了，然后一个女人又摔在了他俩身上。酒吧很快就陷入混乱，约瑟拉绕过混乱的人群，拉着那个男人逃到了大街上。

约瑟拉自己也不太清楚为什么要这么做，她只是觉得，如果被这帮人奴役、做他们的眼睛的话，处境会比现在更糟糕。而那个男人没有对她表示丝毫的感激之情，只是命令她去找另一家酒吧，一家没人的酒吧。

“我想，”她说，口吻平静而客观，“那个男人如果光看表面的话，有一点你是无法想到的——他可能不是真的那么坏，他只是被吓坏了。其实在内心深处，他比我更害怕。他给过我一些吃的和喝的。只有喝醉时，或者我不跟他一块儿走的时候，他才会像刚才那样打我。如果你不出现的话，我真不知道还会发生什么事。”她顿了顿，随即又补充道：“但我确实很惭愧，毕竟没给你留个好印象。我把自己作为现代女性的弱点都暴露出来了，对吧？你一定觉得我是个遇事只会尖叫、幻想破灭之后就会崩溃的女人。真是该死！”

当她伸手去拿酒杯时，尽管还有些畏畏缩缩，但显然感觉好多了，看起来也平静了很多。

“我想，”我说，“虽然我不太了解这种事，但一直都挺幸运的。当初在皮卡迪利大街看到那个抱小孩的女人时，我就该好好想想，试着推理一下，想想下一步可能会发生什么情况。我很幸运，只是碰巧没碰到过你遇上的这种麻烦。”

“无论是谁，只要拥有稀缺资源，都会活得不安生。”她若有所思地说。

“从今往后，我会把这句话记在心上的。”我告诉她。

“反正我是早已铭记在心了。”她说。

我们坐着，侧耳倾听从另外一家酒吧传来的喧嚣，就这样过了几分钟。

“现在，”最后我先开了口，“现在我们应该怎么办？”

“我得先回趟家，我爸爸还在那儿呢。就算医生能幸免于难，现在去请显然也无济于事了。”

她似乎还想说点儿什么，却欲言又止。

“我和你一起去，好吗？”我问她，“在我看来，像我们这样的人现在还是不要自己一个人四处走动为好。”

她转过脸来看着我，眼里充满了感激。

“谢谢你。我本来就想请你和我一起走的，但又想你可能也要去找人，就没有说出口。”

“我无人可找，”我说，“至少在伦敦无人可找。”

“我太高兴了。说实话，我非常害怕自己孤身一人，因为那样会让我觉得与世隔绝、无依无靠。”

我开始换个角度重新审视问题，逐渐意识到，横亘在我们面前的可能是严峻的现实。我忽然感觉心情沉重了很多。起初，我们在所难免地会有优越感，因此也会有信心，毕竟我们能幸免于难的机会要比其他人大得多。他们必须探寻、摸索、揣测才能找到的地方，我们只需径直地走进去、随便拿东西就行了。可是，事情还远远不止这些，没那么简单……

我说：“我想知道究竟有多少人幸免于难，还能看见。我碰见过一个男人、一个小孩，还有一个婴儿，可你一个也没碰到。如此看来，有视力的人好像真的非常少。同时，有一部分看不见的人已经意识到，他们活下去的唯一希望就是抓住某个还能看见的人。一旦所有看不见的人都认识到这一点时，我们的处境可就不妙了。”

那时在我看来，我们今后会面临两种选择：要么独立生存，随时处于被那些瞎子逮住的惊恐之中；要么组织一个团队，精心挑选组成人员，以便与其他团体对抗，保护我们免受伤害。我们要扮演领袖和囚犯的双重角色，随之而来的将是一副令人厌恶的画面——血腥的帮派斗争，目的就是争夺所有权——争夺对我们这些还拥有视力的人的所有权。一想到这些，我就不寒而栗，直到约瑟拉站起来时，我的思绪才回到了现实当中。

“我得走了，”她说，“父亲太可怜了，已经四时多了。”

我们又回到了摄政大街上，这时，一个念头突然闪过了我的脑海。

“哎，”我说，“在我印象中，这附近应该有家商店……”

这家商店还在那儿。我们配备了几把带鞘的刀，看起来应该挺实用，另外还带了挂刀的皮带。

“我觉得自己像个海盗。”约瑟拉说着，把刀扣到了腰带上。

“没错，做海盗总比做海盗的帮凶要强。”我对她说。

沿着街道向北走了几十米，我们无意中发现了一辆锃亮的大轿车。它看上去像个只能发出沉闷声音的工艺品，但等它发动起来之后，声音却很大，大过繁华街道上所有普通的

交通工具。我们开车朝北驾驶，一路上走的是“之”字形路线，尽量避开流浪者和四处徘徊的人，因为当他们听到我们接近时，就会突然呆立在马路中央，一动也不动。当我们开车经过他们时，他们会一直转头向着我们，目光中充满了希望；等我们开过去时，他们又会露出失望的神情。我们在开车的过程中，看到一幢房子正燃烧着熊熊大火，牛津大街上的另外一处建筑也着火了，一团烟雾从那儿翻涌而出。更多的人四散在牛津广场上，不过我们还是很利索地穿过了人群，经过英国广播公司，向北驶入了摄政公园的车道。

穿过街道，来到一片空地后，我们总算松了口气，这里没有不幸的人在游荡、摸索。在广阔的草地上，我们唯一能见到的、仍在移动的东西就是三三两两的三尖树，它们正一摇一摆地向南走，身上缠着链条，不知用了什么方法把护栏拔了起来，拖曳在身后，像一根沉重的大尾巴。我记得有些三尖树没被修剪过，其中一些被拴住了，但大部分被加了双护栏，关在动物园旁边的围场中，我很想知道它们是怎么出来的。约瑟拉也注意到了那些三尖树。

接下来的路程几乎畅通无阻。没过几分钟，我就在她所指的那幢房子前停了下来。我们下了车，推开大门。一条短车道环绕着一圃灌木丛，从路上看，灌木丛挡住了房子的大部分。我们刚转过拐角，约瑟拉突然大喊一声向前冲去。只见鹅卵石路上躺着一个人，胸口朝下，头偏向一侧，露出了半边脸。我一眼就瞥见了他脸颊上鲜红的伤口。

“别动！”我冲着她大喊道。

喊声中的警告之意足以让她止步。

我发现了一棵三尖树，它正潜伏在灌木丛中，恰好可以攻击那个四脚朝天躺在地上的人。

“回来！快回来！”我大叫。

她仍看着地上的那个人，踌躇不定。

“可我得……”她转过身来，还没说完，就一下子呆住了。她眼睛睁得大大的，高声尖叫起来：“啊……啊！”

我猛地转过身，发现一棵三尖树在我身后一米远的地方，居高临下的“盯”着我。

我下意识地用手捂住了眼睛，只听到三尖树的刺藤呼啸着向我抽过来，但我并没有昏倒，身上也没有痛苦难忍的灼烧感。在这样的时刻，一个人的思维可以快如闪电，不过更多是出于本能而非理性。还没等它再次向我袭来，我已经冲过去抓住了它，把它撞翻了。我的手一直抓在三尖树茎干的上半部分，拼尽全力想扯掉它的萼和刺藤，就算和它一块儿倒下时也没放手。三尖树的茎干很难折断，但可以撕裂，所以还没等站起来，我就已经把这棵三尖树扯烂了。

约瑟拉一动不动地站在原地，惊得目瞪口呆。

“快，快过来！”我告诉她，“在你身后的灌木丛里还有一棵。”

她胆怯地向后瞟了一眼，走了过来。

“它击中了你！”她疑惑地说，“可你为什么没有……”

“我不知道，按理说，我是应该中毒的。”我说。

我低头看着倒下的三尖树，突然想起了我们有刀——原本是打算用来提防敌人的。我用刀把三尖树的刺藤完整地割掉，然后细细地端详着。

“答案就在这里，”我指着它的毒囊说，“你看，它的毒囊都瘪下去了，也干枯了。如果里面装满了毒液，哪怕只有一部分毒液……”我做了一个大拇指冲下的手势。

幸亏这棵三尖树的毒囊已经干瘪了，而且我对三尖树的毒也有抵抗能力，否则我非中毒不可。不过，还是有一道浅色红痕划过了我的手背和脖子，奇痒无比。我站在那儿一边端详刺藤，一边挠着身上的伤痕。

“奇怪啊，真奇怪啊——”我小声嘟囔着，更像是自言自语，可她还是听到了。

“有什么好奇怪的？”

“这棵三尖树的毒囊怎么会这么干瘪呢？我可从来没有见过。在此之前，它肯定袭击了不少人。”

但我不知道她有没有听到我的话，因为她的注意力已经转向了那个躺在地上的男人，接着，她又瞅了瞅旁边的那棵三尖树。

“怎样才能救他呢？”她问。

“没办法，除非先除掉那棵三尖树，”我告诉她，“还有，呃，恐怕现在我们也帮不了他了。”

“你是说他已经死了？”

我点点头，“是的，而且毫无疑问——我见过其他被刺到的人。他是谁？”我加了一句。

“老皮尔森，我家的园丁，也是父亲的司机。那么慈祥的一个老人——我出生时他就已经在我家工作了。”

“很遗憾……”我希望自己能说些合适的话安慰她，却被她打断了。

“看！——哦，快看！”她指着环绕房子一边的小路惊恐地大叫。只见小路拐角处伸出一条腿，上面穿着黑色的长筒袜，脚上是一只女鞋。

我们小心翼翼地四处张望了一番，确信没有什么危险，便转移到了一个能看得更清楚的地方。一个穿着黑裙子的女孩躺在地上，半边身子在路上，另外半边在花圃里。她长得清纯可爱，但脸上却有一道鲜红的伤痕。约瑟拉抽泣着，双眸噙满了泪水。

“哦！——哦，这是安妮！可怜的小安妮。”她说。

我想尽量安慰她一下。

“他们可能不太了解三尖树，他们两人都不了解，”我对她说，“当三尖树有能力置人于死地时，下手是非常迅猛的。”

我们没有看到其他的三尖树躲在那儿，袭击他们俩的可能是同一棵三尖树。我们穿过小路，从侧门进了屋子。约瑟拉喊了一声，可是没人答应。她又喊了一声，我们竖起耳朵倾听，但房子里还是一片寂静。约瑟拉转身看着我，我们都没说话。她领着我悄无声息地穿过走廊，来到一扇用粗呢布覆盖的门前。她一推开门，传来一阵飒飒声，有什么东西“啪”的一声扫过了门和门框，距离她头顶大概一英寸，于是她又飞快地关上门，扭头吃惊地看着我。

“大厅里也有一棵！”她说。

她惊恐得像在耳语，生怕三尖树会听见似的。

我们回到外间的大门，重新走进了花园，沿着草坪，悄无声息地绕着房子走，直至走到一个能看见起居室的地方。通向花园的落地窗敞开着，一边的玻璃已经碎了。一串泥点从台阶延伸到地毯上，尽头是一棵三尖树。它挺立在屋子中央，微微摇摆着，茎干的顶部几乎要碰到天花板。它的树干湿漉漉的、满是枝桠，一个上了年纪的男人躺在它旁边，身穿鲜艳的真丝睡衣。我抓住了约瑟拉的胳膊，担心她会冲进去。

“那是……你父亲？”我嘴上虽这么问，但心里已经有了肯定的答案。

“是的。”约瑟拉说，她用双手捂住脸，微微战栗着。

我站着一动不动，密切关注着屋里那棵三尖树的动向，生怕它朝我们这边移动。然后，我想起自己有块手帕，便递给了她。遇到这种情况，任何人都会束手无策。过了一会儿，约瑟拉渐渐恢复了镇定。我想起了那天碰到的人，便说：

“你知道，如果是我，我就宁可和你父亲一样，也好过像其他人那样在黑暗和摸索中苟活，反正早晚也很难摆脱死亡的命运。”

“嗯。”她顿了顿才应道。

她仰望天空，发现天空很蓝，蓝得柔和而通透，几朵白云飘浮在天空中，像极了白色的羽毛。

“哦，没错，”她更肯定地重复了一遍，“可怜的爸爸，他不可能受得了变成瞎子的，他太爱这里的一切了。”她又朝屋里瞟了一眼，“我们该怎么办？我不能丢下他……”

就在这时，有一棵三尖树动了起来，我从那扇还没破的玻璃窗上发现了它的身影。我猛地回头一看，只见它走出灌木丛，穿过草坪，摇摇晃晃地朝我们这边走来。它的茎干前后摆动，强韧的树叶“沙沙”作响。

事不宜迟，我立即抓住约瑟拉的手臂，拉着她沿着来时的路往回跑。我们安全上车之后，约瑟拉终于号啕大哭起来。

让她哭出来，可能会好受些。我点了根烟，考虑下一步的计划。显然，如果丢下她父亲的尸体不管，她也不会像当初那么在意了，顶多只是希望能妥善地安葬他，但照目前的情况来看，我们也只能自己挖墓穴，料理他的后事了。可是，在做这件事之前，我们必须去取工具，对付已经存在的三尖树并躲避可能会出现的三尖树。总而言之，我很想撒手不管——毕竟那不是我的父亲……

这个问题越考虑越让我烦恼，我不知道在伦敦到底还有多少棵三尖树，每个公园至少都有几棵。通常人们会种植一些已经被修剪过的三尖树，任它们到处游荡，也常常有一些三尖树的刺藤完好无缺，它们或者被木桩拴住，或者被金属丝网隔离起来，以确保安全。想到摄政公园里的那些三尖树，我就想知道动物园习惯把多少三尖树圈在围栏里，又有多少没有被圈住。私家花园里肯定也有不少，按说出于安全考虑，所有的三尖树都已经被修剪过了，可是我们永远也说不出会出什么样的纰漏。除此之外，还有几个培植三尖树的苗圃，不远处还有几家三尖树实验基地……

我坐在那里一边沉思，一边感觉心中有什么东西正在酝酿发酵；我有很多想法，但它们的联系都不太紧密。我想了一会儿，突然灵光一闪，几乎可以听到沃尔特的声音在耳畔回响，他说过：

“我告诉你，三尖树的生存能力比瞎眼的人强多了。”

当然，他指的是被三尖树的刺藤刺瞎的人。可不管怎么说，这太令人震惊了，甚至不止是震惊——他说的话简直有点儿吓到我了。

我又陷入了回忆。不，这只不过是常规的猜测罢了，即使现在看来有点儿不可思议……

“如果我们失明了，”他曾说过，“我们的优势也就不复存在了。”

当然，巧合的事每时每刻都在发生，但我们只是偶尔才会碰巧注意到它们……

鹅卵石路上发出了“嘎吱嘎吱”的响声，一听到这响声，我便回过神来。只见一棵三尖树正沿着车道熟门熟路地朝大门走来。我靠向一边，把车窗摇了上去。

“开车！快开车！”约瑟拉歇斯底里地大喊。

“我们在这里很安全，”我对她说，“我想看看它究竟想干什么。”

就在那一刻，我意识到一直困扰自己的问题已经解决了。我对三尖树已经习以为常，所以早就忘了大多数人对没有修剪过的三尖树作何感想。我突然明白，我们根本不可能再回到屋里。对于还带着刺藤的三尖树，约瑟拉的感受和大多数人一样——能躲多远就躲多远，绝不会想再次靠近。

那棵三尖树在门柱边停了下来，我敢说它一定在偷听。我们一动不动地坐着，不敢发出任何声响。约瑟拉惊骇地盯着它。我以为它会“走”过来抽打汽车，但它没有。可能是因为我们压低了嗓音，所以它误以为我们不在它的攻击范围之内。

它的幼茎光秃秃的，时不时地与树干发生碰撞，“噼啪”作响。它摇摇摆摆、笨拙而缓慢地挪到右边，消失在另外一条车道上……

第五章

黑夜中的灯光

约瑟拉开始平复心情，让自己头脑清醒。她不想再去探究我们为什么会经历这些，她目的明确，沉着冷静，不加掩饰：

“现在咱们去哪儿呢？”

“先去克拉肯韦尔，”我告诉她，“到了之后，给你多准备些衣服。如果你愿意的话，衣服可以去邦德街买，但我们得先去克拉肯韦尔。”

“为什么是克拉肯韦尔呢？——我的天哪！”

也难怪她这么大惊小怪。刚刚拐了一个弯，就发现前面七十米开外的街道上挤满了人。他们向前伸展着双臂，正哭喊着踉踉跄跄地朝我们跑来。跑在前面的女人绊了一下摔倒了，其他人又摔倒在她身上，一堆人倒在一起，那女人立即就“消失”在了蹬腿挣扎的人堆中。除此之外，我们也看到了产生这一切的根源：由于惊慌失措的人群阻挡了视线，我们只能看到三根长着黑色叶片的叶柄正来回摇摆在离人群的不远处——是该死的三尖树正在肆意行凶。我立刻加速换道，拐进了一条小路。

约瑟拉一脸的惊恐。

“你……你看到了吗？它们在追赶那群人！”

“嗯，”我说，“所以我们才要去克拉肯韦尔。那儿有个地方专门制造世界一流的三尖树枪和防护面具。”

我们继续按照既定的路线进发，但道路并不像我们事先想的那样畅通。在国王十字车站附近的街道上，人变得更多了。尽管我一直按着喇叭，却依然是寸步难行——车站前被挤得水泄不通。不知道为什么这里竟然会有这么多人，似乎这一地区所有的人都聚集到这儿。向前，我们无法穿过人群；向后，我们掉头回去也不可能——来时的路已被堵死。

“快点儿下车！”我说，“我觉得他们在追我们。”

“可是……”约瑟拉想说点儿什么。

“快点儿下车！”我催促道。

我最后一次按响喇叭，任由发动机运转着，没有熄火，只是和她一前一后溜出了汽车。说时迟那时快，一个男人已经摸到了后车门的把手。他拉开门，朝里面乱摸。我们俩几乎被一窝蜂拥向车子的人群推倒在地上。

有人打开前门发现车座上空无一人，发出了一阵怒吼。而这时我们已经安全地混到了人群中。一个光头男人抓住了那个打开后车门摸进去的男人，误以为他就是从车里出来的人。混乱升级了。我紧紧握住约瑟拉的手，开始缓慢地向外移动，尽量不被“疯子们”发现。

我们终于走出了人群，然后继续前行，想找找有没有合适的汽车。大约走了一英里，我们总算找到了一辆旅行车，它比我们原先计划想找的普通轿车要更实用。

克拉肯韦尔制造优质精密仪器的历史已经有两三百年了。以前我不时和这里的一家小厂打交道，他们为了迎合新的需求已经将技术更新换代了。我不费吹灰之力就找到了那家小厂，闯了进去。我们拿了几支做工精良的三尖树枪和上千支小巧的钢制回旋飞镖，还有一些金属丝编织的防护面具，把它们一股脑儿塞进汽车的后备厢。

“我们现在去哪儿呢，去准备衣物吗？”出发时，约瑟拉问。

“我有个临时计划，欢迎批评指正，”我对她说，“首先，我们得找个暂时的栖身之所，以便我们重新振作，讨论一些计划。”

“只要不去酒吧就行，”她抗议道，“今天，我已经受够酒吧了！”

“是吗？‘已经受够酒吧了’，看来你是身在福中不知福，我可觉得这一切也太幸福了，简直有点不可思议——竟然什么都不要钱！”我先耍了个贫嘴，又附和道，“我的计划是找间空房子，我们在那儿放松一下，然后为这次的行动制订一个粗略的计划。而且，过夜也方便些。如果你在这种特殊情况下仍不能抛开传统的束缚，我们可以找两间房子。”

“我觉得还是身边有人陪着会好受些。”

“那好，”我对她的话表示赞同，“第二步是找一些日用品。我们最好分头行动，但是一定要非常注意路线，免得找不到回去的路——我们必须在约定的房间会合。”

“好吧。”她说道，但有点儿犹豫。

“没事的，”我向她保证，“记住，千万别跟任何人说话，这样就不会有人猜到你能看见这世界。让你置身于一群混乱的人群中，你可能毫无准备。但你要知道，‘在盲人的国家里，独眼龙也能称王称霸噢。’”

“哦，这句话是威尔斯[1]说的，对不对？不过，在小说里，他这句话可不那么正确。”

“差别的关键就在于你如何理解‘国家’这个词——一位叫福罗尼斯的古典主义者首先提出了这一点，这大概是他唯一为众人所熟知的东西了。但这儿没有秩序井然的‘国家’，也没有政府——只有一片混乱。威尔斯想象出的是已经适应了在黑暗中生活的盲人群众。我不认为我们这儿也会这样——我觉得这儿的人们是无法适应失明的，怎么可能呢。”

“那你认为下一步会发生什么事呢？”

“我只是胡乱猜测，说不出所以然，估计你也跟我差不多——可不管怎样，很快我们就能知道结果了。不过，这会儿最好还是先解决眼前的问题吧。我们刚才说到哪儿了？”

“准备衣物。”

“哦，对。就是悄悄地溜进一家商店，随便挑些东西，然

① 乔治·威尔斯（1866—1946），英国小说家、史学家、记者。

后再溜出来。在伦敦市中心应该不会碰到三尖树，至少目前还不会吧。”

“嘿，你居然把偷东西说得那么轻巧！”她说。

“其实我并不觉得轻巧，”我坦言，“但这算不算是一种美德，我还不能确定。就目前情况而言，如果一味地固执，一味地不肯面对现实，对我们自身没有任何益处。我想，我们必须得试着把自己看作是，呃，这个世界迫不得已的继承人，而不是强盗。”

“是的，我也觉得差不多是那个意思。”她终于认可了我的观点。

一阵沉默之后，她又回到了原先的话题。

“衣物准备好以后呢？”

“第三步，”我告诉她，“当然是吃饭喽。”

正如我所料，找房子绝非难事。在一幢漂亮阔气的房子前，我们把车停在了马路中央，锁上车门，上了三楼。至于为什么要选择三楼，我也说不上来，除了少有人来，可能没有实际意义吧。挑选房间也很简单。我们或者敲门，或者按门铃，如果有人答应，那就继续往前走。这样碰了三次壁之后，我们终于找到了一间没有人回应的房间。我用肩膀使劲顶开门锁，走了进去。

虽然我本人并不痴迷于住在年租金要2000英镑的房子里，但我发现这样的高级公寓陈设典雅，确实物有所值。我猜想，负责这间屋子室内装潢的人肯定是个温文尔雅的年轻人。他心灵手巧，才能出众，能让高尚的品位与高昂的价位浑然一体。他对于时尚的把握，在这幢房子里体现得淋漓尽致，屋子里到处洋溢着不容置疑的时髦气息，有些布局呈现出引领世界潮流的品位，这注定会被众人狂热追捧。然而，还有一些布局，我敢说从一开始就是一种彻头彻尾的浪费：房间的整体效果就如同一个贸易展览会；人为的种种缺陷，比如书放在了偏离它恰当位置几英寸以外的地方，或者封面的颜色不协调而破坏了原本精心打造的格调以及和谐——犹如一个冒失鬼穿着一身与豪华的桌椅极不相称的衣服坐在那里……诸如此类的缺陷，很容易被忽略。我回过头来看约瑟拉，发现她正睁大了眼睛，盯着眼前的一切。

"我们是在这个蹩脚的小屋里将就一下呢，还是再到前面看看？"

"哦，我想我可以凑合。"她说道。我们踩着那条精致的乳白色地毯，向前仔细查看了一番。

我们来到这儿绝不是预先设计好的，但接下来发生的事情却非常完美——完美到甚至可以让她忘记这一天来发生的所有不幸——即便我预先设计，都不会进行得如此令人满意。毕竟，我们一路走来，接二连三地体会了各种让人出乎意料的感受，比如仰慕、嫉妒、愉悦、鄙夷——当然，必须承认，还有敌意。而此时，在一个四处洋溢着女性主义的房间门前，约瑟拉停住了脚步。

“我要睡在这里。”

“天哪！”我失声叫了出来，但又立即改口说，“好吧，随你便。”

“别扫兴，好不好？可能以后我再也不会有这种机会放纵一下自己了。再说了，难道你不觉得每个女孩都有一些潜在的电影明星气质？今天我就要最后再放纵一次。”

“你会如愿以偿的。”我说，“可我还是希望四周的色调能更素净一点儿。噢，床竟然面对着有镜子的天花板，上帝啊，千万别让我睡在这样的床上。”

“浴室顶上也有。”她边说边往隔壁的房间张望。

“我简直搞不清这到底是不是你所谓放纵的最佳时机，还是最不幸的时刻，”我说，“但不管怎么说，你都无法完全享用这一切——已经没有热水了。”

“哦，我忘了，真是太遗憾了！”她失望地叫道。

我们把整个房子查看完毕，没有发现其他什么让人大惊小怪的东西。然后她外出准备衣物，而我又检查了一下房间的设施，看看是否还缺些什么，然后就准备去为自己找一个房间。

我刚出门，过道远处的另一扇门突然打开了，我立马收住脚步，一动不动地站在原地。只见里面走出来一个年轻人，牵着一个金发女孩的手。等她跨过门槛后，他放了手。

“亲爱的，稍微等会儿。”说着，他在地毯上走了三四步，悄无声息。然后，他伸出手，摸到了在走廊尽头的窗户。他的手指径直伸向窗钩，打开窗户。我瞥见外面有个消防通道。

“吉米，你在干吗？”

“我想确认一下。”说着，他疾步回到她的身边，摸索着去抓她的手，“跟我来，宝贝儿。”

她向后退缩。

“吉米，我不想离开这里。在自己的房子里我们至少还知道周围是些什么。在外面，我们吃什么？怎么生活？”

“亲爱的，在自己的房子里，我们根本没什么可吃的，所以也就活不长。跟我来吧，亲爱的，别怕。”

“可我……吉米，我……”

她紧紧地抓住他不放，他伸出一只手搂住她。

“一切都会好起来的，宝贝，跟我来吧。”

“可是吉米，这条路不对……”

“亲爱的，这条路没错，是你自己有点晕头转向了。”

“吉米——我好害怕啊。我们还是回去吧。”

“亲爱的，来不及了。”

他在窗边停了下来，腾出一只手把他自己所处的位置仔仔细细地摸了一番，然后用双手搂住她，把她拥在胸前。

“可能是因为一切都太美好了，所以无法长久，”他温柔地说，“我爱你，亲爱的，我真的很爱很爱你。”

她噘起嘴唇，期待着他的热吻。

就在他抱起她的那一刻，他突然转身，毫不犹豫地向窗外迈了出去……

Sun

“你必须得坚强起来，”我对自己说，“必须如此。否则就只能永远生活在醉生梦死中麻醉自己。类似的事肯定到处都有，而且还会发生。你根本就无能为力。即使你能给他们提供食物，让他们再多活几天，那又能怎么样？接下来又会如何呢？你应该学着去接受现实，慢慢地去适应。除了酒精，没有什么能麻痹自己，安慰自己。如果你不挣扎着抗争，过你自己的生活，无视那些悲剧的发生，那么就不会再有任何生存下去的希望了……只有那些内心足够坚强的人才能度过这段困难期……”

收集必需品所花费的时间比我预想的要长。等我回来时，差不多已过了两个小时。进门时，有一两件东西从我手中滑落，“哐啷”一声砸在地上。那个带有女性主义风格的房间里传来了带着一丝恐慌的约瑟拉的声音。

“是我。”我一边安慰她，一边穿过了走廊。

我把东西胡乱堆到厨房里，然后又折回去拿那些我刚才掉在地上的东西。走到她门外时，我停下了脚步。

“别进来。”

“我可没这个想法，”我马上为自己辩解，“我只是想顺便问问，你会不会做饭？”

“只有煮鸡蛋的水平。”她压低嗓门说。

“哎，我担心的就是这个，恐怕有很多事情我们都得现学现做了。”我告诉她。

我回到厨房，把带来的煤油炉放在缺胳膊少腿的电灶上，开始忙活起来。

等我在小小的餐桌上把餐具摆好以后，发现效果相当不错。我又拿来蜡烛和烛台，安置妥当后就相当完美了。但约瑟拉依然没有动静，刚刚还听到有流水的声音呢，于是我叫了她一声。

“就来。”约瑟拉应道。

我信步走到窗边，朝外望去。我明白，自己已经与曾经的一切告别了。太阳西斜，塔楼、尖顶，还有波特兰石的表面在落日余晖的映衬下都变得或粉或白。许多地方都在燃烧，到处弥漫着黑色的浓烟，偶尔还能看见火舌在浓烟中跳跃。我告诉自己，可能过了明天，这辈子就再也见不到这一幢幢曾经熟悉的大楼了。也许有一天还会有人再回到这儿，但那时伦敦肯定已是面目全非。经过了火灾，再加上天气的影响，这座城市必定会变得死气沉沉，杳无人烟。

父亲曾对我说过，在希特勒挑起战争之后，他就经常在伦敦转悠。之前，他从未专注地看过这座城市，而那时他却看到了高楼林立的壮观景象——只有即将失去时才知道珍惜，而最后还是不得不跟那美好的一切说再见。此时，我也有同感。但从某种程度上来说，这次更糟糕。在那场战争中，生还的人数远远超出了人们的预料，而这次的敌人却没有给人们留下任何生存的机会。这一次，等待他们的并不是肆意地打、砸、抢、烧，而是一个逐渐衰败和崩溃的过程。这个可怕的过程既漫长，又势不可挡。

此时此刻，我心里仍然不愿接受这个显而易见的事实——即使我早已意识到事态很严重，极不寻常，而且我也明白，这种事并不是头一次发生。曾经有一些大城市的残骸已经被深深地掩埋在了沙漠之下，或是被亚洲热带丛林完全覆盖了起来。一些城市由于覆灭的年代太久远，甚至连名字也随之湮灭了。但是，对于曾经住在那里的人来说，城市的消亡定会让他们觉得极其不可思议——一如我眼看着这个现代化大都市瓦解时所产生的切身感受……

人类一直以来都有一个根深蒂固的幻觉，并以此聊以自慰，他们始终认为“这儿不可能出事”，认为在短短的时间里，伟大地球的任何一处都不会出现大灾难。可现在呢？灾难偏偏降临了，除非在伦敦刚刚开始走向末路之时，就有我所希望的奇迹出现。纽约、巴黎、旧金山、布宜诺斯艾利斯、孟买以及其他的大都市，注定要“享受”与那些已埋葬在丛林之下的城市相同的命运。在那些地方，很有可能也会有人——跟我没什么不同——看到那些城市末日降临不可逆转的一幕。

当我凝视着窗外时，背后传来窸窸窣窣的声音。我转过身，看到约瑟拉已经走了进来。她换上了一件极其漂亮的淡蓝色雪纺长裙，还披了一件毛茸茸的白色小外套。脖子上戴了一条造型简单的项链，镶嵌在坠子上的宝蓝色钻石熠熠发光；耳饰上的钻石稍小了点，但也闪烁着好看的光芒。她的头发和脸庞很迷人，犹如刚做过美容一般，脚上穿着亮晶晶的银色拖鞋和丝袜。她踩着地毯，走了过来。我盯着她，一言未发。见我这副模样，她嘴角原本浅浅的微笑一下子消失了。

“你不喜欢？”她问道，带着孩童般失望的语气。

“不，你非常漂亮，”我赞美道，“只是，我只是没想到你会这么美丽动人……”

我觉得还应该再说些什么。我知道她的这种亮相与我没有关系，一点儿关系都没有，于是又加了一句：

“你在与一切告别？”

她的眼里闪过一丝异样的神情。

“你都知道了，我想你也会的。”

“是的，我很高兴。这将会是一个美好的记忆。”

说着，我向她伸出手，把她牵到窗边。

“我刚才也在向这里的一切告别。”

我们肩并肩站在窗前，她心里怎么想那是她的事，但在我的脑海里，犹如有一个万花筒，里面净是些已经结束了的生活方式，或者说更像在翻阅一大沓相片，上面写满了“曾记否……”“你曾记否……”尽在不言中了。

我们站了很久，陷入了深深的沉思。然后她叹了口气，低头看了看身上的裙子，手指轻轻抚摸着精致的丝绸。

“很傻，是吗？罗马正化为灰烬？”她微笑着，但有些悲怆。

“不，很好。”我安慰她，“谢谢你这么做。你的这身打扮唤起了我许多记忆，即便有缺陷，也无不显示着美好。你已经做得够好了，或者，我应该说，你看上去再可爱不过了。”

她“扑哧”一声笑了起来，脸上的阴霾顿时消失了。

“谢谢你，”她顿了顿，又说，“我以前对你说过‘谢谢’吗？好像没有。当初要不是你帮我……”

“要不是你，”我打断了她的话，“我现在很可能还一蹶不振地在某个酒吧里喝得酩酊大醉呢。我也要谢谢你。现在可不是离群索居的时候。”为了引开话题，我接着说道：“说到酒，这儿有一瓶上等的白葡萄酒，另外还有些好吃的。我们真是找对了地方。”

我倒上酒，两人共同举杯。

“为了我们的健康、力量，还有运气，干杯！”

她点了点头，我们一饮而尽。

当我们正要品尝一种极其美味的肥鹅肝酱时，约瑟拉冷不丁地问道：“如果房子的主人突然回来，怎么办？”

“哦，我们可以向他们解释。他或者她肯定会感激不尽，因为有人能告诉他们每个瓶子里都装了些什么——但我觉得，这不大可能。”

“是的。”她思索着，“是的，恐怕是不大可能。我在想……”她环顾四周，目光停在了一个有凹槽的白色底座上，“你试过那台收音机吗？我想那玩意儿应该是收音机，对吗？”

“这是一台电视机。”我告诉她，“但是它‘罢工’了，因为没电。”

“哦，对了，我忘了。不过，我想，过上一段时间，我们会渐渐忘记类似一些习以为常的东西。”

“但是我刚才出去时，确实试过一台收音机，”我说，“那台是用电池的，没有一个有声的电台，所有的波段像死一般沉寂。”

“你是说什么声音都没有？”

“是的。在大概调频42兆赫附近有‘哗哗’的信号音。除此之外什么声音也没有，甚至连电波声都没有。我很想知道，发出电波的那个可怜的家伙是谁，他在哪儿？”

“这，这意味着非常糟糕，对不对？”

“这——不，我不想让任何东西搅乱我们的晚餐。”我说，“在处理棘手的事情之前，我们得先享受一下。未来真的很麻烦，还是让我们聊些有趣的事情吧，比如你谈过几次恋爱，为什么还没结婚，或者已结过婚？要知道，我对你了解得太少，你应该讲一些生活中的故事。”

“呃……”她开口道，“我出生在离这儿大概三英里的地方。对此，我妈妈曾非常懊恼。”

我夸张地扬了扬眉。

“你知道吗？她一心想让我成为美国人，但当车子载着她去机场时已经来不及了。她就是那么冲动——我想，这一点也遗传到了我身上。”

她继续聊着自己的事情，早期的生活并没有特别之处，但她还是津津有味地诉说着，暂时忘掉了我们身在何处。我也愿意听她喋喋不休地讲那些曾经再熟悉不过的往事。而现在，这些趣事已经从外面这个世界消失了。我们就这样聊着童年、学生时代，还有“初次踏入社会”的那些趣事，只要沾点边的，我们都谈得不亦乐乎。

“19 岁那年，我差点就嫁人了呢，”她坦言，“不过，现在还是挺庆幸的，幸亏当初没嫁成。可我当时就是想不通，还跟我爸吵得很凶，怪他坏了我的好事，因为他很快就看出莱昂内尔是个痞子，然后……”

“是个什么？”我打断她。

“痞子，就是那种游手好闲、到处厮混、吊儿郎当的人。自那以后，我就跟家里断绝一切关系，离家出走，与一个相识的女孩住在一起——她有房子。家里也不再给我零花钱，他们那么做其实很可笑，因为这常常会适得其反，并不能让自己的孩子回心转意。不过事实上他们这么做也的确挺管用，因为在我熟悉的女孩中，所有走到这一步的人，日子过得都挺没劲的——没有太多的乐趣，又要抵制诱惑，处处精打细算。你永远也不会明白，为了让自己那一两件二流的用品看上去光鲜点儿，我需要耗费多少精力。或者我是否能说在生活中我总是会有很多的约束？”她陷入了沉思。

“这都无所谓，”我对她说，“我能理解你的意思，你根本就不想要任何约束。”

“你的洞察力的确很强。当时，我不能只占那个有房女孩的便宜。我太需要钱了，于是就写了那本书。”

我以为自己没听清。

“你‘做’了一本书？”我试探着问道。

“我写了本书，”她看了我一眼，笑了，“我肯定看上去很呆——当我告诉别人我在写书时，他们曾经也用同样的眼光瞅着我。请注意，这并不是一本好书，我是说，比不上奥尔德斯①或者查尔斯②这类大作家的书，但还是有效地解决了我经济上的困难。”

我没问她所谓查尔斯的书具体是指哪一本，只是简单地问了一句：“你是说，书出版了？”

“哦，对，而且的确让我赚了一笔钱，还有电影版权……”

“什么书？”我很好奇。

“书名叫《我的绯色历险》。”

我目不转睛地看着她，然后使劲地拍了拍脑门。

“约瑟拉·普莱顿！哦，是的！我一直纳闷，这个名字怎

① 奥尔德斯·赫胥黎（1894—1963），英格兰作家，以小说和大量散文作品闻名于世，1937年移居美国洛杉矶；代表作有《美丽的新世界》等。

② 查尔斯·狄更斯（1812—1870），英国小说家，对英国文学发展起到深远的影响，代表作有《雾都孤儿》《老古玩店》《艰难时世》等。

么这么耳熟。是你写了那本书?”我又加了一句,“这简直让人难以置信。”

在此之前,我并不是没想到过。她的照片曾经一度到处都是——不过现在看到本人,那就应该说当时的照片拍得不怎么——而且那本书到处都能看到。可能仅仅是因为书名的缘故,两家大型的图书流通部门都对它进行了封杀。可此后,它还是成了一本商业上很成功的书,发行量扶摇直上,达几十万册。约瑟拉“咯咯”地轻声笑着。听到这笑声,我很高兴。

“哎哟,”她说,“你的表情跟我所有呆头呆脑的亲戚没什么两样。”

“这怪不得他们。”我告诉她。

“你看过吗?”她问我。

我摇摇头,她叹了口气。

“人们真是可笑。只知道关注书名和炒作,然后就大为震惊。其实那不过是一本无伤大雅的小书而已,带着点稚嫩的老成、微微的浪漫,还有些许校园少女玫瑰色的情怀。不过,能想到这个书名,还算是个好主意吧!”

“这要看你怎么界定‘好’字了,”我指出,“毕竟‘我的’二字把你自己的名字和这本书联系了起来。”

“那——”她没有否认,“是个失误。出版商劝我说,那样的话会更有利于炒作,当然,站在他们的立场上来看,这没错。而我一度因此臭名远扬。每当在饭店或其他地方看到人们若有所思地打量我时，我就忍不住想大笑。他们似乎很难把心目中的那个‘我’与眼前的‘我’联系起来。很多我不愿见到的人都‘殷勤’地在我的住处附近转悠。为了摆脱他们，同时想到自己已经向世人证实——离开家人的资助，我照样也能养活自己，于是，我又搬回家里住了。

“但是，这本书也把一些事搞砸了——很多人就缠住书名的字面意思不放。对于那些不愿意见的人，我筑起了一道持久的防御墙；而我愿意接近的人，要么对我敬而远之，要么因为惊恐而对我避之不及。更让人懊恼的是，那根本就不是一本坏书，只是名字有些惊世骇俗罢了，这一点，真正明智的人应该可以看得出来。”

她沉默了，一副若有所思的样子。在我看来，那些所谓明智的人大概也觉得《我的绯色历险》这本书的作者是个可笑得令人震惊的人，但我还是忍住了，没有说出口。年少时，我们都会犯一些过错，有些过错现在都羞于启齿，但是不知道为什么，人们似乎很难把这次经济利益上的成功单纯地看作是年少时的无理取闹。

“在某种程度上，这一切都被曲解了，”她埋怨道，“我那时就着手写另一本书，以打破这种僵局。但我很庆幸自己没能完成——那本书太刻薄了。”

“用了一个同样惊人的书名？”我不禁问。

她摇摇头，“书名准备叫《被遗弃的人在这儿呢！》。”

“哦？这样的话，这本书不会像另一本那样快速占领市场了，”我问，“有出处吗？”

“有，”她点点头，“是康格里夫[①]先生写的《被遗弃的贞女安息于此：与爱无关》。”

“呃，哦。”我应了一声，又仔细琢磨了一下这个书名。

“现在，”我提议道，“我觉得是时候整理出一个大概的行动方案了，我先说说我的想法，怎么样？”

我们俩分别躺在两张极其舒服的安乐椅上，中间隔着一张小茶几，上面放着一套咖啡器皿和两个杯子。小一点的那个杯子是约瑟拉的，里面盛着橘子味白酒，而我的那个是一个球状杯，盛着昂贵的白兰地，看上去挺气派的。约瑟拉吐出一口烟，呷了一口酒，一边咂摸一边说：

“我们是否还应该再尝尝鲜橙汁？好吧，你先说吧。”

“呃，是这样，实际情况不容乐观。我们最好尽快离开这儿。如果明天不行，那就后天。你现在应该能意识到这儿将要发生什么。目前水箱里还有水，但是很快就会没有了。到那时，整座城市就会像一个巨大的下水道那样臭气熏天，现在四处已经散布着很多尸体，而且会一天比一天多。”她突然战栗了一下，我这才发觉自己只顾着分析情况，忽略了这番话会对她产生怎样的影响。我赶紧说：“这可能会引发伤寒或者霍乱，或者，天知道会是其他什么病。现在最重要的是，

① 威廉·康格里夫（1670—1729），英国剧作家。

在这一切出现之前赶紧离开这里。”

她点点头，表示同意。

“那么下一个问题似乎就是，我们上哪儿去？你有什么好主意吗？”我问她。

“呃，我想，应该去一个比较偏僻的地方，那儿得有充足的水源，也许还得有一口井。我认为位置越高越好，一个能有清风吹拂的地方。”

“对，”我说，“我还没想到这个问题，不过你说得对，要有清爽的风。一个有充足水源的山顶，不是说有就有的。”我考虑了一下，“湖泊地带怎么样？不行，太远了。或许可以去威尔士，或者埃克斯穆尔高地，或者达特穆尔高原，或者去康沃尔郡的南面？在地端岬周边的地方盛行从大西洋上吹来的西南风，不受任何污染，但那里也太远了。我想应该再过段时间，等那些地方完全安全以后再去看一下，我们还是要把落脚点定在城市里。”

“苏塞克斯郡的唐斯镇怎么样？”约瑟拉提议，“我知道在北边有一座古色古香的农舍，非常不错，刚好面对着帕尔泊尔。虽然它没在山顶上，但是处于上方。那里还有风能抽水泵，我认为那儿可以自己发电。一切都很现代化。”

“你说的这个地方确实让人向往，就是离人口密集的城市有点太近。难道你不觉得我们应该去一个更远的地方吗？”

“呃，我也在想。需要在那儿待上多久，才能确保城市里不再有任何危险，可以再次回来呢？”约瑟拉问。

“说实话，我也不能确定，”我不得不承认道，“大概得一年左右吧，一年之后，城市里应该会很安全了。”

“可能是吧。但如果我们真的走得太远的话，那么以后想要什么物资就很困难了。”

“你算是说到点子上了。”我承认道。

我们暂时搁置了最终的去向问题，开始商量转移的具体行动方案。我们决定，明天早上首先要弄到一辆货车——一辆足够大的货车。接着，我们列了一张生活必需品清单，到时把这些必需品统统装进货车。如果我们能尽快完成备货工作的话，那么明天晚上就可以启程了；如果不行——譬如清单上的东西越列越多，一天之内无法备齐，那就只好冒险在伦敦多待一天，后天再走。

等我们把一些相对次要的物品都列进清单时，已经接近午夜时分。那张单子俨然是一份百货公司的进货清单，但这一过程毕竟让我们在那一晚的忙碌中暂时忘记了当时的处境，这么说来，所有的麻烦都是值得的。

约瑟拉打个哈欠，站了起来。

“好困啊，”她说，“令人神往的大床，还有丝绸床单都在等着我呢。”

她走起路来轻飘飘的，仿佛不是在走，而是飘过厚厚的地毯。当她把手放在门把上时，突然停住了，她转过身，对着落地长镜端详起来，神情肃穆。

“有些事真是有意思。”说着，她对着镜子中的自己做了个飞吻。

“晚安，‘你拥有一个美好的幻影’。”我替她配了音。

她转过身对我露出浅浅的微笑，然后就像一阵风似的消失在门后。

我把那瓶上好的白兰地倒得一滴不剩，把酒杯在手里捂了捂，轻轻地呷了一口。

“永远，你永远都不会再看到那样的情景了。”我自言自语道，“世间的荣耀从此一去不复返……”

趁着自己还有些酒意、没完全清醒之时，我爬上了自己那张普通的床。

就在我即将入睡之时，突然响起了一阵急促的敲门声。

“比尔，”传来了约瑟拉的声音，“快来！有亮光！”

“什么光啊？”我边问边挣扎着从床上爬起来。

“在外面，快来看呀。”

她站在走廊上，身上裹了一件只有这间豪华睡房的主人才可能拥有的外衣。

“天哪！”我有点儿紧张。

“别发呆了！”她急不可耐地催我，“快来看看那道光。”

没错，确实有光。就在她的窗外，大概是在东北方向，我能看见一束明亮的光，犹如一盏探照灯，源源不断地向上发射着光芒。

“这意味着那儿还有其他人也能看得见。”她说。

“肯定是的。”我也这么认为。

我千方百计想弄清楚光源，但由于周围漆黑一片，根本无法断定。不过我敢说，它就在不远处，而且看起来似乎是从半空中射过来的，也就是说，很有可能是从一幢高楼上发射过来的。这时我有点犹疑了。

“最好等明天再说。”我们就这么定了。

穿过一条条黑咕隆咚的街道去寻找光源，这个主意并没有什么吸引力，更何况还有可能——虽然可能性微乎其微，但还是有那么一丁点可能性——那是个陷阱。即便是个瞎子，只要他还有那么点小聪明，再加上抱着孤注一掷的念头，就有可能靠触觉来设下这样的圈套。

我找来一把指甲锉刀，然后蹲下身子，让视线刚好与窗台齐平。我用指甲锉刀的尖端小心地在油漆上画了一条线，标出了那束光源的确切方位，接着就回到了自己的房间。

接下来的一个多小时，我辗转难眠。黑夜使这个城市愈加沉寂，使得打破这种静谧的任何声响都显得越发凄凉。街上时不时传来阵阵声响，有点儿焦躁，带着几近崩溃的歇斯底里。一次，还传来了一声令人毛骨悚然的尖叫，听起来仿佛他们是在为完全丧失理智而尽情狂欢，非常恐怖。不远处又传来一声声绝望的啜泣，没完没了。我还听见了枪声，子弹呼啸而过，这种情况有两次……不管是什么使我和约瑟拉相遇，我都由衷地感恩，庆幸有约瑟拉与我做伴。

那个时候，彻头彻尾的孤独是我所能想象到的最可怕的东西。孤身一人会让人觉得自己一无是处，有人做伴就会有希望，而希望能消融一切恐慌与惧怕。

我强迫自己去考虑明天、后天以及将来得干些什么，硬是让自己去猜测那束光意味着什么、对我们又会产生怎样的影响——我试图用这种方法将自己与外界的一切声响隔绝开来。但是作为背景的那阵啜泣声一直没停，它让我想起那天我所看到的情景，甚至还有明天我将会看到的情景。

突然间，门开了，我马上警觉地坐了起来。仔细一看，原来是约瑟拉。她手上拿着一根点燃的蜡烛，乌溜溜的眼睛睁得大大的。显然，她一直在哭。

“我睡不着，”她说，“我害怕，非常害怕。你听到他们的声音了吗？那些可怜的人，我受不了了……”

她就像个小孩一样，到我这儿来寻求抚慰。然而，到底是谁更需要慰藉呢？我自己也不确定。

她把头枕在我的肩上，先睡着了。

白天的记忆始终在我脑海中挥之不去，让我久久无法平静。但最终，我还是睡着了。入睡之前的最后一段记忆，是那个女孩动听却又哀婉的歌声：

“好吧，我们不再一起漫游……”

第六章

聚 会

醒来的时候，我听到约瑟拉已经在厨房里忙开了。一看手表，将近七时了。虽然用冷水刮脸很不舒服，我还是勉强洗漱了一番，穿戴整齐。这时，房间里飘着吐司和咖啡的香味。约瑟拉正拿着煎锅在煤油炉上烧着什么，一副泰然自若的样子，与昨天晚上那个备受惊吓的小姑娘相比，简直判若两人。她还是挺能干的。

“恐怕只有罐装牛奶了。冰箱停了，不过其他都还正常。”她说。

一时间，我简直不敢相信眼前这个衣着得体的人便是昨晚穿得像是去参加舞会的那个约瑟拉。她穿了件深蓝色的滑雪衫，厚实的鞋子上露出带白色花边的袜子。她还换下了前天佩带的那把普通的刀子，将一把做工精细的猎刀别在了自己黑色的皮带上。我不知道自己希望她如何穿戴，也不知道自己是否对此有过什么想法，但她穿着非常得体，自从我见到她以来，这还是她第一次给我留下如此深刻的印象。

“还行吗，你看？”她说道。

“非常好，”我向她保证，又低头看着自己的穿着，加了一句：“真希望我也能考虑得周全些。穿着西服干活确实有点儿不合适。”

“你完全可以收拾得更干练一些。”她同意我的观点，并且毫不掩饰地瞥了一眼我那皱巴巴的外套。

“昨晚那束光，”她接着说，“是从大学塔那边射过来的，至少对此我还比较确信。在那条线上，再也没什么其他显眼的东西了，况且远近也正合适。”

我走进她的房间，沿着我刻在窗台上的刮痕看过去。正如她所说，那条印迹恰好指向那座塔。此外，我还注意到了其他标志。楼上有一根旗杆，上面飘着两面旗帜。若是只挂一面旗的话，可能是碰巧升起在那儿的，但有两面旗，那肯定是个特意设定的信号。因为现在是白天，有光亮，只要不是瞎子都看得到。因此，早餐后，我们决定暂时推迟原定计划，先到大学塔那边去探个究竟。

半小时后，我们离开了公寓。正如我所期望的那样，那辆旅行车停在街道中央，没有引起那群摸索着的人注意，也就毫发未损。我们一刻也不敢迟疑，把约瑟拉找到的手提箱扔到车后座上，与对付三尖树的武器放在一起。然后，我们就开车出发了。

四周几乎没什么人影。可能是因为感到浑身疲惫，再加上冷飕飕的寒风，那些人以为夜幕已经降临。此时，许多人还未从他们过夜的地方出来。那些走出来的人大都沿着排水沟前进，很少像昨天那样沿着墙根摸索。他们中的大多数人手里还拿着根小棍或是木头之类的东西探路，沿着路边一路走来。与原先相比，这样走起来确实容易多了，降低了撞到东西的几率。

我们没怎么费力就从街道中穿梭而过，不一会儿，就到了商业街，大学塔就矗立在这条街的尽头，我们已经看到了。

“小心，”当我们拐进那条空无一人的街道时，约瑟拉说，“我觉得门口好像有动静。”

果然如此。我们走近一看，只见一群人正聚集在街头。昨天，我们已经领教了人群的威力，于是我向右拐进了高尔大街，一直向前开了五十米左右才停了下来。

“你猜大学塔上到底是怎么回事？我们是去看个究竟呢，还是远离此地？”我问道。

“我还是觉得应该去看一下。”约瑟拉回答。

“好，你跟我想到一块儿去了。”我表示同意。

“这个地方我认识，”她补充道，“这些房子后面有座花园，要是我们能进到花园里面去的话，不用进屋就能弄清楚到底发生了什么事。”

下车后，我们满怀希望地朝墙角区域窥探。终于，在第三个墙根处发现了一扇敞开的门，一条通道穿过房子一直延伸到花园里。这个地方大约有十二三幢房子，设计完全一样，却有些奇怪，大部分房间与地下室齐平，因此这些房子也就比周围的街道矮了一截。但是在离大学塔远一些的地方，有一道高高的铁门和一堵矮墙把这排房子与街道隔离开来。我们能听到尽头处传来一大群人的低语声。我们穿过草坪，沿着倾斜的鹅卵石小径一路爬了上去。在灌木丛掩映的后面，我们找到了一个合适的位置，正好可以看到那边的情形。

大学塔门口的路上，大约站了男男女女好几百人，远比我们凭声音判断的人数多得多。我第一次意识到，一群盲人比数量相同的一群视力正常的人要安静得多。其实这非常自然。他们想要了解什么，几乎完全依赖自己的耳朵，所以保持安静对大家都有好处。但是直到那一刻，我才清楚地意识到这一点。

不管发生了什么事，反正这一切就在我们面前。我们找了个稍微高点的土堆，这样视线刚好可以越过众人的头顶，看到一扇扇门。只见一个戴帽子的人隔着栅栏，正喋喋不休地讲着什么，不过他的话并没有取得什么成效，因为站在另一边的人大都摇着头，表示反对。

“怎么回事？”约瑟拉低声问我。

我把她拉了上来，与我站在一起。那个正在说话的人稍微换了个方向，因此我们能看到他的侧影。我想他大概三十来岁，鼻子小巧尖挺，很瘦，头发乌黑。他似乎正在慷慨激昂地演讲，很引人注意。

他见隔着栅栏所说的那番话仍旧没取得效果，便提高了嗓门，加强了语气，可仍然没有明显的成效。毫无疑问，铁门外的这个男人看得见，他做事很警觉，一边说话，一边透过角质眼镜注视着人群。在他身边几米远的铁门里边，站着另外三个男人，无疑他们也能看得见。他们仔细地注视着人群和他们的发言人。门外的那个人愈发激昂，声音更加洪亮，似乎他所说的既能顾及到这群人的利益，也能让那三个人获益。

“现在听我说，”他义愤填膺，“这些人和你们一样有他们的生存权，对不对？他们瞎了眼，但这不是他们的错，是不是？这也不是任何人的错。但如果他们饿死了，那就是你们的问题了，这你们是知道的。”

奇怪的是，他的声音粗犷而有涵养，因此很难断定他到底是何种身份。不知为什么，在他身上似乎两种风格兼而有之。

“我一直在指引他们，告诉他们哪儿能找到食物，也一直在尽自己所能，但是上帝啊，我只有一个人，可他们却有几千人。你们也可以指引他们去找食物，可是你们做了吗？混账！你们到底干了些什么？该死的，你们只会照顾自己，为了自己那身臭皮囊而蝇营狗苟地活着。你们这号人我以前见多了。‘各扫自家门前雪，休管他人瓦上霜。’呸，这就是你们这群蠢货的座右铭！”

他鄙夷地吐了口唾沫，伸出一只胳膊，用力地挥动着，开始高谈阔论。“在那边，”他挥手指着伦敦城里的方向：

有成千上万可怜的人，虽然食物在等着他们去拿，可需要有人告诉他们怎样才能找到食物。这一点，你们做得到。你们只消指点他们一下就够了，可你们这样做了吗？做了吗？你们这帮蠢货！没有！你们只要走出来，只要为这帮可怜的人指点一下，告诉他们到哪儿去寻找食物，这样每一个人就可以养活几百号人。但是你们只知道躲得远远的，任凭这群人活活饿死。万能的主啊！你们还有人性吗？

他越来越激愤，论述有力，又慷慨激昂。我感到约瑟拉的手下意识地抓紧了我的胳膊，我也紧紧地攥住了她的手臂。最远处的那个男人也说了些什么，但我们听不清楚。

这时，我们这边的演讲者又喊道："我怎么会知道这些食物能维持多久？我只知道，要是像你们这样的混蛋不参与进来帮忙的话，即便等到有人来收拾残局，等他们赶到时，也不会有多少人生还了，剩不下几个活着的。"

那个演讲的瘦子双眼喷射着怒火，接着说：

事实上，你们害怕了，不敢告诉他们哪儿有食物。为什么？因为这帮可怜的人吃得越多，留给你们自己的就越少。就是这么回事，对不对？你们只是没有胆量承认罢了。

另外一个人的回答我们还是听不见。然而，不管他说了些什么，都不能平息演说者的怒气。他铁青着脸，愤怒地盯着栅栏看了一会儿，然后说：

“好吧，如果这就是你们想要的！”

说时迟，那时快，他以迅雷不及掩耳之势把手伸进铁栅栏当中，拽住了另一个人的手臂拖了过来，又背过身去猛地抓住站在他身旁的一个盲人的手，将那个人的手臂放到盲人的手中。

“你就待在这儿吧，伙计。”说完，他跳开了，准备打开栅栏的门闩。

栅栏里面的那个男人这才从惊恐当中回过神来。他的另一只手穿过栅栏使劲乱敲乱打，一拳击中了那个盲人的脸，盲人号叫了一声，但还是死死地抓住那个男人的手臂。演讲者正拼命扭动着门闩。就在这时，步枪响了，子弹“嗒嗒嗒”地打在围栏上，碎屑四处飞溅。演讲者顿时一动不动地站在了那儿，不知如何是好。他身后传来咒骂声，还有一两声尖叫。整个人群推来搡去的，似乎不知道是应该溜之大吉，还是应该继续等着冲进栅栏。这还得由里面的人说了算。我看到其中那个年轻点的人把什么东西夹在了腋下。见状，我跳了下来，刚把约瑟拉拖下来，冲锋枪就噼噼啪啪地响了。

显然，开枪者故意把枪口抬高了一点儿。尽管如此，嗒嗒的枪声和子弹的嗖嗖声还是挺吓人的。枪声虽短，但足以平息这场冲突。当我们抬头再看时，人群已经散尽，大家都在朝另外的方向摸索着，寻找安全地带。演讲者也大喊了些什么，随后也转身走了。他一路朝北，向马莱特大街跑去，竭尽全力想把尾随他的人再次集合起来。

我在原地坐下，看着约瑟拉，她也回过头来，若有所思地望着我，然后又低头看看前方。我们俩都一言不发，沉默了许久。

“你还好吧？”最后还是我先开腔。

她抬起头来，看着马路对面，又看了看那个落在队伍最后头的人——他正可怜地一路摸索着。

“他说得对，”她说，“这你知道，是不是？”

我点了点头。

“是的，他说得对……然而，他也犯了一个极大的错误。要知道，不会有所谓的‘他们’来收拾这场残局的。对此，我非常肯定。没有人会来收拾残局。我们可以照他说的那样去做，我们确实可以告诉一部分失明的人食物在哪里，但仅仅是一部分人。这样，或许可以维持几天，或许是几个星期，但此后呢？接下来会发生些什么呢？”

“但不帮助别人的话，似乎太可怕了，也太无情了……”

“假如我们能正视这个问题，倒不难作出选择，”我说，“要么我们全力以赴去拯救那些能够被拯救的人——当然也包括拯救我们自己；要么就全力投入到这样一种努力当中——尽可能让所有人的生命都延长一点。客观点说，我们只能如此。

“同时，我也明白，很显然，这种最仁慈的方案也就等于自杀。我们明明知道最后没有人能幸免于难，为什么还要花那么多的时间去延长他们的痛苦？这难道就算尽力吗？”

她慢慢点了点头。

“照你这么说，似乎没有太多的选择，是吗？即便我们可以拯救一部分人，但我们拯救哪一部分人好呢？我们又是什么人，可以决定他人的生死呢？即便我们这么做了，又能维持多久呢？

“真的那么干起来，一点儿也不容易，”我说，“当我们手头的食物消耗殆尽时，我真不知道还可以养活多少失去视力的人。我想比例应该不会太高。”

“你已经下定决心啦？”她瞥了我一眼，似乎带着一丝不太赞同的口吻。又或许没有，我也说不清。

“亲爱的，”我说，“我和你一样都不希望发生这种事。我把最坏的打算都跟你说了。我们是去帮助那些在灾难中仍有视力的人真正重建新生呢，还是摆出一副仁义道德的姿态，明知不可为而为之，尽力挽救每一个人？从表面上看，后者只能称其为一种姿态，因为在马路对面的每一个看不见的人无疑都想活下去。”

她把手插进泥土里，让泥土慢慢从她的指尖溢出。

“我想你是对的，”她说，“但说你对，仅仅是指你说的不希望发生这一切。”

“我们的好恶已经不重要了，这根本不是决定因素。”

“可能是吧。但我还是禁不住想，无论是什么原因引发了枪响，肯定是哪里出什么差错了。”

“他们故意朝天开枪，很可能也并不想大动干戈。”我指出了这一点。

人群已散尽。我翻过墙，又帮约瑟拉也翻了过去。站在门口的一个人打开门让我们进去。

“你们有多少人？”他问。

“只有我们俩。我们昨晚看到了你们发出的信号。”我告诉他。

“好，来吧，我们去见上校。”说着，他便领着我们穿过了前院。

被称为上校的人正在离入口处不远的小房间里办公，看上去像个守门人似的。他大腹便便，五十来岁，浓密的白发修剪得整整齐齐，跟胡子的颜色很协调，似乎没有哪根头发敢随意打乱队列。他脸色红润，精神饱满——是那种年纪更轻的人才应该有的那种饱满。我后来发现，他的思维也很活跃。他坐在桌前，上面整整齐齐地堆放着大量的文件，一张干净的粉红色吸墨纸放在面前。

我们进去时，他抬起头，用深邃、沉稳的眼神逐个打量我们俩，目光滞留的时间比通常情况下略长。我知道他的伎俩——这么看只是为了表明自己是个目光敏锐的评判者，擅于看人；而被看的人会觉得他所面对的是一个可靠的人，不好糊弄。或者，另一种用意是被看的人觉得自己已被看穿，所有的弱点都暴露无遗。这时，正确的反应应该是态度温和、文质彬彬，让他认为你是个“有用的家伙”。我就是这么做的。

上校拿起了笔。

“名字？”

我们如实相告。

“住哪儿？”

“以现在的处境来看，地址恐怕用处不大，”我说，“但如果你一定想要的话……”我们也把各自的地址告诉了他。

他含糊不清地问我们一些组织、单位、家属之类的问题，并把它们统统记录下来，接着便问年龄、职业以及其他内容。他又专注地打量着我们，在每张纸上草草写了个便条，并把它们一一归档。

“我们急需有用的人。事情真是麻烦。这儿有很多活等着干，很多很多。比德立先生会告诉你们需要做什么。”

我们又回到了大厅，约瑟拉不禁“咯咯”地笑了。

“他忘了向我们索取工作推荐信或是介绍信什么的，一式三份。但我想，我们应该有活儿干了。”她说。

看到迈克尔·比德立时，我们发现他与上校形成了鲜明的对比。他高高瘦瘦的，肩膀很宽，背微驼，有点儿运动员冲刺的味道。他坐在那儿，脸色平静，流露出一丝忧郁，这可以从他乌黑的眼睛里看出来，不过很少有人会看到他平静、忧郁的神情。他发间已有几缕银丝，这反而很难让人推算他的年龄，应该在35至50岁之间。他脸上带有明显疲倦的神情，越发让人难以估算他到底有多大。一看他的脸色，就知道他肯定整晚没睡，然而，他还是热情地接待了我们，并挥了挥手，把一位年轻的小姐介绍给我们，而后者又给我们登记了姓名。

“桑德拉·泰尔蒙特，”他介绍道，“桑德拉是我们的专职记录员，以前就是干这个的。此刻，她还能出现在这儿真是上帝对我们的关爱。”

年轻的小姐向我点点头，又仔细地把约瑟拉打量了一番。

“我们以前好像见过。”她若有所思地说，又看了一眼放在膝盖上的本子。不一会儿，她俏丽而又温婉的脸上浮现出了一丝诡异的笑容。

“哦，对，当然。”她想起来了。

“我跟你说过什么来着，那件事就像张粘苍蝇的纸一样，怎么都摆脱不了。”约瑟拉对我说。

“你是指哪件事？”迈克尔·比德立问。

我向他解释了一番，他也开始更加仔细地看着约瑟拉。约瑟拉叹了口气。

“还是把它忘了吧，”约瑟拉说，“我多想让别人忘记我的过去啊，真烦人。”

这一反应似乎让迈克尔有点儿惊讶，但又颇为赞许。

“好的。”他点了点头，也就不再提这事了。

他转身回到桌边：“继续干活吧。对了，你们见到贾克斯了吗?”

“你是指那位在文职部门混日子的上校?我们已经见过了。”

他咧开嘴笑笑。

“你们必须得了解我们现在的处境。如果你们不知道自己必须尽的责任,就什么也甭想干成!”他模仿上校的口吻说,“不过的确是这样啊。”他继续说道,“我还是告诉你们一个大概,让你们能了解目前的状况。到现在为止,我们大约有三十五人,分成了几个小组。我们希望近期会有更多的人加入我们的行列。除了这儿的人之外,还有二十八个人能看得见。待在这里的这些人的家属,有两三个还是孩子,他们都看不见。现在的初步设想是,如果能及时准备停当,我们将在明天的某个时候动身离开这里,到一个安全的地方去。明白了吗?”

我点了点头,告诉他:“我们本来决定今晚就动身,目的相同,也是要去一个安全的地方。”

“你们打算怎么走?”

我把停放旅行车的位置跟他说了。“今天我们打算备货,”我补充说,“但直到现在,除了大量对付三尖树的枪支外,事实上我们什么也没准备。”

他皱了皱眉,那个叫桑德拉的女孩也诧异地看着我。

“你的首要必备品竟然是那种东西,有点儿怪。”他评价道。

我把原因告诉了他们。可能我解释得很糟糕，因为他们似乎都有些不以为然。他像先前一样点点头，继续说道：

“那好，如果你们来这里和我们并肩奋斗，我有一些建议给你们。把车开来，卸下必需品，扔掉杂物，然后再开车出去换一辆大一点的卡车。然后——哦，对了，你们俩谁知道如何治病？”他突然停下来问道。

我们都摇了摇头。

他皱了皱眉：“真遗憾，迄今为止我们这里竟然没有一个人会看病。我敢说，过不了多久，就一定会有人需要医生了，要是没有这种需要才怪呢。无论如何，我们也得需要有人给我们打防疫针啊。如果让你们俩去四处寻找医疗补给，也不是很容易，那么，派你们去找食物和一般商品储备，怎么样？你们觉得合适吗？”

他快速翻动着夹子里的一些纸张，取出其中一页递给我。那上面显示的是第 15 页，下面是打印出来的条目：罐装物品、锅碗瓢盆和一些铺盖之类。

“不一定非得严格按照单子上的来，”他说，“但要尽量合理地满足这些条目，这样我们就能避免很多重复。要专注于高品质的东西。在寻找食物方面，多关注大量的食物——我是说，即使玉米片是你的最爱，你也要忘掉它。我建议你们去仓库和大型商场寻找。”

他又拿起那份单子，潦草地在上面写了两三个地址。

“找罐头和包裹的一定很多——举个例子，不要被几袋面粉所吸引；还有一组人也在找这类东西。”他仔细地看着约瑟拉，“这项工作恐怕不会轻松，但这是目前我能分配给你们的最有用的工作了。天黑之前尽你们所能多完成点。今晚将有个大会，在这里讨论相关事宜。”

在我们转身准备走的时候，他问道：

“有手枪吗？”

“我没有想过这个问题。”我承认道。

“有的话更好，目的是以防万一——向空中开火是最简单而有效的方式。”他说道，然后从抽屉里取出两把手枪放在桌上，推到我们面前。

“少惹麻烦，”他瞥了一眼约瑟拉精致的刀具，补充了一句，“仔细地去四处搜寻吧。”

从货车上卸下货物准备出发时，我们发现街上的人比前一天更少了。他们在听到引擎的声音后，倾向于走上人行道，并没有来干扰我们。

我们看中的第一辆卡车后来证明根本没用，因为上面装满了木箱，太沉了，根本无法移动。我们第二次的发现就幸运多了——那是一辆承重五吨、几乎全新的空车。我们把货物重新装车，把原先那辆车扔在了那儿。

单子上的第一个地址是个转运的仓库，卷帘门关着，但我从隔壁商店里拿了一把铁锹，没费多大力气，门就卷了上去。在里面我们也有所发现——三辆卡车已经在站台上整装待发，其中一辆装满了一箱箱的肉罐头。

“你能开一辆吗？”我问约瑟拉。

她看了看，说：“可以啊，有什么不可以的？大同小异，而且现在绝不会出现违反交通规则的问题。”

我们决定晚点再回来把车开走，于是，我们先把空卡车开到另一个仓库里，在那个仓库里我们把毛毯、地毯、被子的包裹装上卡车，然后我们又继续深入，去收集杂货、平底锅、大锅和水壶等混杂的东西，叮叮咚咚简直吵死人。好不容易把卡车装满了，我们发现这工作比想象中要繁重得多。然后，我们去了一家还没被破坏的小酒吧，美美地饱餐了一顿。

笼罩在这片商业区之上的是一种阴沉的气氛——尽管如此，这儿还是或多或少有灾难之前周日或假期的影子。这些地区几乎没有什么人。如果那场流星雨是白天下的，而不是在工人都下班回家后的晚上，那这里将是一副完全不同的场景——应该是一片人间地狱。

我们重整旗鼓，清点了一下满载的卡车，然后把其中两辆缓缓地开回了大学校园。我们把车停在前院，重新出发了。大约六点半时，我们又回来了，另外两辆车也是满载而归，这让我们非常有成就感。

迈克尔·比德立从大楼里出来，检验我们所作出的贡献。他对一切都赞赏有加，只是对我们在第二次装车时的六个箱子有些疑问。

“这是什么?”他问道。

“对付三尖树的枪，还有箭。”我告诉他。

他若有所思地看着我。

“哦，对了，你们来时带了很多对付三尖树的物品。”

“我认为我们很有可能需要这些东西。”我回答说。

他考虑了一会儿。我能看得出，他认为我在三尖树这个问题上有点小题大做。他可能会考虑到我曾经的工作，以便找出一个合理的解释——加上我最近还被三尖树蛰了一下，伤痛会给我带来更大的恐惧。或许，他还在想，这是否说明我在面对其他一些无害的东西时也会小题大做呢?

“你看，”我建议道，“我们已经带回满满的四车货物。我想，在这四辆车中间肯定能找个地方来存放这些箱子。如果你觉得实在没法腾出空间的话，我就出去找个拖车，或者再找一辆卡车也行。”

“不用了，就把它们放那儿吧，也占不了多少地儿。”他做出了决定。

我们走进一栋大楼，在一个临时搭起来的餐厅里喝了点茶。

“在他看来，”我告诉约瑟拉，“我在三尖树事情上的反应有点古怪。”

“他慢慢会明白的，”她说道，“至今，其他人都没见过三尖树行凶，真是太奇怪了!”

“这些人一直住在市中心，这也就不足为奇了。毕竟我们俩今天也还没看到三尖树呢。”

“你觉得它们会一路追踪到这儿吗？”

“说不准，那些迷了路的三尖树应该会吧。”

“你觉得它们是怎么挣脱的？”她问我。

“如果它们在固定支架上再三撞击，力量够大、时间够长的话，最终是会挣脱的。我们在农场时，三尖树曾策划过几次突围——它们合力推挤围栏的一边，直到栅栏被推倒，这就是它们逃亡时惯用的伎俩。”

“哎，我说，你们就不能加固一下围栏吗？”

“本来可以加固的，但我们不想永久性地把它们固定在那里。而且这种事也不是经常发生，真正发生时，它们往往也只是从一个围栏逃到另一个围栏，仅此而已，所以我们只要把它们再赶回去，竖起围栏就行了。那时我以为三尖树只是盲目地活动，丝毫没感觉到它们是有意这么做的。但如果从三尖树的角度来考虑的话，一座城市肯定就像一片沙漠那样荒凉，因此我认为它们应该会群体性地向空旷的地区移动，那些地方可以直接接触到泥土，而不是无法扎根的柏油路面。”

“你用过对付三尖树的枪吗？”我又加了一句。

她摇摇头。

“我先把那些衣物整理好，然后咱们来点儿实践性的练习——如果你想尝试一下的话。”

大约一小时之后，我回来了。她原本穿的是滑雪服和厚重的鞋子，我批评她太异想天开了，这会儿发现她已经换上了一身绿色的裙子，让人能联想到春天，我感觉合适多了。我们拿了两把枪，去了附近罗素广场的花园。我们花了大约半小时的时间，才把那些顶端比较好剪的灌木“消灭”掉。这期间，一个身穿砖红色夹克衫和精致绿色短裤的年轻女人在草地间散步，并把她的小相机对准了我们。

“你是谁？报社记者吗？”约瑟拉问她。

“差不多吧，”年轻女子答道，“我是官方记录员伊丽莎白·凯莉。”

“这么快就有专门的史官了？”我说道，“我们这位上校真的是很有维持一切秩序的意识，我算是领教了。”

“你说得很对，”她表示同意，又转而看着约瑟拉，“你是普莱顿女士吗？我一直想知道你写那本书时……”

“嘿，看看这个糟糕的世界吧！”约瑟拉打断了她，“整个世界都已经崩溃了，为什么我的名声偏偏还是一如既往呢？这可能是这个世界里唯一一成不变的东西吧，你们就不能忘掉那些事吗？”

“嗯，”凯莉女士若有所思，换了个话题，“那些三尖树是怎么回事呢？”她问道。

我们告诉了她一切。

“有些人认为，”约瑟拉补充道，“比尔有点大惊小怪，还有人觉得比尔太过迂腐。”

凯莉直勾勾地看着我。她的肤色被阳光晒成了棕色，与

其说她长得好看，倒不如说长得十分有趣。她的目光坚定，深棕色的眸子炯炯有神。

“你是不是真的如此呢?”她问道。

“嗯，我觉得三尖树失控之后，真的非常麻烦，我们非得认真对待不可。”我告诉她。

她点了点头，“你说得很对。我在很多地方见过三尖树失控的场面，真是糟透了。但是在英国——嗯，真的很难想象。”

“看来，从现在起，人类缺乏遏制它们的手段和措施了。”我说道。

她好像想说点什么，可即便如此，也被头顶上巨大的引擎声打断了——我们抬头望去，一架直升机正从大英博物馆的上空飞过。

“一定是伊万，”凯莉说道，“他原本就想找一架飞机。我得走了，去拍一张他着陆的照片。一会儿见!”说着她急匆匆地穿过草地跑走了。

约瑟拉躺了下来，双手抱着头，凝视着天空。直升机引擎关闭时，周围忽然安静了很多。

“我简直不敢相信，”她说，“我努力过了，但我仍旧不敢相信。一切不可能就这么全都不存在了……这肯定是一场梦。明天这个花园里一定又会充满了喧闹。红色的公共汽车一定会在这里发出轰隆声，人们一定会在这条人行道上快速行走，信号灯也一定还会闪烁……美好世界不可能就这么一下子结束了——不可能……绝对不可能……”

我和她有一样的感觉。这些房屋、树木，还有广场那边富丽堂皇的酒店都再正常不过了——就这样触手可及，好像只要童话中的金手指轻轻一碰，一切都会恢复原样。

“而且，”我说，“如果一切真是如此的话，那么恐龙也就会复活了。其实，你看，这种事情时有发生的。”

“但是，为什么偏偏发生在我身上呢？这感觉就像是在报纸上看到那些令人震惊的事情——但那永远是发生在别人身上的啊。我们又没有什么特别之处，为什么偏偏发生在我们身上呢？”

“不是总有人说‘为什么是我’吗？一个军人，战友都牺牲了，唯独他却毫发无损；或者说大家都因做假账而被关进拘留所，而某个幸运的家伙却逃脱了。其实这一切都只是随机发生的事情而已。”

“碰巧发生的吗？——或者说碰巧那时发生了？”

“我是说现在。过上一段时间，一些事情总是会以某种方式发生的。以为一种生物会永远地统治一切，这种想法并不符合自然规律。”

“我不明白这是为什么。”

“为什么，这个问题很复杂。但结论只有一个，那就是生命是运动的而非静止的。再说啦，无论以何种方式，变化总是会随时发生的。我认为一切尚未结束，但这一切对我们来说已经是巨大的煎熬了。”

“那你认为这一切并没有真正结束——我是说，人类并不会因此而终结？”

“人类的消亡？存在这种可能性，但是——我并不觉得这次是人类的终结。”

这种可能的确是存在的，对此我并不怀疑。但一定会有像我们一样的小群体生存下来。在这样一个空荡荡的世界里，散布着不同的集体，他们努力奋斗，力求重新掌控自己的生活。必须承认，他们当中至少有一些人是会成功的。

“不，不，”我重复着，“还不该结束。我们仍然有很强的适应能力，与我们的祖先相比，我们已经有了飞跃性的进步。只要还能有人健康地活下来，我们就有机会——就一定有绝佳的机会。”

约瑟拉没有回答，依然躺在那里凝视着天空，双眼深邃而辽阔，似乎在神游天外。她沉默了一阵，说道：

“你知道，最令人震惊的事莫过于意识到这一点——我们是多么轻易地失去了一个看似安全和确定的世界。”

她说得很对。其实我们震惊的根本原因恰恰就在于失去这个世界的过程是那么轻而易举。由于太过习以为常，人们经常会忘却是什么维持着力量的平衡，都觉得安全是再正常不过的了，可事实并非如此。以前我从未这样想过，直到这时我才发现，人类能在地球上取得至高无上的地位，从根本上来说，这并不完全是因为我们的大脑——尽管大多数著述都这么认为。其实，这是因为大脑的容量巨大，可以处理各种信息，尤其是处理波段非常有限的一小撮可见光线所能传递给大脑的各种信息。人类的一切文化、所有历史包括可能达到的灿烂文明，都取决于他们观察振幅有限的光线的能力——确切地说，就是赤橙黄绿青蓝紫这几种颜色。倘若没有这种能力的话，人类就只能在黑暗中永远地摸索下去了。我蓦然间发现了人类掌握这种能力的脆弱——完成这一奇迹，人类就是通过非常脆弱的那么一个器官……

约瑟拉仍然沉浸在自己深刻的思考当中。“剩下的这个世界将变得非常怪异，我想我不会太喜欢。”

这句话于我而言似乎有些古怪，难以接受，就好像一个人竟然断言他不喜欢出生和死亡似的。我更愿意接受这一理念，那就是首先要明白这一切将会走向何方，然后再尽最大努力完成最不想做的工作，但我没有必要跟她在这一问题上纠结过多。

我们不时听到卡车从大楼的另一边开进去的声音。显然，这个时候大多数出去采集储备的人都回来了。我看了看表，然后拿起了放在草丛里的三尖树枪。

“如果我们想晚餐后再听听其他人的高见，那这会儿就得回去了。”我说。

第七章

见仁见智

我原本以为这个会议不过是一个简短的演讲，只是谈谈时间、路线、工作日程安排之类，根本没指望能有什么发人深省的内容。

会议在一个小的演讲厅里举行，通过电池亮起的汽车前灯照亮了整个大厅。我们走进去时，六七个男人和两个女人似乎已经组成了一个委员会，并在发言席后面讨论着什么。我们发现有近百人坐在大厅里，这让我们稍稍有点儿惊讶。其中年轻的女性占了约百分之八十。直到约瑟拉告诉我时，我才意识到，她们中间真正有视力的简直屈指可数。

迈克尔·比德立身材高大，在委员会成员中最为醒目。我认出了站在他身旁的上校，还有已经把相机换成了笔记本的伊丽莎白·凯莉——可能是要为后代记录下什么吧，其他的都是新面孔。委员们都比较关注一个年长的男人，他相貌平平，但金边眼镜却让他显得和蔼可亲，不长不短的白发使他颇有政治家的风度。不知为何，委员们似乎都显得有些替他担忧。

委员会里的另一位女性大概二十二三岁。她对自己被安排到那儿好像不太满意，不时紧张地看看台下的观众。

桑德拉·泰尔蒙特拿着一张大纸走了进来。她研究了一下纸上的内容，然后快速地把人们分成了几个小组，并让他们对号入座。她又挥了挥手，让迈克尔到主席台就座。接着，会议开始了。

迈克尔站在那里，冷眼看着那些吵闹的听众，等他们安静下来。他心平气和，语调不紧不慢，给人老练沉着的感觉：

> 诸位，经历了这么一场大灾难之后一定变得有些麻木。意识中的世界顷刻间似乎完全崩塌了，我们当中有些人一定以为万事休矣，但那是错误的。我想告诉在座的各位，如果我们继续这么放任自流的话，我们就真的完了。
>
> 这场灾难的确很严重，但仍然有生存下来的机会。值得一提的是，我们在大灾面前是弱小的。尽管有些传说在流传的过程中发生了变化，但有一点毋庸置疑，历史上的某个时期曾出现过一次严重的洪灾，其造成的伤害与这次灾难不相上下，在某种程度上甚至有过之而无不及——因为从那场灾难中幸存下来的人不多。但那时，幸存下来的人并没有就此绝望——他们和我们一样谋划着人类的再次崛起和复兴。
>
> 不少人非常自卑，强烈地意识到末日来临，这只能让人一事无成。我们最好忘掉过去，昂首向前，因为我们必须创造未来。

除此之外，千万别期盼会有什么浪漫的戏剧性变化，我想说的是，即便是现在这种情况，也不是最糟糕的。我，甚至可能包括你们当中的许多人，已经花了生命中的大部分时间来做最坏的打算。我仍然相信，就算这些灾难没有发生，也可能会有其他更糟糕的灾难发生。

从 1945 年 8 月 6 日[①]起，人类生存下去的可能性就已经骤然变小。事实上，两天前人们存活下去的可能性会比现在大。说得更确切一些，1945 年后的几年以来，安全这条路就越来越窄，最后变得像钢丝一样细。但即便我们知道脚下是万丈深渊，也只能闭着眼睛往前走。

在那危险的几年中，人类只要一疏忽，就会命悬一线。没有出现纰漏真是个奇迹——而最近几年竟然真的没有出现过问题，真是奇迹中的奇迹了。

但人类迟早是会疏忽的。至于是由什么原因引起的，是故意如此，还是粗心大意，已经不重要了。平衡必将被打破，毁灭即将到来。

究竟到底有多糟糕，我们还无法估计。你说，能有多糟呢——或许没有人能活下来，甚至连地球都不存在了……

① 1945 年 8 月 6 日，美国向拒不投降、顽抗到底的日本投下了代号为“小男孩”的世界上第一颗原子弹，投射地点是日本广岛，当时有 6 万幢房屋被毁，广岛 30 万居民死亡过半，伤者无数。但日本仍负隅顽抗，于是美国于 8 月 9 日向日本长崎投放了第二颗原子弹，代号“胖子”，又导致 7 万多人死亡。当晚，日本天皇终于决定投降，8 月 15 日，日本正式宣布投降，第二次世界大战结束。

> 那么，来比较一下我们现在的处境吧，地球是完整的，没有被破坏，而且硕果累累，它能带给我们食物和原料；我们还拥有一座座知识宝库，可以教我们做任何曾做到过的事情——尽管有些事情还是忘了的好；我们还有财富，有健康的体魄和力量去重建世界。

他没有做冗长的演讲，但句句掷地有声。他一定让大部分听众产生了这样一种感觉——他们不是站在一切的终点，而是站在万物的起点。虽然他的讲话很简短，但是当他讲完时，会场呈现出一片肃穆的气氛。

紧接着发言的是上校，他的话比较实在。他提醒道：出于保护身体健康的原因，我们应该尽快在第二天中午 12 时左右离开城市，离开密集的建筑区。基本生存必需品和其他一些物资已经备齐，可以保证舒适的生活，至少在一年内我们可以不依赖外部资源。我们要在空旷的郊区建立隔离区，在一种实际上近乎封闭的状态之下度过那段时间。

毫无疑问，除了我们在清单中列出的物品外，还有很多其他东西我们也想带走，但是必须等医务人员（这时，委员会里的那个女孩的脸突然涨得通红）觉得可以离开隔离区去取时才行。至于选址，既然大家渴望团结和睦、自给自足、公平公正，经过委员会的充分考虑，已经决定找一个乡村的寄宿学校。如果不合适，能找到一个大庄园也行。

委员会到底有没有定下具体地点，军队惯有的保密意识在上校头脑里到底有没有发挥作用，我不能断言，但我敢肯定，他没有说出这个地方，就连大概的方位也没有提，这是他那天晚上所犯的最严重的错误。然而，当时他实事求是的风格着实给每个人吃了一颗大大的定心丸。

他一坐下，迈克尔又站了起来。他激励似的和那个女孩聊了两句，并向大家介绍了她——之前大家面临最严重的危机就是因为没有懂医学的人，因此，贝尔小姐的到来让大家都松了口气。她虽然没有医学学位或者过硬的证书，但她有护士的资格证书。迈克尔认为在近期掌握的知识远比数年之前获得过的证书管用。

那个女孩脸上又泛起了红晕。她先对自己承担这份工作表示了信心，说到最后，忽然又通知大家在离开会场前接种疫苗，以便抵御各种疾病。

一个小个子男人也站起来强调此事的重要性，因为每个人的健康状况是大家最为关注的事，一旦有疾病在我们中间传播开来，其后果不堪设想。所以，一旦我们怀疑自己得了病，就应该立刻报告，绝不能隐瞒耽搁。

小个子男人讲完后，桑德拉起身介绍了组里的最后一个演讲者——沃乐思博士。他来自爱丁堡的京斯顿大学，法学博士，社会学教授。

那位白发老人走到讲台旁，手指放在桌面上，低头在那儿站了一会儿，似乎在审视着什么。他身后，主席台上就座的众人都看着他，显得有些焦虑不安。上校探过身子，对迈克尔耳语了几句。后者一边听着，一边点了点头——视线始终未离开那位教授。老人终于抬起头，并用手捋了捋头发，说：

我的朋友们，我想我是你们当中最年迈的了。七十年来，我学会了许多，也不得不忘掉很多——当然没有我所预期的那么多。但是，在研究人类制度的漫长过程中，给我留下深刻印象的并非是人性的顽固，而是人性的多变。

就像浪漫的法国人说的那样，“习俗随时都在变化”。如果我们停下来思考一下，就会发现在一个社会中被称作美德的东西，在另一个社会里可能是罪恶；在这里被反对的东西，在其他地方可能会大受赞扬；在一个世纪里被谴责的风俗，在另一个世纪里就会得到宽恕。我们同时也能发现，在每一个社会中，每个不同的时期，都有其自身的风俗习惯，在道德伦理方面都有普遍的信仰。

显然，这些信仰中有的自相矛盾，不可能都是“正确”的。如果必须要作出结论的话，那么结论就是，在“当时”的社会里，这些信仰是对的。它们现在可能依然是对的，但人们却总觉得它们是错误的。而有些一味因循守旧的社会，继续盲目地沿袭旧制，根本没有意识到环境的变化，这对社会本身是非常不利的，甚至还会导致社会的最终毁灭。

台下的听众们都不知道他的这些开场白是什么意思，有些骚动不安。电台听众如果碰到这种情况，大都会习惯性地关掉收音机。但在现场并不能这么做，所以大家都感觉像是落入了圈套。演讲者见状，决定把话说得更明白一些。“因此，”他接着说，

一个挣扎在死亡线上、每天都要为温饱问题发愁的印度村庄，其习俗一定与梅菲尔这个大都市的习俗大相径庭。同理，生活在和谐国度里的人们大都生活舒适，而在人口众多的国家里，人们只有拼命工作才能生存。换句话说，不同的环境造就了不同的标准。

我向你们指出这一点是因为我们所熟知的世界已经不复存在了——那一切都已经结束了。

形成并指导我们设定这个标准的大环境也随之消失了。我们所需要的已经不同了，我们的目标也改变了。举例说吧，你们想想，一整天来，我们随心所欲、心安理得地干着破门而入、偷盗行窃的勾当，这在几天前是根本不可想象的。随着旧框架的打破，我们应该寻找一种最适合新生活的生存模式。我们不仅要重新创造一切，更要重新思考一切——后者更为艰苦，更为枯燥乏味。

从生理上讲，人类可以适应新环境，而且适应性超强。但每一个社会的风俗习惯都把一个人——从年轻开始——的思想禁锢在一个框架中，而这个框架约束着各

种偏见，结果便产生了一种极为坚固的东西——它能成功抵挡许多固有的意志和本能。这样，它就可能使人冲破其自卫的本能而甘愿为理想献身。不过，这也会打造出自以为是、永远认为自己最“正确”的白痴。

在以后一段日子里，我们将不得不摒弃许多固有的偏见，或者说必须彻底改变曾经的观念，只能接受一点——这个民族是值得保留的。只考虑这一点就行了，其他一切都是次要的。看看我们所做的一切，不用有丝毫的犹疑，只需思考一点——“这么做是否对我们民族的存继有利？”若有利，我们就必须义无反顾地去做，不管这么做是否与我们根深蒂固的观念相悖。若无利，我们就尽量不那么做——即便不那么做有悖于我们曾经的责任感和正义感。

其实这并不简单，原有观念的改变非常困难。人们都习惯于依赖一大堆行为准则和戒律行事——胆小怕事的人如此，精神怠倦的人如此——我们所有人都是如此。这个机构原有的行为标准，已经不能再正确衡量我们的行为了。在道德上，我们必须敢于思考，并为自己做出计划。

他顿了顿，若有所思地扫视了一下在场的听众，继续说道：

在你们决定加入我们这个团体之前，有件事必须跟你们讲清楚。我们每个人都要各司其职。男人必须工作，女人必须生养孩子，否则，你就不能在这个集体中占据一席之地。

一阵死一般的沉寂。

随后，他又补充道：

我们可以供养一定数量的瞎眼女人，因为她们能生孩子，能生出有正常视力的孩子。但我们无法供养没有视力的男人。在我们的新世界里，孩子要比丈夫重要。

他讲完后，全场依然是鸦雀无声。沉寂了片刻之后，人们渐渐开始窃窃私语，接着会场又出现了众人喧哗的嗡嗡声。

我朝约瑟拉看，可令我惊讶的是，她正顽皮地咧着嘴笑呢。

“有什么好笑的?”我不假思索，猛然间问道，好像略显唐突。

“表情呀！你周围人的表情呀!”她回答道。

我不得不承认她说得对。我环顾四周，然后看看对面的迈克尔。他不时地看看这些人，又瞅瞅那些人，想知道听众的反应。

一位身材高挑、皮肤偏黑、十分干练的年轻女子站了起来，她似乎不想开口，但后来还是说话了。

“我们是不是可以……”她以一种碳素钢一样生硬的口气问道，“可以把最后的发言理解为女人只是生孩子的工具？或者说，婚姻法也就等于废纸一张了？”

“我们熟知的法律已经由于环境的改变而不复存在了。现在，我们应该根据新的形势制定法律，而且，如果有必要的话，我们还要强制执行。”

“但是上帝的法律仍然存在，再怎么着也得顾及体面吧。”

“女士，所罗门有三百个妻子吧，抑或是五百个？但上帝也没有因此而反对他。这要归结于当地的风俗习惯。至于我们对这些问题有何法律规定，这都是以后的事儿，大家到时会基于整个团体的最高利益去考虑的。”

“委员会经过讨论之后已经决定，为了建立一个新的社会，避免退回到危险的野蛮状态，我们必须对那些想要加入我们团体的人负责。”

“没人想要恢复曾经的秩序。我们可以提供的是，充分让大家享受与困难作斗争所取得的成就感和幸福感。反过来，我们也要求你们心甘情愿地付出。没有任何勉强的成分，一切都由你们自己决定。那些对我们所提供的东西不感兴趣的人，你们有权去其他地方，完全可以按你们自己的要求建立一个新的团体。”

“但我想请你们慎重考虑清楚，一个女性履行天职是幸福的，上帝是否会允许你们剥夺她们的这种权利呢？”

接下来讨论的都是一些细节，还有些根本就没有答案的假设性问题，没有任何主题。但是大家丝毫没有要停下来的意思。讨论持续的时间越长，观点就越来越不足为奇了。

约瑟拉和我走到了贝尔护士已经摆好注射用具的桌子旁。我们被打了几针之后又重新坐到座位上听大家争论。

“你觉得会有多少人参与进来？”我问她。

她瞟了一眼周围。

“到明天早上，差不多所有人吧。”她说。

但我有些怀疑，会场里还有很多反对意见和质疑的声音呢。

约瑟拉又解释道：“如果你是个女的，在今晚睡觉前用一两个小时想想，你将选择孩子和一个照顾你的机构呢，还是选择一味盲目地遵循什么原则呢？而且这个原则还可能让你没有孩子，并且没有人照顾。到那时你就不会那么犹豫了。毕竟大多数女人都想要孩子，丈夫只不过是沃乐思博士所谓的‘用来达成目的的手段’罢了。”

“你真会挖苦人呢！”

“如果你觉得那是挖苦的话，那你还真是一个多愁善感的人呢。你要知道，我指的是现实生活中的女人，而不是杂志或电影里讲的女人。”

“哦。”我应声道。

她坐了一会儿，一副心事重重的样子，眉头也渐渐紧锁起来。最后她说道：

“我所担心的是他们期望生多少个孩子呢？我喜欢孩子，可总要有个限度吧。”

令人筋疲力尽而又昏昏欲睡的争议又持续了一个多小时，终于结束了。迈克尔宣布，愿意加入该计划的人，在明天上午10时之前在他的办公室留下自己的名字。上校则要求所有会驾驶卡车的人在7时前找他报到，接着就散会了。

约瑟拉和我在外面散步，夜很沉静，也不冷。塔顶的灯光依然照耀着夜空，给人无限憧憬，月亮也爬到了博物馆的屋檐上方。我们发现一处矮墙，坐到了上面，凝视着广场花园中斑驳的影子，聆听风吹过树枝发出的轻微的飒飒声。我们俩各自沉默地抽着烟，等烟快要燃尽时，我把烟头弹出去，深吸了一口气。

“约瑟拉。”我叫她。

“嗯？”她回应道，但好像还沉浸在自己的思绪中。

“约瑟拉，”我又叫她，“嗯，哎，那些孩子……如果……如果那群小孩是我们的孩子，我会非常开心和骄傲的。”

她沉默地坐在那里，一声不吭。然后她把头转了过来。月光照在她金色的头发上，散发着皎洁的光芒，而她的脸和眼睛却藏在阴影中。我等待着，仿佛感觉自己的心在怦怦直跳，还有些眩晕。

她终于开口了，却异乎寻常地平静：“谢谢你，比尔，亲爱的，我想我也会开心和骄傲的。”

我终于松了口气，可心里还是怦怦怦跳得厉害。我把手伸向她的手，感到自己的手在不停地颤抖，一时间什么话都说不出来。

沉默了一会儿，她挥手指了指周围的一切，说："所有的这些，都对我产生了一些影响，就好像突然间我对事物的看法有了彻底的改变。我觉得其中的一点是这样的，我们每一个经历过这场灾难的人彼此将靠得更近，更加依赖，与之前相比，更像是——对了，更像是个部落。

"整整一天，我们四处奔波，看到了很多将死的不幸之人。那时我一直在想，要不是上帝的恩惠，我也……然后我对自己说：'这真是个奇迹！我怎么配得上拥有比那些人更好的待遇呢？但事已至此，我依然是我，所以是时候来证明上帝这么做是值得的了。'不知怎么的，我觉得我比以前更容易接近了。这也使我一直在想，我可以为他们做点儿什么——哪怕是其中的一小部分人。

"你看，我们必须做些什么，别枉费了上帝给我们创造的这个奇迹。比尔，我本来也可能会成为某个失明的女孩；你也有可能是那些瞎了眼的流浪者中的一员。果真如此，你我都无能为力。我们的能力十分有限，但我可以试着去照顾他们当中的一小部分，在我们的能力范围之内，给他们带来欢乐，并以此作为对上帝的感恩和回馈。这种报答与我们所受的恩惠相比，简直是微乎其微。你是明白这一点的，对吗，比尔？"

我仔细地想了一分多钟。

“我觉得，”我说，“这应该是我今天所听到过的最荒诞的观点，可——”

“可这是正确的，对吗，比尔？我知道这是正确的。我曾把自己设想成一个失明的女孩，这样就很容易理解了。她们中有些人和我们一样，都有机会过上充实的生活。我们是该把这个机会让给她们，当作我们感恩的一部分呢，还是保持我们固有的偏见，接受那些人的说教，只顾自己？这才是真正有意义的问题。”

我沉默地坐在那里。约瑟拉的话是肺腑之言，这我一点儿都不怀疑。我想到了一些办事果断、敢于冲破思想束缚的女性，比如佛罗伦斯·南丁格尔①和伊丽莎白·弗莱②等等，对这样的女人，你根本无计可施。

“很好，”我最后说，“如果你是这么想的话，但我希望——”

她打断了我。

“哦，比尔，我就知道你会理解的。”

“嗯……好吧。”我不知道还能说什么好。

---

① 佛罗伦斯·南丁格尔（1820—1910），意大利出生的英国籍护士，妇女护士职业的创始人。她努力改善士兵的福利，促成建立军医学校以及印度的卫生部。她建立了第一所在科学基础上的护士学校，设立了对助产士以及济贫院护士的培训课程，还帮助改革了济贫院。南丁格尔是第一个接受功绩勋章（1907）的女性。

② 伊丽莎白·弗莱（1780—1845），英国慈善家和监狱制度改革家。

我们仍然手拉手坐在墙上，看着斑驳的树影，但没看到太多——至少我没有。这时候，我们身后的那幢房子里，有人打开了留声机，播放的是施特劳斯的一支圆舞曲。曲子旋律轻快，带着些许感伤怀旧的色彩在空荡的广场中回荡。刹那间，我们面前的路好像幻化成了一个舞厅，月光皎洁，犹如一盏绚丽的水晶吊灯，闪着绚丽的光芒。

约瑟拉滑下墙头，舒展着手臂，扭动着腰肢跳起舞来。在月光照耀下的这块圆形场地上，她轻盈地舞动着。当跳到我身边时，我发现她眼里闪烁着光芒，正挥动手臂示意我与她共舞。

于是，我们翩翩起舞……虽然，曾经的世界已经彻底弃我们而去，虽然，明天我们不知道要走向何方，但我们还是踏着曾经那个世界的回声——那声音犹如天鹅之绝唱，可能也是这个世界最后的绝唱——翩翩起舞。

第八章

反 复

我漫步在一座陌生、废弃的城市中。一阵凄凉的钟声响起，还有一个低沉的声音在空荡荡的城市里大喊："怪物来了！小心！怪物来了！"但只闻人声，未见人影。醒来时我才发现真有声音在响。那是一只手摇铃，丁零丁零响个不停，非常刺耳，把我惊醒了——有那么一瞬间我甚至都记不起我身在何处。接着我坐了起来，仍然有点儿困惑，突然听到有人大叫"着火了！"，我立即掀起毯子，一骨碌从床上爬起来，跑到走廊上。烟味扑鼻而来，脚步匆匆，房门碰撞，各种声音响作一团，似乎都是从右边传来的，摇铃丁零丁零响个不停，还不时传来刺耳的尖叫声。

我转身朝那个方向奔去。在过道的尽头，一缕月光从高高的窗户那儿倾泻下来，正好为我驱散昏暗，让我能够一直沿着过道中央行走，而不至于与那些沿着墙根摸索的人撞上。

到了楼梯口，楼下大厅里依旧响着铃声。我赶快穿过越来越浓的烟雾，快到楼下时，我突然被什么东西绊了一下，摔倒了。原来的烟雾弥漫霎时间变成了一团漆黑，在我失去意识之前，我好像看到一盏灯带着模模糊糊的光晕，接着便什么都不知道了……

最先感到的是一阵头痛，等我睁开双眼时，又看到一阵耀眼的光——犹如弧光灯一般照得人眼花缭乱。但当我慢慢睁开双眼、小心翼翼地眯缝着眼看过去时，才发现那只是一扇普通的窗户，肮脏不堪。我意识到自己此时正躺在床上，但我没有坐起来一探究竟——脑袋嗡嗡作响，根本动不了。于是，我只好静静地躺在那儿，盯着天花板发呆——直到我发现自己的两个手腕是被绑在一起的。

这让我一下子警觉起来，倦怠感全无——尽管脑袋还在嗡嗡作响。我发觉绳子绑得恰到好处，并没有紧到让人疼痛，也没有松得能够滑脱。两个手腕都用绝缘电线缠了好几圈，还打上了死结，牙齿也够不着。我骂了几句，然后环视四周——这间屋子很小，除了我躺着的这张床以外，什么都没有。

“嘿！”我叫道，“有人吗？”

大约过了半分钟，门外响起了一阵脚步声。门开了，一个脑袋探了进来。他头上戴着一顶粗呢帽，脖子上系着一根看上去非常结实的小项链，脸上胡子拉碴的。他的脸没有正对着我，但大致是朝着我的。

“喂，老兄，”他的语气相当亲切，“你醒了，是吧？稍等，我去给你倒杯茶。”说完他就走了。

再多上这么一个程序——让我等着，真是有点儿多余，幸好也没等多久。几分钟后他回来了，手里拿着一个金属手柄的水壶。

“你在哪儿呢？”他问。

“就在你面前的床上。”我告诉他。

他用左手摸索着，向前走，直到摸到床腿，才把水壶递了过来。

“朋友，给！这茶喝起来肯定够味，因为老查理在里面加了一点朗姆酒，我想你应该不会介意吧。”

我从他手里接过水壶，用绑着的手捧着，多少有点儿吃力。茶很浓，但略带甜味，朗姆酒肯定放了很多，喝起来味道怪怪的，但却像灵丹妙药那样奏效——我觉得清醒了很多。

“谢谢了，”我说，“你真有两下子啊，我觉得舒服多了。我叫比尔。”

他的名字好像叫阿尔夫。

“怎么了，阿尔夫？出什么事了？”我问他。

他在床边坐下，递过来一包香烟和一盒火柴。我接了一根，先给他点了烟，然后把自己那根点上，把火柴盒递回去。

“事情是这样的，老兄，”他说，“昨天早晨大家在大学塔门口吵吵嚷嚷的，这你是知道的——当时你在场吧？”

我告诉他我看到了全过程。

“哎，自那场闹剧之后，科克，就是那个讲话的人——有点儿恼火了。‘好吧，’他恶狠狠地说，‘这可是他们自找的，反正我一开始就和他们挑明了，现在就让他们咎由自取吧。’还有，我们碰巧遇到了另外几个家伙，还有一个年纪稍大点儿的女孩，他们都能看得见，他们谋划了整个事件。那个叫科克的家伙，他什么事都做得出来。”

“你的意思是，整件事都是他一手策划的？根本没有发生火灾或其他事？”我问道。

“火灾——天哪，别扯淡了！他们只是布置了一两道绊子，在大厅里把一两张废纸和小木棍点燃了，然后就开始响铃了。我们认为那些能看见的人肯定会借着月光先跑出来。事实也确实如此。科克和另一个家伙一见到有人被绊倒，就把他们击倒在地，然后叫我们几个人把他们抬出去，放到货车上。这件事简直易如反掌。”

“哟，”我有点儿悲伤，“听起来科克鬼点子还挺多的啊。有多少人上当受骗，落入了他的圈套？”

“应该有几十人吧，尽管其中有五六个都是瞎子。把货车装满后，我们就溜了，至于其他人，就让他们自己解决吧。”

不管科克怎么看待我们，显然阿尔夫对我们并没有敌意，在他看来，整件事都像一个游戏。我觉得这件事让人很痛心，根本不觉得有什么好玩的。不过我还是打心眼里向他致敬。我有一个不错的想法，倘若站在他的立场上，我肯定不会把任何事看成一种游戏。我喝完茶，又从他那儿接过了一根烟。

“现在打算怎么办呢？”我问他。

“科克打算把我们分成几个组，然后把你这样的人分进每一个组。你们要去四处寻找食物，当其他人的眼睛。你的任务就是帮助我们生存下去，直到有人来收拾这个该死的局面。”

“我明白了。”我说道。

阿尔夫扭头面对着我，他精得像猴儿似的，我还没意识到自己到底是怎么想的，他就已经从我的口气中听出了什么。

“你认为这种状况会维持很久吗？”他问道。

“我不知道，科克怎么说的？”

看起来科克还没有考虑细节，倒是阿尔夫已经有了他自己的主意。

“如果你问我的话，我觉得不会有人来。如果有人来的话，他们早就来了，在这之前就该来。如果换了乡村里的某个小镇，情况可能就不同了。可这儿是伦敦啊！他们在去其他地方之前肯定会先来这儿，这是合乎逻辑的。在我看来，既然他们还没来，就意味着他们绝不会来了。也就是说，没有人会来了。哎，天哪！没想到事情会变成这般模样。”

我一言未发。阿尔夫不是那种随便说几句鼓励的话就能快乐起来的人。

“你也是这么想的，是吗？”过了一会儿，他问道。

“看起来情况不妙啊，”我承认道，“但你要知道，还是有一点儿可能的——那些从国外来的人……”

他摇了摇头。

“他们要来的话，在这之前就会来了。他们会坐在装有高音喇叭的车子里指挥我们做这做那，如果能来的话早就来了，朋友。不会有人来了，我们完蛋了，不会有人从任何地方赶来了，这就是事实。”

我们沉默了一会儿，他继续说道：

“啊，不过换个角度想想，我这一生也不总是充满厄运。”

我们又稍微谈了点儿他曾经的生活。他做过很多工作，每项工作似乎都涉及一些秘密任务，非常有趣。他归纳了一下：

“不管怎么说，我干得还不错。你以前是干什么的？”

我如实相告。他似乎对此并不感兴趣。

“三尖树，哈哈！这些该死的东西真令人讨厌，肯定没你说的那么好玩。”

我们聊到这儿就停下了。

阿尔夫走了，给我留下了一包烟。我独自陷入了沉思。我想了想将来，但没往深里想。我想知道其他人对此怎么看，尤其是约瑟拉的想法。

我下了床，走到窗边看看，逃脱的希望非常渺茫。这座建筑四壁都贴着白色瓷砖，十分陡峭，离地足有四层楼那么高，最下面是玻璃天窗。走这条路肯定行不通。阿尔夫走时把门锁上了，但我还是试了试——打不开。房间里什么都没有，让人根本想不出什么办法。这个房间看上去像个三星级酒店，只不过除了这张床以外，其余的东西都被扔了出去。

我又坐回到床上，开始仔细地谋划。即使我的手被绑着，可能也可以把阿尔夫搞定——如果他没带刀的话。但他很可能带着刀，那可就让人头疼了。被一个盲人用刀威胁可不是

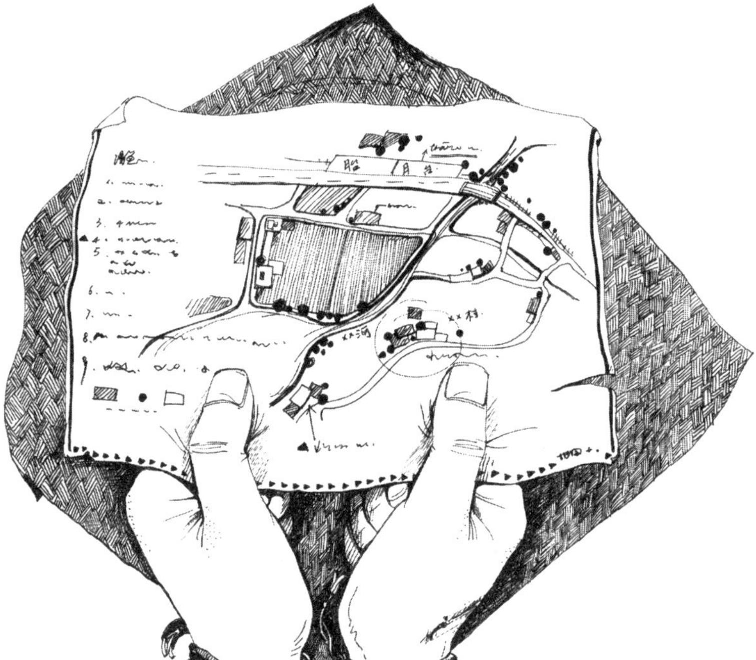
××村
××河

令人愉快的事。他可能会用刀把我砍死；而且，在我能找到逃出这栋楼的路之前，还会碰到一些什么样的人呢？未知数太多了……再者，我也不希望阿尔夫受到伤害。等待机会似乎更为明智一些——在一群失明的人中，一个看得见的人总是有机会的。

一小时后，阿尔夫回来了。他拿着一盘吃的，一只汤匙，还有茶。

“食物比较粗糙，”他表示歉意，“他们又说确实没有刀叉，所以只能将就了。”

吃饭时，我向他问起其他人的事。很多事情他也说不上来，名字也都不知道，但我发现被带到这里的不仅有男人，还有女人。饭后，我独自待在屋里，利用这几个小时，狠狠地睡了个够，想尽快消除头痛。

当阿尔夫带着食物和茶——顺便说一句，茶似乎永远都是那么难喝，雷打不动——再次出现时，那个叫科克的家伙也来了。他看上去比我上一次看到他时还要疲倦。他腋下夹了一大卷纸，用审视的眼光看着我。

“那个想法，你知道了？”他问道。

“如果你是指阿尔夫告诉我的那个想法的话，那么是的。”我承认道。

“好吧。”他把卷纸扔在床上，把最上面的一张拿起来打开。那是伦敦街道的平面图。他用手指了指蓝笔重重勾勒出来的地方，包括了汉普斯特德的一部分及斯维斯村。

“你负责这个区域，”他说道，“你的小组只能在这个范围内活动，不能到别人的区域里去。你不能让组里的每一个人都收集同样的东西，要适当给他们分分工。你的任务是在这个地方找到食物，再让组里的其他人运回去——还要确保大家能拿到其他所需的东西。明白了吗？”

“不然呢？”我看着他问道。

“不然的话他们就要饿肚子了。如果他们真的挨饿了，那你可就糟了。有些小伙子很凶悍，这可真不是闹着玩的。所以你必须小心行事。明早我们会用货车把你和你的同伴送到那儿。然后就看你的了，你得让他们坚持着活下去，直到有人来收拾残局。”

“如果，我是说如果没有人来呢？”我问道。

“一定会有人来的，”他说话时很严肃，“无论如何，那是你的任务——提醒你一句，一定要安分守己地待在你自己的区域内。”

正当他要离开时，我拦住了他。

“你这里有没有一个叫普莱顿的小姐？”

“我对你们的姓名一概不知。”他说道。

“她一头金发，身高 1.7 米左右，灰蓝色的眼睛。”我仍不甘心。

“有这么一个女孩，大约那么高，一头金发。但我没注意她的眼睛。我还有更要紧的事要做。”说完，他掉头走了。

我研究了一下地图，对那块分配给我的地区并不太感兴趣，其中一部分是郊区，尽管空气清新，可那也就意味着供给有限，好在周边地区还有几个卸货的月台，那儿能找到更多的东西。不过我很怀疑在这样的地方是否有大小可观的储备仓库。还有，要让阿尔夫来说的话，他会明确无疑地这么说的——“不是所有人都会有所收获”。无论如何，如果不是非常必要，我是不会在那儿待太久的。

当阿尔夫再次出现时，我问他能否帮我带张便条给约瑟拉。他摇了摇头。

“对不起，老兄，这是不允许的。”

虽然我一再恳求，但他还是执意不肯帮忙。这也不能完全怪他，他没有任何理由非得相信我不可，再加上他看不到那张便条，也就不知道是否如我所说的那样无害。更何况我也没有纸笔，所以只好放弃。但经不住我再三恳求，他答应告诉约瑟拉我在这儿，并帮我打听她将会被派往什么地方。他在这件事上并没有表现出太大的热情，但如果这种混乱的局面有所转变的话，那么对我而言，要是知道去哪儿找她，将会容易很多。

随后，我又一个人静静地思索了一会儿。

问题是我根本不想全心全意地按照科克的既定方针走下去，到底应该如何应对，我没有想好，更可恶的是我不知道自己应该是走是留，反正不管怎么看，两方面似乎都有道理，这就更让人无所适从了。我知道，迈克尔和他的追随者这么做，是符合常理的，似乎可以使大家的生命维系下去。如果他们已经开始了，约瑟拉和我毫无疑问会追随他们，跟着他们一起干。然而，真那么做了，我知道自己会感到不自在。“对于一艘正在下沉的船来说，再做什么都没有意义。”我并不觉得这句话有多么让人信服，同样，我也不确定自己是不是在为个人喜好而找借口。如果真的不可能有任何有组织的救援行动，那么他们所提出的建议，也就是尽我们所能去利用废弃物资，也是明智之举。但不幸的是，智力绝不是唯一一个能让人类车轮前进的因素。我所面临的问题正是那位老博士所说的——“那种条条框框的影响是很难打破的”。他曾说过，一个人很难完全接受新信条和原则，这实在是太对了——原有的理念和价值观毕竟根深蒂固。万一，比如说，某种救援真的会奇迹般地到来，我深知自己会因为临阵脱逃而万分愧疚，不管自己是出于何种动机——果真如此，我不知道自己会多么看不起自己和其他那些不坚持留在伦敦帮助他人的人。

但话又说回来，如果救援没有来，当那些意志坚强的人也开始抢占物资为自己打算时，当事实证明走是上策时，我却在这儿浪费时间与精力救助他人，做着无谓的努力，到那时我又会作何感想呢？

我深知自己应该下定决心选一条正确的道路，然后坚持下去。但我做不到，总是犹疑不定。就这样思考了几个小时，直到入睡时我仍犹豫不决。

约瑟拉的决定是什么，我根本无从知晓。我没有收到她的任何消息。

晚上阿尔夫探头进来，只说了短短几句话。

“威斯敏斯特，”他说，“老天爷！别指望那帮人能在议会大厦里找到多少食物。”

第二天清晨，我被进来的阿尔夫叫醒。与他一起来的还有一个体格壮硕、眼神诡诈多变的男人，手里拿着一把很大的屠刀，很夸张地舞来弄去。阿尔夫走上前来，把一捆衣服扔到床上。他的同伴关上了门，倚门站着，用狡诈的眼神看着我们，同时还不忘把大屠刀摆弄一番。

“把你的手伸过来，老兄。”阿尔夫说。

我把手向他伸过去。他摸到了我手腕上的电线，用一把小刀割断了。

“现在把衣服穿上吧，老兄。”他说着，往后退了退。

我穿衣服时，那个酷爱要刀的男人像老鹰一样监视着我的一举一动。等我穿戴完毕，阿尔夫拿出一副手铐，说：“不好意思，委屈你了。”

我迟疑不决。站在门边上的男人不再倚着门了，他把刀拿得更近了一点。对他而言，这一刻显然十分关键。我觉得这会儿还不是反抗的时候，便把手腕伸了出去。阿尔夫摸索着把手铐给我铐上，就去给我拿早餐了。

将近两小时之后，那个男人又露面了，他手里的刀尤其扎眼。他站在门边，挥舞着刀。

“快点！”他说道——这是我听他说的第一句话。

因为意识到对方有刀，我感觉如芒在背，十分不自在。我们往下走了几层楼梯，然后穿过一个大厅来到大街上，两辆装载好的卡车正等在那边。科克在另外两人的陪同下，站在其中一辆车的后挡板旁。他示意我过去。然后他一句话也没说，在我手臂上拴了根链条。链条的两端是皮带扣，一端已经系在他旁边一个身材魁梧的盲人的左手腕上，另一端系在一个同样强壮的盲人的右手腕上。我被他俩夹在了中间，看来他们根本不想留给我逃跑的机会。

“我要是你的话，肯定不会耍花招。”科克向我建议道，“如果你对他们好，他们也会对你好的。”

我们三个人笨拙地爬上了后挡板，然后两辆卡车就出发了。

我们在斯维斯村附近停了下来，大家一窝蜂地下了卡车。那儿有些人，可能有二十来个，正迷惘地沿着排水沟徘徊。听到引擎响，每个人都无一例外地把脸转向我们，脸上挂着难以置信的表情。他们就好像一架机器的零件，在运转的过程中，向我们这边满怀希望地聚拢过来。司机冲我们大声吆喝，让我们把他们赶开，别挡道。他们渐渐后退，转身朝我们来的那条路走去。围上来的人也停下了脚步。其中有一两个人叫喊着追赶汽车，大部分人则无望地扭头，沉默地继续徘徊。在大约四五十米开外的地方，有个女人正歇斯底里地用头撞墙，我忽然觉得十分压抑。

我扭头问同伴说：

“对了，你们想先要点儿什么？”

“一个宿营的地方，”其中一个人说道，“我们总得先找个地方过夜吧。”

我想至少得为他们找个地方，绝不能就这样把他们留在这里一走了之。既然已经到了这分上，我至少得为他们找个聚集地，类似大本营，然后留他们在那儿自力更生。我们所需要的地方应该能容纳一些人，存储食物，而且方便大家吃饭，具备这些功能大约就可以了。我数了数，我们共有五十二个人，其中有十四个女人。看起来最好的方案是找家旅馆，这样能省去安排床位和提供寝具的麻烦。

我们找到的地方是一个可供膳食的宿舍，而且装潢一流。一排排维多利亚风格的屋子，住宿条件远远超过我们的想象。我们到那儿时已经有六个人住在那儿了，天知道其他人出了什么事。那六个人挤作一团，在一间休息室里担惊受怕——包括一个老年人、一个上了年纪的女人（后来证明，她是这儿的经理）、一个中年男子和三个女孩。那个女经理勉强抖擞精神，高声说了些义正词严的话以示威胁，但是她那种冷冰冰的态度，甚至连她摆出的一副十分严厉的经理的架势，都只是一种姿态，底气严重不足。老年男子也似乎想表示某种道义上的支持，但似乎仅此而已，其他人则只是紧张地面对着我们，似有防范之意。

我向他们解释说我们打算搬进来。如果他们不愿意的话，他们可以走人；如果他们想留下来，和我们平等地分享这儿的一切，悉听尊便。他们并不愿意，他们的反应暗示在这儿的某处藏有一批物资，他们不想与人共享。但当他们知道我们打算建立更加庞大的储备时，态度明显变了，并且还准备为此尽力而为。

我决定在这儿待一两天，把这个小组整顿好，让他们有个良好的开始。我猜约瑟拉对待她那批人的态度大概与我相同。那个精明的科克将这个把戏称作“看孩子——甩不脱的苦差事”。但完事之后，我准备躲得远远的，与她会合。

接下来的几天里，我们干得有条不紊，先从附近的大商店入手——大部分是连锁店，也说不上很大。几乎每一处都有人捷足先登。那些商店的门面往往已被砸得不成样子，窗户被打破了，地板上满是半开的罐头和散落的袋装食品，这一定让找到这些的人很失望。而现在这些东西黏糊糊的，与窗玻璃碎片混杂在一起，散发着一股臭气。虽然如此，商店里面往往损失不大，破坏也仅仅是表面上的。我们经常会在商店里面和后面发现几个没人碰过的大箱子。

对于盲人而言，从那个地方把箱子移出来并把它们搬上手推车并不容易，接着还要把它们运回住宿的地方并存放好。但熟能生巧，慢慢地，大家都找到了窍门。

最为限制的因素是我必须插手每一件事。如果我不指挥，他们几乎寸步难行。同一时间叫一个以上的小组干活是不可能的，尽管我们可以分成十二个组。同样，当我和搜寻小队在外面活动时，旅馆里的工作几乎就无法开展。而且，当我万不得已要出去对这个地区进行调查和勘探时，余下的人只能闲着。要是有两个能看得见的人的话，干的活儿就可以多一倍。

从我们开始工作起，白天手头上总是有数不清的活儿要干，根本没空去思考。到了晚上又太累，躺下的那一刻除了睡觉什么都不想做。我时不时对自己说："明天晚上我就会把他们都安顿好——不管怎么说至少可以让他们维持一段时间，然后我就可以迅速从这儿脱身去找约瑟拉。"

这听起来还蛮不错的——但日复一日，每天我都有一大堆活儿要干，要想达到自己的目标也就越来越难了。他们中的一些人似乎已经学会了做点儿事情，但实际上，从搜寻食物到打开罐头，我不在场根本不行。随着工作的推进，我似乎变得越来越不可或缺，而不是越来越可有可无。

这都不是他们的错，也正因如此，事情才变得越来越困难。其实他们当中有些人真的非常努力，但没有我还是根本不行。我只能眼睁睁地看着时间慢慢地流逝——我要个花招偷偷溜走的机会变得越来越小。每天我都要把那个叫科克的家伙诅咒好几遍，都怪他的精心策划，让我陷入了困境——但这也无济于事，只会让我猜测，这所有的一切将会如何收场……

在第四个、或许是第五个早上，我们出发之际，我才第一次对逃脱有了模糊的概念，尽管我当时几乎没有明确意识到这一点。一个女人在楼下喊，说有两个人病了，而且她认为病得很严重。

而我那两个跟屁虫却并不想让我过去探望。

“听着，”我告诉他们，“我已经受够了这些铁链子了，如果没这玩意儿，我们会做得更好。”

“你是不是想偷偷溜走，好回到你以前的队伍中去？”其他几个人问道。

“我根本不想愚弄你们，”我说，“无论白天还是晚上，任何时刻，我都可以给这对外行的打手以重击。我之所以没有那样做，是因为没有必要对他们大打出手——他们只是两个不太聪明的讨厌鬼而已……”

“说什么呢——”其中一个跟屁虫抗议道。

“但是，”我接着说，“如果他们不让我去看那两个人到底怎么了，从现在起，他们就等着随时挨揍好了。”

这两个家伙觉得有理，最后还是被说服了。但当我们来到楼下的房间里时，他们俩还是在铁链允许的长度范围内，十分小心地站得远远的。得病的是两名男子，一个年轻点儿，一个是中年人。他们俩都发着高烧，哭诉肠胃疼痛。对于这种事我真是一筹莫展，但我也没必要知道太多，否则会让我更为担心。我指挥别人把他们抬进附近一间空房子，并让一个女人悉心照顾他们，除此之外，我不知道还能做什么。

这一天，倒霉的事才刚刚开了个头。正午时分，另一场厄运也降临了。

由于已经把附近的大部分食品店洗劫一空，所以我决定把范围再扩大一点儿。在我的记忆中，周围朝北走大约半英里，就可以找到另一条商业街，所以我领着这拨人朝那个方向出发了。我们在那儿找到了商店，此外，还发现了新的情况。

拐过弯，我就看到了另外一伙人，我停下了脚步。只见在一家连锁杂货店门前，一群男人正把一个个箱子往外抬，并搬到货车上。要不是车子不一样，我还真以为看到的是自己人在干活呢。我叫组里二十几个人都站住别动，琢磨着该走哪条路才好。我倾向于撤回去，以避免可能带来的麻烦，然后去找另外的一些商店——与他们发生冲突是毫无意义的，因为在各家商店里都布满了他们的人。但我却迟迟下不了决心。正当我犹豫不决时，那群人中间一个留着一头红发的人自信地跨出了店门。毫无疑问，他能看得见，而且不一会儿他就发现了我们。

他根本不像我这样优柔寡断，而是迅速把手伸进了口袋，只听“砰”的一声，一颗子弹射在了我身旁的墙壁上。

一瞬间，好像一切都定格了。他的人和我的人都把看不见的眼睛转向彼此，试图了解发生了什么事。然后他再次开火，我猜他是瞄准我的，但子弹却射中了我左边的人。他像受惊似的咕哝着，然后一声叹息，倒下了。于是我拖着另一个跟屁虫向后退，躲在了拐角处。

“快点！”我喊道，“给我手铐钥匙，否则我什么都做不了。”

他只给了我一个狡猾的笑容。这人真是个死脑筋。

“哈，”他说，“别胡扯了，你要不了我的。”

“哦，看在上帝的分上，你这个蠢货——”我一边说，一边拉动铁链，把另一个跟屁虫的尸体拖近一点儿，更好地掩护我们。

这个蠢货又开始跟我理论，天知道他的傻劲儿还会让我吃多少苦头。现在铁链已经够长，足以让我抬起手臂了。于是我举起双手，两个拳头同时对准他的脑袋砸了下去。他的脑袋向后撞在了墙上，争论终于结束了。接着，我在他的侧兜里找到了钥匙。

“听着，”我告诉其他人，“你们所有人都转过身去，笔直地往前走。注意，不要走散了，否则有你们受的。现在开始动起来吧！”

我解开手铐，从身上取下铁链，然后我翻过一堵墙，爬进了一户人家的花园里。接着，我又慢慢地匍匐前进，小心翼翼地朝那边的墙角张望。那个拿枪的年轻人没有像我预料的那样对我们穷追不舍。他仍和他的那拨人在一起，指挥着他们。此时我在想，他为什么那么着急开枪呢？毕竟我们没有向他开火，他应该能想到我们没带武器，而且我们也不会逃得很快。

指点完毕后，他就自信地走到路边，从那儿可以看到我们那队人撤退的方向。接下来他开始跟踪，并在角落里停下来，看了看那两个躺在那儿的跟屁虫。他把手枪放回了口袋，悠然自得地跟在其他人后面，大概是铁链让他觉得那其中一个就是我们这队人的领路人——也是唯一一个有视力的人。

事情出乎我的意料，琢磨了一分钟后我才弄清他的阴谋诡计。我突然意识到，对于他来说，最有利可图的计划就是一路跟踪，直接找到我们的大本营，然后看看那儿有什么东西可劫。我不得不承认，面对零星的机会，他比我更能快速地抓住，或者说，他对可能性的考虑比我更加深刻。走了一段后，他们很可能就累得停下了，但是我觉得他们之中没有人可以找到回大本营的路，就更别提引狼入室了。只要他们不走散，待会儿我就可以不费吹灰之力将他们集合起来。眼下的问题是，如何对付一个有枪的男人——一个随时都会毫不犹豫开枪的男人。

在这个世界上的一些地方，随便走进一座房子，就能找到一支手枪。可汉普斯特德这个地方就不一样了——这儿是一个相当正统的郊区，真是不幸。或许能在某个地方找到一杆猎枪，但我必须得费尽心机，仔细寻找。我能想到的唯一办法就是死死地“盯”着他，然后希望老天能给个机会，让我干掉他。为了更好地掩护自己，我从树上折下一根枝条，急匆匆地回到墙外边，用树枝探着路，沿着路缘往前走，边走边看。我希望自己在街上徘徊的样子与其他成百上千的盲人没有太大的区别。

路笔直地向前延伸，很长。那个红头发的年轻人大概在我前面四五十米处，我的那队人则走在他前面四五十米处。我们就保持着这样的距离走了大约八九百米。走在前面的那队人没有一个打算拐弯，走向我们大本营所在的那条路。我在琢磨，还要走多远他们才会意识到已经走过头了？这时，出乎意料的事情发生了，落在其他人后面的一个男人忽然停了下来，扔掉手杖，弯下身子用手捂着肚子，接着他倒在地上，疼得打滚。其他人并没有为此止步。他们一定听到了他的呻吟声，但很可能认为他不是自己队伍中的一员。

红发年轻人犹豫了一下，改变路线，向那个满地打滚的人走去。他在距他几步的地方停了下来，站在那儿仔细地审视着一切。大约过了十五秒钟，他缓慢地从口袋里掏出手枪，果断地射穿了那个人的脑袋。

前面那队人听到枪声都停下了脚步，我也不例外。红发年轻人并没有想要赶上他们的意思——事实上，他似乎突然对他们失去了兴趣，扭头沿着马路中间往回走。我忽然想起我目前的任务是扮演好我的角色，于是又开始用树枝探着路向前走去。他经过时并未注意到我，但我却看清了他的脸：那是一张焦虑的脸，脸上透着一股冷峻……我继续向前走，直到他走得很远后，我才匆匆赶上了其他人。他们自从听到枪声就停了下来，讨论着到底要不要继续前进。

我打断了他们的争论，告诉他们既然我现在已经没有两个跟屁虫的拖累，那我们就完全可以用另外的办法来安排事情。我打算去弄辆货车，让大家等在原地，等我十分钟左右回来，再用货车把大家送回根据地。

发现另一个有组织的团队让我们有了新的焦虑，不过回去后我们发现根据地完好无损，没有遭到攻击，这略微让人安心。家中唯一的事就是又有两个男人和一个女人腹部疼得厉害，已经被转移到别的房子里去了。

我们做好了一切准备，以防我不在时掠夺者的入侵。然后我又挑了另外一组人，开着货车出发了，这次走的是不同的方向。

我想起以前来到汉普斯特德郊区时，经常会经过一个汽车终点站，那儿店铺林立。借助街道平面图，我很容易就找到了这个地方——而且还发现这儿完好无损。除了三四扇窗户破碎以外，这儿就好像只是周末停业一样。

然而，也有点儿不同：第一，以前不管是工作日还是周末，这儿都不会这么寂静；第二，街上还躺着几具尸体。不过这个时候，人们也就不大关注这些了，都习惯了。事实上，我也想知道，为什么看不到更多的东西呢？我得出结论，大部分人要么出于害怕，要么是后来变得体力不支，不得不找了个栖身之所躲了起来。这也是大家不愿意到住宅里去的原因之一吧。

我把货车停在一家食品杂货店门前，仔细聆听了几秒钟，看看有无动静。四周静悄悄的，没有一点儿手杖敲打地面的声音，也看不见任何流浪者的身影。一点儿动静也没有。

“好吧，”我说，“伙计们，都出来吧。”

锁着的店门立刻就被打开了。里面整整齐齐地堆满了一桶桶的黄油、奶酪、熏肉、数箱白糖，以及其他很多东西。我马上让其他人动手。到现在为止，他们已经掌握了一些干活的技巧，也更加确信自己得怎么干。我可以留他们自己干一会儿，然后趁这个空当去检查一下后面的储藏室和地窖。

到地窖里，我正想看看箱子里装的是什么时，忽然听到外面传来了叫喊声。接着是一阵震耳欲聋的脚步声，从我头顶上的地板上传来。一个男人从活板门上掉了下来，头先着地，什么都没说，就躺在那儿一动不动了。我马上断定，上面一定发生了一场跟竞争对手的争夺战。我跨过那个掉下来的人，用一只手护着头，谨慎地爬上了梯子。

刚刚探上头去，首先进入视线的是无数双混战中的皮靴，它们正朝活板门这边退过来，离我那么近，让我感觉很不舒服。没等被踩到，我就猛地往上一蹿，避开了这些人。三个男人同玻璃碎片一同摔了进来。一根绿色的长鞭在他们身后猛烈地拍打着，击中了一个倒在地下的人。另外两个人吓得屁滚尿流，在满地狼藉的一团货物中乱爬，跌跌撞撞地进了商店。他们把其余的人挤到了后边，又有两个人从敞开的活板门处掉了下去。

其实只消对那根鞭子瞟上一眼，我就知道是怎么回事了。在过去几天的工作中，我唯独忘了我的“老朋友”——三尖树。我站到一个箱子上面，这样就能掠过人们的头顶，把一切看得一清二楚。在我视野所及之处有三棵三尖树：一棵在外面的路上，另两棵离得很近，就在商店门口的人行道上。四个男人在地上躺着，已经没了动静。这时我才恍然大悟，知道没有人光顾的原因了，也知道为什么在荒原周边的地区一个人影也见不到了。同时，我也骂自己没有仔细看路边的尸体。只要看一眼死者身上留下的疤痕，就足以让我提高警惕。

“别动！”我大声嚷道，“站在原地别动！”

我从箱子上跳了下来，推开了那个站在折叠活板门盖上的男人，迅速把它关上。

“房间后面有个后门，”我告诉他们，“别太紧张，我们到后屋就安全了。”

终于有两个人冷静了下来，这时，一棵三尖树透过破了的玻璃窗，把刺藤“嗖”的一下伸进来。一个男人立即被击中，倒下时发出了一声令人胆战心惊的尖叫声。其他人再次惊慌失措，纷纷把我拥在他们面前。门口被堵住了，又有两个人遭到了袭击，然后我们才进入了安全地带。

在后面的房间里，我气喘吁吁地环视四周。一共七个人。

“别动，”我说，“我们在这儿肯定没问题。”

我回到门口处查看动静，只要三尖树待在商店外面，它们就够不着商店的后屋。我的位置刚好可以够到地窖的活板门，于是我把它打开，看到掉下去的两个男人还在那儿：一个正在护理受伤的胳膊；另一个只是擦破了点儿皮，骂骂咧咧的。

后屋后面是个小院，院墙不过两米四五。我非常小心，没有直接开门，而是先爬上屋顶看一下情况。我可以看到后门通向一条狭窄的小巷，这巷子足有一条街那么长，空无一人。但是在墙外稍远的地方，就是一排私人住宅的花园，我可以看到两棵三尖树在灌木丛中“潜伏”着，或许还有更多我看不到的。另一边的墙比这边低，三尖树的高度刚好可以把刺藤伸到小巷对面。我把看到的情况向其他人作了一番说明。

“这些该死的不近人情的畜生，”一个人说，“我恨这些狗杂种。”

我继续观察。靠近北边的第二座楼是个汽车租赁公司，那儿停着三辆汽车。把整组人带到隔了两道墙的地方并不容易——尤其还有个人胳膊摔断了——但是我做到了。而且，不知怎么，我竟然把他们都成功地塞进一辆戴姆勒大汽车里。一切安顿好之后，我打开了外面的大门，飞快地跑回车里。

三尖树不愧为“恶棍”世界中的高手和翘楚，它们对声音高度敏感，敏感得令人不可思议。当我们开车出门时，一群三尖树已经向这边走来：一样的茎干，一样的树叶，一样的似笑非笑、鬼头鬼脑，齐刷刷地。伸出刺藤朝我们打过来，砸在紧闭的车窗上，有惊无险。我一个急转弯，撞倒一棵三尖树，终于把车开到了路上……

自从灾难发生以来，那天晚上是我度过的最轻松的一夜了。我终于摆脱了两个跟屁虫，可以独自一人认真地思考问题了。我把六根点燃的房间蜡烛在房间壁炉上一字排开，在扶手椅上坐了好长时间，试图把所有发生的事理出个头绪来。我们回来时发现昨夜生病的其中一个男人已经死了；另一个也奄奄一息。除此之外，又多了四个病号，晚饭之后，又多了两个病人。这到底是什么原因，我无从知晓。由于没有任何医护条件，整个局面又是如此糟糕，所以致病原因可能是多方面的。我首先想到了伤寒，但又模糊记得这种传染病潜伏期很长，那就应该不是，其实就算是伤寒我也无能为力。我唯一确定的是，这种病十分恶心，以至于令那个红发男子开枪射杀了发病者，并且立即改变了主意——不再跟踪我们这组人。

眼下的情况让我意识到，我为这组人所提供的服务从一开始就不对劲。既有人类竞争对手，又有前来进犯的三尖树，让他们在夹缝中求得生存，这原本就非常困难——现在又多了一尊瘟神——疾病。尽管该说的都说了，该做的也都做了，我所能做到的也只是让他们暂时活着，挨日子罢了，并不能真正让局面有所逆转。

到了这一步，我真不知道该怎么办才好。

我突然想到了约瑟拉，她应该也有类似的遭遇，如果不是更糟的话……

我又想到了迈克尔·比德立和他带领的那伙人。那时候我只是觉得他们的想法比较符合逻辑，现在我开始觉得可能他们才是有人性的。他们早就发现，试图救活每一个人是不可能的，只能顾及少数。让所有还活着的人空守着一线根本没有可能的希望，这其实是另一种残忍。

除此之外，顾及一下我们自己吧。如果发生的任何一件事都是有目的的话，那我们能存活下来，并依然有视力的目的到底是什么？但愿不是把我们的生命耗在一项孤独凄凉的工作上，因为这根本毫无意义……

我决定明天一早就去寻找约瑟拉，然后我们一起解决这个难题。

门闩“咔嗒”响了一下，门缓缓地开了。

“谁？”我问道。

“噢，是你，谢天谢地，你还没走。”一个女孩的声音。

她走进来，关上身后的门。

“你想干吗？”我问道。

她身材高挑，体形苗条，估计还不到20岁，一头红棕色的秀发显得清新飘逸。她很文静，面庞和身材都十分引人注目。通过我的动作和说话的声音，她大致辨别出了我的位置。若不是她金棕色的眼睛直勾勾地“盯”着我左肩的上方，我一定会觉得她是在审视我。

她没有立刻回答我，这种迟疑似乎并不是她的性格。我继续等着她开口说话。不知为何，我的喉咙里好像被什么东西哽住了。想想吧，她年轻漂亮，可以拥有完满的生活，甚至可能是幸福的生活……有时候，年轻和美貌集于一身也有点儿可惜，更何况是在这种情况下，她双目失明，根本看不到半丝半毫将来的希望。

“你打算离开这儿，是吗？”她的口气一半是疑问，一半是肯定。她的声音既平静，又有些激动。

“我可从没这么说过。”我反驳道。

“你是没说过，”她承认道，“但其他人都这么说，他们说得没错，不是吗？”

对此我没有回应。她继续说：

“你不能走啊，你不能就这样离开他们。他们需要你。”

“我在这儿也起不了多大作用，”我告诉她，“所有的希望都是绝望。”

“但是……但是万一希望能实现呢？”

“不会的，至少现在实现不了。都到这个地步了，我们还能指望谁呢？是指望仁慈的老天爷呢，还是指望地狱中的魔鬼呢？”

“但万一能实现了呢？如果——要是真实现了的话，你就这样一走了之？”

“你觉得我没有想过吗？实话告诉你，我真的帮不上忙。我就如同那些给绝症病人注射的化疗药品一样，是剧毒，让他们生不如死，只是延长他们的寿命而已，没有什么治疗价值，只是推迟死亡的到来，同时又换来极大的痛苦。你懂吗？懂吗？”

有那么几秒钟她沉默了，随后，又激昂地慷慨陈词：

“可即便是在这种情况下，生命也仍然是非常宝贵的。”她几乎控制不了自己。

我没说话。她的情绪逐渐平复了下来。

“你能让我们继续活下去。总是有一线机会的——总有可能出现新的转机，即便是在现在这种情况下。”

我已经把自己的想法都说过，同时我又太累了，所以没再重复。

“实在是太困难了，”她好像是自言自语，“如果我能看到你的话……当然，只是说如果我可以的话……你年轻吗？你听起来很年轻。”

“我还不到30岁，”我告诉她，“是个普普通通的人。”

“我18岁。那天是我的生日——就是彗星出现的那一天。”

我不知道对此该说些什么，现在说什么似乎都十分残忍。沉默了很长一段时间后，我看见她把双手紧紧地拧在一起。一会儿，她又把双手自然地垂到身体的两侧，我看到她指节泛白，欲言又止。

“你想说什么？”我问道，“除了延长你们的痛苦之外，别的我还能做些什么？”

她咬了咬嘴唇，终于开了口：

“他们——他们说你可能太孤单了，”她说，“我想，我的意思是或许可以——”她有点儿结结巴巴，指节越发白了——“或许你已经有人了……我的意思是，如果……如果你有个恋人在这儿的话，你就不会想要离开我们了，可能你就会陪着我们吧？”

“哦，天啊。”我温柔地说道。

我看着她，她站得很直，嘴唇在轻微地打战。她本应该有很多追求者，就算是为了博她一笑，那些人也会费尽心机。她本应该生活得开开心心，无牵无挂，然后在他人的关怀下尽情欢乐。生活对她来说本该是令人陶醉的，爱情也应该是甜蜜无比的……

“你会对我温柔一点儿的，是吗？”她说，“你看，我还从来都没有——”

“打住！打住！”我跟她说，“你千万别再跟我说这些话，现在就请你走，请你走吧！”

但她没有走，依然还站在那儿，用她那双根本看不见的眼睛盯着我。

“请离开这儿！”我又重复了一遍。

我不忍心责骂她。她不仅仅是她自己，而是千千万万个被摧残的年轻生命……

她走得更近了。

“怎么了？我觉得你在哭！”她说道。

“离开这儿，天啊，离开这儿！”我告诉她。

她迟疑了，然后转身摸索到门边。在她出门时，我告诉她：

“请你告诉他们，我决定留下来！”

第二天早上一觉醒来，我就闻到一股浓浓的气味。以前这里也到处弥漫着这种气味，但幸运的是那几天还凉爽一些。今天我起得迟，一觉醒来，发现天气已经很暖和了。我不想把这气味描绘得太细；那些闻过的人是永远不会忘记的，至于其他的，真的很难形容。几个星期以来，各个城市和小镇里都升腾着这种气味，然后是随风慢慢飘散。早上，当我闻到这种气味时，就明白末世已经降临——简直毫无疑问。死亡意味着生机的结束，这是一种无法逆转的消融，让人触目惊心。

我躺着思考了几分钟。现在唯一要做的就是把这伙人装上卡车，再分批把他们送到乡下去。那我们收集的所有物资补给呢？可能也要把它们装上车一起拉走——而且只能由我来开车……这可要花上很多天——如果我们还能有那么多天的话……

想到这儿，我想看看现在这幢大楼里到底是个什么情况。此时，这儿静得出奇。我侧耳倾听，只能听到另一间房里传来的呻吟声，除此之外，什么都听不到。我下了床，快速地套上衣服，突然有一种紧张感。在外面楼梯的平台上，我又听了听。屋子周围没有任何脚步声。我顿时有种不祥的预感，好像历史再次重演，好像我又回到了圣梅林医院。

“嘿！有人吗？”我叫道。

有很多声音应了一下。我打开了附近的一扇门，里面有个人，他看起来很糟糕，有点儿精神错乱。我无能为力，又重新关上了门。

在木质地板上，我的脚步声听起来特别响。从下面一个楼层里传出一个女人的声音：“比尔——比尔！”

她在那个小房间里的床上，就是那个昨晚来看我的女孩。我进屋时，她把头转了过来。我发现她也得了病。

“别走得太近，”她说道，“是你吗，比尔？”

“是我。”

“我想一定是你。就你还能走路，而他们却只能缓慢地试探着往前挪。比尔，我很高兴。我告诉他们你不会离开，但是他们说你已经走了。现在，所有能走的人都走了。”

“我睡着了，”我说，“出什么事了？”

“越来越多的人变成了我这个样子。他们都吓坏了。”

我无奈地问道：“我能帮你做些什么？要我给你拿点儿东西来么？”

她的脸扭曲了，双臂紧紧地抱着自己，痛苦地扭动着身躯。一阵痉挛之后，她的前额渗出了汗珠，流了下来。

“求求你了，比尔。我不是一个很勇敢的人，你能不能给我点儿东西，尽快结束这一切？”

“好，”我说道，“这我可以做到。”

十分钟之内，我从药房回来了。我给她倒了一杯水，把拿来的东西放在她手中。

她在那儿停了一会儿，然后说：

“一切都是徒劳的——或许一切又会有所不同，”她说，“再见了，比尔——谢谢你所做的努力。”

我低下头看着她躺在那里。我不知道有多少人会说：“带我一起走吧！”可她却说：“留下来，陪着我们吧。”正是这一点，让我觉得一切都徒劳无功、毫无意义。

我甚至不知道她的名字——而且永远也不会知道了。

第九章

逃　亡

红发年轻人朝我们开过枪，现在想起来还心有余悸，于是我决心向威斯敏斯特进发。

16岁起，我对武器的兴趣日渐衰减。但身处一个野性复苏的环境中，一个人似乎有必要时刻准备着，多多少少地显露一下野性，或者有必要尽快颠覆那些循规蹈矩的行为。圣詹姆斯大街上有几家商店会向顾客推销一些致命武器——从猎杀野鸭的步枪到捕杀大象的大口径猎枪，种类齐全，应有尽有。

于是，我驱车前往圣詹姆斯大街。

离开那儿时，我心情复杂——既有安全感，又有一种彻底沦为土匪的负罪感。我再次带上了一把用途颇广的猎刀，口袋里也揣上了做工精湛的高科技玩意儿——手枪。我身旁的座位上，还放着一把上了膛的十二口径猎枪和几箱子弹。我之所以选了猎枪，而没有选择步枪，并不是因为猎枪的枪声格外响亮，而是因为猎枪可以干净利落地把三尖树的顶萼打掉，而步枪却很少能达到这种效果。现在，伦敦也有三尖树出没了。虽然它们还是尽可能避免在街道上露面，但我已经注意到，有几棵三尖树在海德公园颤颤悠悠地穿梭着，格林公园也有。它们很可能是被修剪过的观赏植物，没有危害。但也可能不是那样，所以还是小心为妙。

随后，我赶到了威斯敏斯特。

周围一片死寂，曾经的一切荡然无存，到处弥漫着一种强烈的萧条肃瑟之感。与其他地方一样，街道上零零星星地停着废弃的车辆。路上更是没有几个人，我只看到三个人在赶路。有两个人正步履坚定地沿着怀特霍尔的排水沟往南走；另一个人则是在会议广场碰见的，他紧挨着林肯雕像坐在那儿，手里紧紧攥着他最宝贵的财产——一块熏肉，那是他用一把钝刀从一块参差不齐的火腿上割下来的。

议会大厦高耸入云，大厦上时钟的指针停在了六时三分的位置。说起来真是令人难以置信，时间在这儿已经毫无意义了。如今，议会大厦只不过是一些石头堆砌成的华而不实的艺术品，而这些石头也会随着岁月的流逝悄然风化。要是像往常，大厦顶端的碎石雨滴般砸下来，砸在屋顶上，这会儿也不会再有人跳出来愤愤不平地抱怨个不停，说他们宝贵的生命受到威胁了——物是人非事事休。就在那座议会大厦的某些大厅中，曾发生过很多重大事件，它们曾让这个世界充满美好的希望，也曾让这个世界历经苦难。随着时间的流逝，将来某个时候，大厅的屋顶会坍塌下来，没有什么东西能阻止这一切的发生，更不会有人在意。议会大厦旁边，泰晤士河依然安静地流淌，它会一直这样静静地流淌下去，直

到有一天堤岸倒塌，河水汹涌而出——那时，威斯敏斯特会再次沦为沼泽地中的一个孤岛。

威斯敏斯特大教堂外部全都用回纹浮雕装饰而成，金碧辉煌，美轮美奂，好不气派，令人叹为观止。它高耸在晴朗的天空中，整体呈银灰色。宁静的岁月悄然流逝，周围的景象瞬息万变，而它则岿然屹立，显得十分超然。在那块已有几个世纪的基石上，它傲然挺立，坚不可摧，纵然已经过去了几百年，这座教堂仍然完好无损，似乎注定是为了缅怀那些为此付出辛勤汗水的人们。然而此刻，他们的劳动成果却变得没有意义了——是多么令人惋惜啊！

我并没有在这儿逗留。多年之后，我期望会有人带着一种浪漫的情怀来参观这座历史悠久的威斯敏斯特大教堂，但这种浪漫的追忆却注定掺杂着一份悲凉。此刻，巨变就在眼前，我能体会到，却还不能发思古之幽情，因为一切就近在眼前，刚刚发生，正在发生。

此外，我开始体会到某种新的感受——一种对孤独的恐惧。自打离开医院，沿着皮卡迪利大街一路走来，我还从未感到过孤独。那时，我所目睹的一切都是新奇而令人惊讶的。而此时，我第一次感受到了恐惧，一个生性喜欢群居的人，忽然彻彻底底地陷入孤独之中，产生恐惧是自然而然的。我觉得自己赤身裸体、一丝不挂，在潜伏的恐惧前暴露无遗……

我继续开车向维多利亚大街驶去。周围静悄悄的，汽车的轰鸣声显得格外刺耳，回声阵阵，令我惶恐不安。我忽然有种冲动，想把车子弃之不顾，悄无声息地徒步前进，犹如丛林中的一头野兽，灵活地寻找自己的藏身之地。我必须用尽所有的毅力才能让自己平静下来，按原计划行动。因为我清醒地知道，若是我碰巧被分到这块地方，我应该到这儿最大的百货商店去寻找食物。

我停下车，走进陆海军储备商店，有人已把那儿的粮食柜台洗劫一空。现在，商店里一片狼藉，静悄悄的，一个人也没有。

我从侧门出来，只见人行道上有只猫正忙着嗅什么东西，好像是一捆破旧的衣服，似乎又不是。我朝它拍了一下手，它瞪了我一眼，一溜烟跑掉了。

一个男人从拐角处“走”了过来，脸上一副沾沾自喜的表情。他正沿着马路中央坚持不懈地推滚着一块奶酪，一脸西西弗斯般的虔诚。[①] 一听到我的脚步声，他马上停了下来，索性坐在奶酪上，疯了似的挥动着手杖，生怕有人来和他争夺战利品。见到这种情形，我立刻回到了停在大街上的车里。

约瑟拉也许选了一家宾馆，作为临时的藏身之地。我记得在维多利亚车站旁边有多家宾馆，于是我驱车赶到了那儿。结果我发现那儿的宾馆比我想象的要多得多。找遍了二十多家宾馆，我仍找不到丝毫有用的证据，证明曾有人有组织地

① 西西弗斯又称作西绪福斯。希腊神话中的人物，因触犯天神，死后在冥府被罚推一巨石上山。刚到山顶，巨石就滚回山下，周而复始，永无停歇。

占用过某家宾馆，我开始感到希望渺茫。

我想找个人打听一下。在这儿似乎还有希望找到一个活着的人，那么他可能知道约瑟拉的下落。从我到达此地后，我只见到过六个活人。而现在，似乎一个也没有了。最后，在距白金汉宫路拐角的不远处，我终于碰到了一位老太太，她正坐在门阶上，身子蜷成一团。

她正用断了指甲的手指撕扯着一个罐头，嘴里还时不时地迸出几句骂人的话，时不时地又啜泣几声。我走进附近一家小店，在高高的货架上找到了六罐幸免于难的豆子罐头，同时还发现了一个罐头起子，我把这些“战利品”带回她身旁。她还在胡乱抓扯着那个罐头，可并没有打开。

“你还是把它扔了吧，那是咖啡。”我告诉她。

我把起子放到她手里，又给了她一个豆子罐头。

“听好啦，”我说，“你知不知道在这附近有个女孩，她不仅视力正常，还可能带着一帮人。”

虽然我对老太太的回答不抱太大希望，但冥冥之中一定有什么东西在保佑着那位老太太，能让她比绝大多数人活得更长点儿。当她点头时，我简直喜出望外，几乎不敢相信这是真的。

“是的。”她一边说，一边忙活着开罐头。

“你真的见过她？她在哪儿？”我急忙问道。不知怎么，我觉得她所说的那个人不是别人，就是约瑟拉。

但她又摇了摇头。

“这我就不清楚了。我和她所带的那帮人待过一阵子，但最后还是跟他们走散了。像我这把年纪的老太婆是跟不上那群年轻人的，所以我就落下了，他们不愿意等一个又穷又老的老太婆，所以从那以后，我就再也找不到他们了。”

她继续全神贯注地开着罐头。

“她住在哪儿？”我问。

“我们以前住在同一家宾馆里，可我不知道宾馆的地址，不然的话，我早就找到他们了。”

“你难道不知道宾馆的名字吗？”

“不知道。如果你既看不见，又不识字，知道了名字又有什么用呢？再说啦，其他人也不知道宾馆的名字。”

“但你起码记得那家宾馆的一些特征吧？”

“不记得了。”

她捧起罐头，贪婪地闻着里面的东西。

“想想你现在的处境吧，”我冷冷地说，“你想要这些罐头，是吗？”

她挪了一下身子，一下子就把所有的罐头都揽了过去。

“好，你最好把你知道的有关那个宾馆的所有特征一字不落地都告诉我，”我接着说，“你肯定还记着些细节，比如说，宾馆是大是小？”

她想了一下，同时还不忘用一只胳膊护着那些罐头。

“宾馆的楼上听起来空荡荡的，大概比较大，也可能很豪华——我指的是那儿铺着地毯，踩上去没有声音，床和床单感觉也都挺好。”

“其他的就不记得了？”

“是的，像我这样的人，其他的就不知道了。哦，对了，门外有两个小台阶。进去的时候，还要通过一道旋转门。”

“太好了，”我说道，“你十分确定你所说的这一切吗？听着，如果找不到的话，我还会再来找你的。”

“先生，千真万确。两个小台阶，一道旋转门。”

说完，她开始在自己又皱又瘪的口袋里翻弄，找出了一把脏兮兮的勺子，开始美滋滋地品尝起豆子来，仿佛那是上天赐予她的美食。

我发现，有两级台阶的宾馆同样鳞次栉比，比我想象的要多得多，更让人出乎意料的是，很多宾馆都有旋转门。但我没有放弃，最后终于找到了一家宾馆，并且我敢肯定就是这家，因为我对这里的种种迹象以及那种气味实在是再熟悉不过了。

“有人吗？”我喊了一声，大厅里空荡荡的，回音缭绕。

我刚打算继续往里走，角落里传出一声呻吟。在那边昏暗的墙壁凹处，一个男人正躺在一张长沙发上。即便是光线微弱，我依然可以分辨出那人神志不清，我没有靠得太近。他眼睛睁得大大的，一时间我还以为他能看得到我。

“你在那儿吗？”他问。

“是的，我想——”

“水，”他说，“看在上帝的分上，给我点水吧……”

我穿过餐厅，没走几步就找到了水房，水龙头已经干了。我拿了两根水管，往一把水壶里放满水，并随手拿了个杯子。我把这些东西拿了回来，放在他能够得着的地方。

“小伙子，谢谢你，”他说，“我自己来就行了，你不用管我。”

他把杯子浸在壶里，舀了一杯水，一饮而尽。

“天啊，”他说，“我终于喝上水了，真是雪中送炭啊！”说完他又舀了一杯。“小伙子，你来这儿干吗？要知道，这儿可不太干净，瘟疫盛行啊。”

“我在找一个女孩——一个眼睛没有失明的女孩，叫约瑟拉。她在这儿吗？”

“她之前的确在这里，但是你来得太迟了，小伙子。”

我的脑海中突然浮现出一个念头，如同匕首一样刺中了我。

“你——该不是说——？”

“我不是这个意思，小伙子，不用紧张。她没有染上像我这样的毛病，她只是离开这里了。其余那些行动自如的人，也都离开了。”

“她去哪儿了，你知道吗？”

“我也不清楚，小伙子。”

“我知道了。”我沮丧地说道。

“小伙子，你最好也尽快离开这里，此地不宜久留。否则的话，你就永远走不掉了，就像我一样。”

他说得有道理。我站在那儿，低头看着他，问道：

“还需要我帮什么忙吗？”

“不用了，这些对我来说已经足够了。我想过不了多久我就什么都不需要了。”他顿了顿，又补充道，“再见了，小伙子，很谢谢你。如果你找到了她，一定要好好照顾她，她是个好姑娘。”

没过多久，当我正吃着罐头喝着啤酒填饱肚子时，突然想起来，我忘了问那个人约瑟拉是在什么时候离开的，但我觉得以他的处境来看，他不可能对时间有清楚的概念了。

我能想到她可能去的一个地方就是大学塔。我估计约瑟拉会和我想到一块儿去。同时，我也希望走散的那些组员，会为了重新会合再回到那里。但希望渺茫，按理说，他们应该在几天之前就已经离开小镇了。

两面旗帜仍然高高地悬挂在大学塔上，在傍晚煦暖的空气中无精打采地耷拉着。院前，曾停着二十四辆货车，现在只剩下四辆了，这四辆显然没有人动过。我把车停靠在这四辆车旁边，进了大学塔。大学塔里一片寂静，我的脚步声显得格外清脆响亮。

“喂，喂，”我叫道，“这儿有人吗？”

叫声不断回荡，沿着走廊往下传，又一路传到上面的讲坛，声音越来越轻，渐渐地就像唏嘘的口哨声，直到最后一次。周围又恢复了宁静。我又来到旁边的侧厅，挨着一扇扇门又喊了几声。同样，回声没有被打断，而是逐渐消失，犹如尘埃轻轻落地一般……

就在我转身的一刹那，我突然注意到门外的墙上写着几个粉笔字，只是简单地写了一个地址：

泰恩沙姆庄园
泰恩沙姆
在维尔特郡的迪韦文斯镇附近

这至少给我带来一丝线索。

我看着地址，想了想。再过一个多小时，天就要暗下来了。我估计，迪韦文斯镇距这儿可能有一百多英里，甚至可能更远。我又走了出来，仔细地检查了一下那几辆车。其中有一辆是我后来开进来的，正是用这辆车，我把很多别人不屑一顾的三尖树枪带来了。我记得车上还装着各种各样的食物和生活必需品。带些东西总比两手空空地去要好得多。尽管如此，要不是这种紧急状况，我才懒得带这些东西开车呢。更何况是驾驶着这么一辆满载货物的大车，还要行驶在随时都有可能发生危险的公路上。

如果，我是说如果，我先在这儿过一夜，虽然浪费时间，但也比再找另外一辆车并且还要搬运货物所耗的时间要少。明天起个大早，或许我就会更有信心了。为了有备无患，我把一箱箱子弹从小汽车上搬到货车的驾驶室里。那把枪，我则随身携带。

我发现，那天我听到假冒火警的铃声之后离开的那个房间，与我离开时一模一样。我的衣服还放在椅子上，甚至连烟盒和打火机也原封不动地放在我临时搭的床边，就在我当时放的那个地方。

时间还早，还不到睡觉的时候。我点了根烟，把烟盒放在口袋里，决定出去溜达一圈。

走进罗素广场的花园之前，我小心翼翼地观察了一番。我早就觉得这里不太对劲了。果然，我发现了一棵三尖树，它昂首挺胸，骄傲地待在西北角，一动不动地站着，高高挺立在围绕着它的灌木丛中。我稍微靠近了点儿，一枪就把它的顶萼打得粉碎。如果我扔颗手榴弹的话，爆炸声会比这安静的广场上发出的任何噪音都更让人感到恐慌。确定再没有三尖树埋伏在附近之后，我才走进花园，背靠着一棵树坐了下来。

我在那里大约待了20分钟。夕阳西下，将一半广场笼罩在阴影之中。天一黑，我就得进屋了。只要有一丝光亮，我就能保护自己。然而，身处黑暗之中时，我总觉得有什么东西要偷袭我。现在的我正一步步地回复到原始状态。可能过不了多久，我就会像远古的祖先一样，满眼疑惑地瞅着洞外的黑夜，在一片漆黑中打发自己的时光——与此同时，我心中会一直充满恐惧。我伫立在原地，又一次环顾广场，似乎它是历史中的某一篇章，还未翻过我就已经了解。我站在那儿，突然听到路上传来一阵脚步声，虽然不是太响，但在一片寂静中却显得格外刺耳，如同石磨磨东西时发出的声音。

我准备好手枪，转过身去。脚步声让我诧异不已，绝不亚于鲁滨逊[①]在那座荒岛上发现脚印后的那种惊讶，因为这脚步声没有盲人脚步的那种停顿。透过微弱的光线，我瞥见有一点火光在游移。当它从马路走进花园时，我才注意到那是个人。很明显，在我听到他的脚步声之前，他就已经看到我了，因为他正在朝我走来。

“别开枪。”说着，他摊开双手举了起来。

直至他走到离我只有两三米远时，我才认出了他。与此同时，他也认出了我。

“噢，是你，真的是你吗？”他喊道。

我手里仍举着枪。

“嘿，科克，你想怎么样？想让我继续带领你其他的小分队吗？”

“哪有，把你手里的玩意儿放下来吧，枪声太响了，我就是循着枪声才找到了你。我绝不会再让你带什么见鬼的小分队了，”他又强调了一下，“我受够了，我想离开这鬼地方。”

“我也是。”说着，我把枪放了下来。

“你那帮人怎么了？”他问。

我把实际情况告诉了他，他点点头。

① 长篇小说《鲁滨逊漂流记》中的主人公。他出海经商，中途船只失事，流落荒岛 28 年。

“和我这组人一样，剩下的几组人应该也差不多。不管怎么说，反正我们尽力了……”

“但方法不对。”我接着他的话说。

他赞同地点了点头。

“是的，”他毫不避讳地说，“你们那伙人一开始的主意是对的——只是在一周之前，灾难刚刚发生，你们的主意似乎有点儿不大对劲，听起来也行不通，有点儿太惨无人道了，我们毕竟应该先进行施救吧。”

“那是六天之前。”我纠正了他的错误。

“一周之前。”他又说。

“不，我肯定——唉，算了，真是见鬼，一周和六天，这有什么大不了的？”我说，“事情既然到了这一步，”我继续说道，“难道你还能全部推倒再来一遍吗？那又有什么意义呢？”

他微微一笑，表示赞同。

“我犯了一个错误，”他重申道，“我原以为在处理这件事时，已经够认真的了，但看来我还是没有足够重视。我真不敢相信，这场灾难会持续这么长时间，并且居然没有一个人来解救我们。现在看看，其他地方肯定也是这副样子！欧洲，亚洲，美洲——如果连美国都被破坏成这般模样，那其他地方肯定也难以幸免。否则，他们早就会来这儿帮我们摆脱困境，把一切处理妥当了，他们一定会这么做的。可遗憾的是……这应该是一场全球范围的灾难，既然如此……是的，我觉得你是对的，你们这些人一开始就比我琢磨得更清楚。”

我们沉默了一会儿。然后我问道：

“这种病，就是那种流行的瘟疫——你觉得是什么？”

“老兄，我怎么知道？我原以为是伤寒，但有人说，伤寒的发病时间会更长，所以我也不知道到底是什么病。我也不知道自己为什么没有染上。除了离那些被感染的人群远一些，保证饮食安全之外，我一直坚持自己开罐头，只喝瓶装啤酒。我再也找不出其他原因了。不管怎么说，尽管到现在我还算是走运，还没染上病，但我一刻也不想在这个鬼地方待了。现在你打算去哪儿？”

我告诉了他墙上粉笔字写的地址，他还没有看过。他正是在去大学塔的路上听见了我的枪声，于是就小心翼翼地折了回来，找到了这儿。

“这……”我忽然停了下来——从我们西面的一条街上传来了汽车发动的声音。很快，那辆车就启动了，并渐渐消失在了远方。

“噢，这里起码还有一个人，”科克说，“但究竟是谁写下的那个地址呢？你觉得可能是谁呢？”

我耸了耸肩，表示不清楚。可能是某个遭科克袭击的队员返回来写的，也可能是某个视力正常但掉队的人写的，这些解释都还算合情合理，但是却看不出这些字写在那儿到底多久了。他琢磨了一会儿，说：

“我们两个在一起会更好一些，我跟你一起，好吗？”

“好的！”我表示赞同，“我现在要去睡觉了，明天还得早起。”

我醒来时，科克还在呼呼大睡。我换下了他们给的那套我一直穿着的衣服，穿上了滑雪衫和厚点儿的鞋子，这可比原先舒服多了。当我提着一袋各种各样的袋装食物和罐头回来时，他也已经起床并收拾整齐了。吃早饭时，我们决定风风光光地到泰恩沙姆去，于是不再挤一辆卡车，而是各自开了一辆满载货物的卡车。

“驾驶室一定要关紧，”我提醒他，“在伦敦周围有许多三尖树养殖场，西边就更不用提了，肯定会有更多三尖树的。”

“嗯，我在附近见过这些可恶的畜生。”他愤愤地说。

“我也看到过它们，而且还遭到了它们的攻击呢。”我告诉他。

到了第一个加油站，我们打开油泵，加满了油。然后我开着那辆载重三吨的卡车在前边开路，科克驱车尾随，我们一同向西开去。路上一片寂静，卡车发出的响声显得更大，犹如开过了一支坦克部队。

旅程枯燥乏味，令人厌倦。每行驶几十米，我们就得绕开一些废弃在公路上的车辆。偶尔，有两辆或三辆车挤在一块，把整条路堵住，我们就不得不开得很慢，把其中一辆车推开。在这些被遗弃的车中间，很少有报废的。可见，司机是在一瞬间失明的，但还不至于突然到让他们不能控制汽车方向的程度。通常，他们会把车开到路边再停下来。如果这场灾难发生在白天的话，那么主干道根本就无法通行了，果真如此，我们就得抄小路离开市中心，这得花上好几天的时间，而且如果碰到几辆车像乱糟糟的灌木丛挤在一块的话，我们就不得不绕路而行，那么大部分时间就这样白白浪费掉了。而实际上，我发现全程行进的平均速度还是挺快的，尽管个别地方有时确实很慢。开了几英里之后，我发现有一辆小汽车四脚朝天翻在了路边——我这才意识到我们这次走的路别人已经走过，并且有些路面上的汽车也已经被清理过了，前方相对来说会更顺畅些。

开到斯泰恩斯郊外，我们终于开始感觉到伦敦已经被我们远远地甩在了身后。我停下车，走到科克的车旁。在他停车熄火的一瞬间，寂静一下子笼罩过来，周围一片死寂，安静得有些反常。只有慢慢冷却的发动机发出嗒嗒声，算是打破了这种宁静。我突然意识到，从我们出发以来，除了几只麻雀外，我还没见过其他生物。科克从驾驶室钻出来，站在路中央，一边环视四周，一边侧耳倾听。

“而在那前方，在我们面前，却展现一片永恒的沙漠，辽阔无垠。[①]”

他这么嘟囔着。

我盯着他——他神情严肃，一副若有所思的样子。突然，他咯咯地笑了起来。

“也许，你更喜欢雪莱？”他问道。

---

① 该诗句选自英国诗人安德鲁·马韦尔（1621—1678）的抒情诗《致他娇羞的女友》，为杨周翰先生译笔。

"'吾乃奥西曼提斯[1]，万王之王是也，盖世功业，敢叫天公折服！'[2]走，我们去找点儿吃的吧。"

我们坐在柜台上，往饼干上抹了些橘子酱，我一边吃，一边说道："科克，我真是搞不懂你，你到底是干什么的？第一次遇见你时，我发现你嗓门很大，而且颐指气使、骂骂咧咧——这个词其实用得很恰当，希望你别介意——当时你满口码头工人的行话。现在，你又引用起马韦尔的诗来，这前后差距也太大了吧？"

他"嘿嘿"咧嘴一笑，说：

我自己有时也搞不清楚是怎么回事，可能因为我是个混血儿吧，谁都不知道我是谁，我妈也一直被蒙在鼓里——至少，她无法证明我到底是谁的孩子。由于不能获得我的抚养费用，她只得独自照顾我，并总拿这件事在我身上出气。这让我从小脾气就很坏，毕业后，我经常去参加一些集会——只要是对什么事情进行抗议的集会，我就赶去参加。这让我开始和经常来参加集会的那伙人厮混在一起。我瞎琢磨着，他们只是觉得我

① 奥西曼提斯即公元前 13 世纪的埃及王雷米西斯二世。他的坟墓在底比斯，形如庞大的狮身人面像。

② 该诗句选自英国杰出的浪漫主义诗人珀西·比赛·雪莱（1792—1822）的作品《奥西曼提斯》（1817），为王佐良先生译笔。

滑稽好笑罢了。尽管如此，他们还是经常带我一起去参加一些附庸文雅或标榜政治之类的聚会。没过多久，我就厌倦了这种遭人嘲笑的生活，讨厌他们那种双关的笑声——一边是与我一起笑，一边又在嘲笑我。我觉得我需要了解一些他们所具备的背景知识，到时候我就有资格嘲弄他们了。于是，我开始上夜校，并且开始模仿他们那种说话的方式，以备不时之需。似乎只有当你用他们的行话与之交流时，他们才能听得懂，才会把你当回事儿。如果你说话语气强硬，却又引用雪莱的诗，他们就会认为你很好玩，就像一只杂耍的猴子或者类似的东西，但他们并不真正在意你说的话。你必须讲一些他们熟悉的行话——他们会很认真地对待行话。这样做有意想不到的效果。大部分的知识分子，当他们对着一群工人演讲时，根本不能让工人们体会到他们讲话的真谛。这并不是因为他们所讲的内容过于深奥，导致听众无法理解，而是因为这帮人大都只是听声音，而不在意讲话的内容，因而听众能听懂的内容也就大打折扣了。究其原因，是因为这种演讲并不像平时讲话那样通俗。因此我觉得我应该力求学会两种说话方式，并且在不同的场合能够恰如其分地运用。当然，偶尔也会意外地用错地方。奇怪的是，这竟然会让听众吃惊不已。英语这种遣词造句所造成的语言等级制度真是令人惊叹！从那以后，我就靠演讲谋生，并且做得还不错。虽然它不是稳定职业，但仍然充满了乐趣和新鲜感。威尔弗雷德·科克，在各种集会上演讲发言，主题空洞无物——那就是我。

“主题空洞无物，什么意思？”我问道。

“哟，我讲的话有点儿像是打印机打出来的文字，打印机没有必要对它打印出的所有东西的真实性负责。”

我暂且放下了那个话题，没有再追问下去。

“你为什么没有像其他人那样瞎了呢？”我问他，“你不会也住院了吧？”

“我？当然没有。那时我恰巧在一个集会上发表演讲，抗议警方在一次罢工事件中的偏袒行为。我们六时左右开始，大约过了半小时，警察就来了，驱散了集会。我找到了一扇活板门，逃到了地窖下面。警察也紧追不舍，到下边来搜查，但却没有找到我。我就钻在一堆刨花中，躲了过去。他们在上面‘蹬蹬蹬’地走来走去，好一阵子才安静下来。但我还是待在原地，一动也不敢动。我才不会出去踩他们设下的那个自以为天衣无缝的陷阱呢。地窖里非常舒服，不一会儿我就睡着了。第二天早上当我小心翼翼地爬出来朝四周窥视时，才发现出事了。”

他若有所思地顿了顿，又补充了一句：“唉，我的行当算是完了。从现在开始，我的特长再也派不上用场了。”

对此我也没再说什么，我们吃完了饭。他从柜台上跳了下来。

“好了，我们最好还是快撤吧。‘去吧，明天前往绿树葱茏的田野，还有长了一地嫩草的牧场！’这次引用有点儿迂腐，你觉得如何？”

“你的引用根本不入流，根本不准确，”我说，“原句应该是‘森林’，而不是什么‘田野’。”

他皱了一下眉，想了一下。

“嗯——哎呀，老兄，确实如此。”他承认道。

我开始感觉到科克引用诗句的魅力了。那一望无垠的田野的确会给人带来某种希望。确实如此，绿油油的秧苗长成稻谷时，不会有人来收割；树上的水果熟了，也不会有人来采摘；田野里可能不像以往那样干干净净、整整齐齐。但田野终究还是会以自己特有的方式延续下去。这里不像城镇，不再生机勃勃，一切死气沉沉。人们仍能在这里劳作、打理田间并找到未来。望着这片土地，我觉得上一周的自己无异于一只以面包屑为生的耗子，在垃圾堆里东翻西找。而现在，我放眼眺望这片土地，则又一次感觉自己活力四射了。

我们途中经过了一些城镇，比如瑞丁或是纽伯里，都曾唤起了我们的伦敦情结，但只不过是短短的一瞬。远离那些地方之后，伦敦情结又悄然逝去了。

然而，要完全控制这种时而爆发的伤感，又要防止这种心理的死灰复燃，难度还是非常大的。这样也许有利有弊，其实这只是一种要活下去的愿望的一部分。也正是这种愿望，才让我们可能投入到一场又一场的战斗中——尽管屡战屡败，我们逐渐式微。我们该为自己打翻的牛奶——或者是整个牛奶的海洋大哭一番，这是我们机制中的必要一环。如果生活能够再次安稳下来，那么以后再惊心动魄的事情在我们眼里也会变得不足为奇了。几朵白云宛如天上的冰山，飘浮在蔚蓝的天空中。此情此景，让我对整个城市的记忆变得不再沉重——一派生机勃勃的景象恰似拂面而来的一股清新的风。这或许不能解释一切，但它至少能够说明一点——我为什么在开车的路上哼起了歌——尽管这让我们有点儿惊讶。

在亨格福特，我们停下来又找了些食物，加了油。我们穿过一片田野，这片田野有几英里之远，未受到践踏和破坏。此时，心中的那种释然慢慢升腾。这儿看上去也并不孤独，非常舒服，只是让人有点儿昏昏欲睡。尽管偶尔也能看见小簇的三尖树摇摇晃晃地穿过田野，甚至还能看到其他三尖树把根扎在泥土中歇息，但这都破坏不了我的雅兴。这些三尖树不过是某个物种而已，而且也曾是我尘封多日的工作兴趣之所在。

在未到迪韦文斯之前，我们又一次停下来，查看了地图。再往前开一会儿，我们向右拐上一条小路，驶进了泰恩沙姆。

第十章

泰恩沙姆

泰恩沙姆庄园非常好找。

庄园外围是几家村舍，一堵高高的围墙一直延伸到路边。我们沿着这堵墙，来到一座大铁门前。门后站着一位年轻的妇女，强烈的责任心让她面无表情，一脸严肃。她双手紧紧地握着一把猎枪，但拿枪的姿势很可笑。我挥手示意科克把车停下来。车停稳后，我熄了火，跟那个女人打了声招呼。她嘴巴动了动，但引擎发出的嗒嗒声盖过了她的声音。

“这是泰恩沙姆庄园吗？”我问。

她没有回答我的问题。

“你们是从哪儿来的？几个人？”她反问道。

我希望她别那样把枪拨弄个不停。我一边留心她不安分的手指，一边向她简单地说明我们的身份、来历，粗略地提了一下我们所携带的物品，并保证车里绝对没有藏着其他人。我不知道她是否相信我。她死死地盯着我的眼睛，眼神中充满了哀怨和狐疑——一副大猎犬惯有的神情。我的话却并没有打消她的疑虑，看来一番苦心都白费了。她走出铁门，到车尾部检查了一下，看我说的是否属实。就她这么多疑的人，我可有点儿担心，千万别碰巧撞上谁，否则刚好能证实她的怀疑。她如此狐疑，给人一种感觉，好像一旦她打消了疑虑，准予通行的话，那她这个角色的可靠性就会被大大地削弱似的。然而到了最后，尽管心存戒备、有所保留，她还是同意放行了。

“走右边那条路。”从她身边驶过时，她大声对我说，然后立即掉头回去守门了。一条短短的小路两旁，榆树林立。再往前就是那座庄园了，按照18世纪晚期的风格而建。里面的树木并不密集，每棵树都可以茁壮成长，长成参天大树。继续前进，一大片房子进入了我们的视野，从建筑意义上说，算不上宏伟，但也别具一格。在一片相当广阔的土地上，各种屋子鳞次栉比，但建筑风格迥异，仿佛它们以前的主人都没能抵制住诱惑，所以分别在各自的房子上留下了个人的印记。他们每个人，在对各自先辈的作品风格肃然起敬的同时，显然也觉得展现自己所处时期的风格是他们义不容辞的责任。大家都满怀信心地不顾先前的建筑风格，造就了如今整体风格上强烈的变幻莫测。无疑，这是一片有趣的房子，令人赏心悦目。

顺着右边那条路一直往前走，我们来到了一座大院落，那儿早已停了几辆车。周围是马车房和马厩，看上去大概有几英亩那么大。科克把车停在了我的车旁边。在这儿一个人影也没看到。

主楼的后门敞开着，我们走了进去，沿着一条长长的走廊继续向前。走廊的尽头是一个厨房，宽敞而又气派，还飘着饭菜的香味，很暖和。对门那边传来一阵阵低语声，夹杂着盘碟碰撞发出的乒乒乓乓的声音。但我们得穿过一条黑漆漆的过道，再经过一扇门，才能到那边。

我们走进去的那个地方，照我的猜测，原先应该是仆人们的住所。在用人很多的时代，用这个字眼恰如其分，一点儿也算不上误用。这儿很宽敞，足够容纳一百人或者更多的人同时就座，而且似乎不会觉得拥挤。现在住在这里的人，我粗略地估算了一下，大概有五六十个。乍一看就知道他们都是瞎子，正耐心地坐在那儿，而几个视力正常的人都忙得不可开交。在墙边的桌上，三个女孩正麻利地剁着鸡肉。我走到其中一个女孩身边。

“我们刚来，”我说，“可以帮你们做点儿什么？”

她顿了顿，手里仍紧紧地抓着刀叉，弯着手腕把自己的一绺头发捋到耳后。

“如果你们一个人负责分发这些蔬菜，另一个人帮着收拾盘子的话，就算是帮忙了。”她说。

我负责把两大木盆的土豆和卷心菜一小份一小份地分给每个人。趁着分发的间歇，我又环视了一下大厅里的人，发现约瑟拉不在其中；上次，在大学塔里提出各种方案的有头有脸的人一个也没看到，但我还是觉得其中有些女人似曾相识。

这儿男人所占的比例远远高于之前的一组。但奇怪的是，似乎形形色色什么人都有。一些可能是伦敦人，或者至少是城里人，但大多数都穿着乡下人的衣服。不过，有一个例外——一位中年牧师。但这儿的所有男人有个共同之处——他们都是瞎子。

女人们的穿着也各不相同。一些人穿着城里的衣服，与现在的环境很不协调。另一些可能是当地人，其中只有一个女孩看得见；而那些穿着城里衣服的女孩却有六个能看得见。这里不少人虽然瞎了，但手脚还是很灵活。

科克也仔细把周围打量了一番。

“这个团体有点儿怪怪的，”他私下里轻声对我说，“你找到她了吗？”

我摇了摇头，沮丧地意识到原来我想找约瑟拉的愿望是如此强烈。

“奇怪，”他接着说，“事实上，这伙人我一个也不认识——除了坐在那边切肉的那个女孩。”

“她认出你了吗？”我问。

“我想是的，刚才她恶狠狠地瞪了我一眼。”

完成各自的工作之后，我们分别端着自己的盘子，在桌边找个位子坐了下来。至于烹饪技艺如何，吃什么饭之类，都没什么好挑剔的。一周以来，我们每天都靠凉罐头度日。不管怎么说，能吃上热乎乎的饭菜已经让我们感激不尽了。饭后，有人敲了一下桌子，牧师站起来，待所有人安静下来后，他开口道：

我的朋友们，又一天即将过去，此时，我们必须再次向上帝表达我们的谢意，感谢仁慈的上帝让我们在如此深重的灾难中保全性命。让我们一起祷告，祈求他可怜可怜那些依旧在黑暗中独自流浪的人。要是他同意，也可以把那些人引到这儿来，我们也能帮助他们。让我们一起恳求上帝，恳求他让我们在面对种种困难险阻之后，仍能存活下来。唯有如此，我们才能在他的帮助之下，在他所规定的时间里，为了他更大的荣耀，尽自己的一份绵薄之力，为重新建造一个更美好的世界而努力。

他垂下了头：

万能的主啊，最仁慈的上帝啊……

道了声“阿门”后，他领着大家唱起了赞美诗。唱完后，在场的人自动分成几个小组，彼此搀扶着，由四个视力正常的女孩把他们领了出去。

我点了根烟。科克也心不在焉地从我那儿抽出一根，一句话也没说。一个女孩朝我们走了过来，“能帮我收拾一下吗？”她问道，“估计达兰特小姐快要回来了。”

“达兰特小姐？”我念叨了一遍。

“是的，她负责这里的一切，”她解释道，“有什么事情，

你们可以跟她商量。”

一个小时之后，天差不多黑了，我们听说达兰特小姐回来了。我们在一间窄小的、类似书房的房间里见到了她，桌子上点了两根蜡烛。我一眼就认出了她，那个皮肤黝黑、嘴唇薄薄的女人，那天在集会上，她还持反对意见。眼下，她所有的注意力都集中在科克身上，表情和上次差不多，一脸严肃。

“我听说，”她冷冷地看着科克，似乎把他看作眼中钉，“我听说你就是那个策划袭击大学塔的人？”

科克承认了，等着看达兰特小姐会有什么反应。

“那么，我不妨告诉你吧，在我这儿绝不允许使用粗暴的手段，谁触犯了这条底线，我们绝不手软。”

科克微微一笑，用他那娴熟的中产阶级口吻对她说：

“这是个见仁见智的问题，谁能判断哪些人更残暴呢？是那些看到眼前的重任而留下来的人呢，还是那些看到长远的职责而全然不顾眼下的人？”

她仍死死地盯着他，表情依然严肃。但很显然，对自己要对付的这个男人，她已经开始另眼相看了。无论是科克的回答还是他的举动，都让她大为吃惊。她暂时把这个问题放了下来，转而问起我来。

“你也参与了？”

我解释说自己算是被动地参与此事，然后反过来问她：

“迈克尔·比德立出什么事了？上校呢？其他人怎么

样了？”

她并没有认真回答我的问题。

“他们去其他地方了，”她严厉地说，“我们这个团体纯净、正派，有自己的规范——也就是基督教的标准。我们一贯拥护这些规范，这儿容不下那些意志不坚定的人。世界上大多数苦难都是由于自我堕落、道德败坏、信仰缺失而造成的。我们这些幸免于难并且还能看到的人有责任去重建一个再无任何灾难发生的社会。那些愤世嫉俗和自作聪明的人，无论他们提出多么英明的理论来掩饰他们无法无天和追求享乐的行为，也会发现他们在这儿是不受欢迎的。我们是一个基督教团体，并且我们会一如既往地坚持下去。”她用一种挑衅的眼光看着我。

“于是你们就各奔东西了，对吗？”我问道，“那他们去哪儿了？”

“他们继续前行，我们留在原地，就这么回事。只要他们不影响我们，他们或许还能如愿以偿地洗掉自己的罪孽。既然他们自以为凌驾于上帝的戒律和文明的习俗之上，那么就让他们继续那样自以为是吧。”

在结束她的宣言时，她咂了一下嘴，表明即便我再进行追问，也无济于事了。她又扭头看着科克。

“你能做什么？”她问道。

“多着呢，”他平静地说，“我的意思是，在还不知道哪里最需要我之前，在哪儿我都能派得上用处。”

她犹豫了一下，有些吃惊。很明显，她原本打算作出决断，然后发号施令让我们执行。但她却又改变了主意。

“好吧，先四处看看，到明天晚上你们看完之后再说。”

然而，科克可不是这么容易就能打发的。他想知道这个庄园的具体尺寸，这幢房子中目前有多少人，盲人与视力正常人的比例，以及许多其他方面的问题。最后，他一一得到了他想要的答案。

离开之前，我又问了约瑟拉的下落，达兰特小姐皱了皱眉头。

“我好像听到过这个名字。在哪儿呢？——噢，上次开会讨论时她是不是站在保守党——就是迈克尔那帮人那边？”

“我觉得不是吧。她，嗯，曾经写过一本书。”我只得坦言。

“她——”达兰特小姐似乎重新唤起了记忆，“噢，那个——可是，梅森先生，说真的，我觉得像她那样的人是不会在意我们正在建设的这个团体的。”

在走廊外边，科克转身看着我，借着一点光线，我发现他正对我咧着嘴笑。

“这种令人压抑的正教在这一带竟然还在盛行，”他敛起笑容补充道，“要知道，他们是一群怪胎，既傲慢又有偏见。她明知自己非常需要帮助，却硬是不肯承认。”

对面一个房间开着门，他停下了脚步。屋子里一片漆黑，根本看不清里面有什么。从那儿经过时，借着微弱的光线，我们总算辨认出来，那是一间男人的卧室。

“我打算和这些人谈谈，待会儿见。”

我看着他走进屋里，听到他热情地与大家寒暄着：“嘿，兄弟们，怎么样啊？……”

我一个人回到了餐厅。

在一张桌子上，三支蜡烛紧紧地挨在一起，发出微弱的光芒。蜡烛旁边，一个女孩眯着眼睛费力地看着手里的针线活，一副愁眉苦脸的样子。

“你好，”她说道，“很糟糕，是吧，以前天黑以后，人们是怎么在黑暗中干活的啊？”

“以前也干不好，”我告诉她，“将来也跟过去一样好不到哪儿去，这还得有一个大前提——必须有人教我们怎么做蜡烛，否则就更没法干了。”

“我觉得也是，”她抬头看着我，“你就是今天从伦敦来的那个人？”

“是啊。”我承认道。

“那边情况不太好吧？”

“已经没救了。”

“你一定在那里看到了恐怖的场景吧？”她问道。

“是的，”我没多说，接着问她，“你在这儿待了多久了？”

她跟我说了大概的情况，似乎不愿多说。

科克突袭大学塔时并没有把所有能看到的人一网打尽，

有六个视力正常的人逃脱了，她和达兰特小姐就是其中的两个。从第二天起，达兰特小姐便开始负责管理这帮人，但效果却不怎么好。他们根本不可能离开那儿，因为他们当中只有一人以前开过货车。在事发当天以及第二天的大部分时间里，这六个人与其他盲人的关系，跟我在汉普斯特德时与我们那帮人的关系没什么两样。但在第二天晚些时候，迈克尔·比德立和另外两个人回来了。当天晚上，又有人逃了回来。到第三天正午时分，他们已经有了十二个驾驶员。于是，他们当机立断，与其在那儿等着其他人回来，还不如马上动身。

泰恩沙姆庄园之所以被选为暂时的目的地，有一个重要的原因——上校认为这个地方与外界完全隔绝——这恰好是他们寻找目的地的一个必备条件。

这个团体鱼龙混杂，领导者们也意识到了这一点。在到达后的第二天，他们开了个会，规模小了点儿，但除此之外，与早些时候我们在大学塔里开的那个会议没什么两样。迈克尔和他所属的那帮人声称还有很多事要做，他们并不打算耗费过多的精力来安抚一个满怀成见、纷争不断的团体。再说，整个任务太艰巨，而且时间又紧。弗洛伦斯·达兰特小姐对此表示同意。这个世界上已经发生的事情足以给大家敲响警钟。他们能够幸存下来，就已是个奇迹，可是人们对此怎么会这般忘恩负义？更有甚者，打算用一百年来一直破坏基督教的阴谋说来永远颠覆这个世界！对此，达兰特小姐无法理解。假使一个团体里的一部分人一直以来都费尽心机，妄图扭曲那些对上帝心怀感恩之心并且通过维系上帝的法律勇于表达自己感恩之心的人的简单信仰。对她而言，她绝不愿意生活在这样一个团体里。她看得非常清楚，形势已经十分严峻。正确的做法就是充分重视上帝已经给予的告诫，并虔诚地皈依于上帝的教义。

各小组虽然界限分明，但人力分配却很不平衡。达兰特小姐的支持者中有五个视力正常的女孩，十二个左右的盲女孩，还有一些失明的中年男子和妇女。在这种情形下，不管其他派别怎么样，必须要离开的无疑是迈克尔·比德立那一派。货车仍旧装得满满的，也没有什么事情可以让司机们留下，于是下午早些时候，他们便驱车走了，只剩下达兰特小姐和她的追随者们留在那儿恪守着上帝的教义……

直到那时，他们才有机会勘查庄园及其邻近地区，发现其潜在的危险。大部分房子都关着门，但他们在仆人们的住处发现了最近有人居住过的痕迹。查看了菜园之后，他们便清楚地了解之前在这里照料菜园的人到底怎么了：三具尸体紧紧挨在一块儿——一个男人、一个女人和一个女孩，周围水果散落了一地。三尖树是穿过敞开的大门径直进入公园的呢，还是原先就生长在那儿的？抑或是一些未经修剪的三尖树挣脱出来了呢？这就不得而知了。但不管怎么说，它们对人类总是一种威胁，在它们还没造成大规模的破坏之前，必须尽快采取对策。

达兰特小姐派了一个视力正常的女孩绕墙巡视了一圈，叫她把大大小小所有的门都关上。而她竟然很有主见，独自破门而入，闯进庄园的枪械室拿到了武器。尽管毫无经验，她和另外一个年轻女子联手，每看到一棵三尖树，都毫不犹豫地击落其顶萼，而且百发百中，总共消灭了二十六棵。围墙里再也看不到三尖树的影子，她们都以为庄园里应该不会再有幸存的三尖树了。

但第二天勘查附近的村庄时，她们又在附近发现了三尖树，而且数目庞大。幸免于难的村民要么足不出户，靠储备食物维持生命，龟缩在家中，能维持多久就维持多久；要么就是在外出搜寻食物时运气好，没碰上三尖树。所有被发现的村民都被聚集起来，一起被带回了庄园。他们都很健康，大部分人还非常强壮，但就目前而言，从某种程度上来说，他们与其说是帮手，还不如说是累赘，因为他们没有一个人能看得见。

一天，庄园里又来了四位年轻妇女。其中两位轮流开着装满货物的卡车抵达庄园，同时还带了一个失明的女孩。另外一个女人则是独自开着车来的——她稍稍环顾四周，就说这儿没什么吸引力，于是又开车走了。接下来的几天里，陆续有人赶到了这儿，只有两个人留了下来。几乎所有抵达庄园的人都是女性，只有两个男的。绝大多数男性在脱离科克那个团体时，似乎都表现得更为直率、坚决，其中绝大多数人已经及时回归，与原先的团体会合了。

至于约瑟拉，这个女孩没法给我提供任何信息。显然，在这之前，这个名字她从未听到过。我几次三番的描绘也无法唤起女孩的任何记忆。

就在我们谈话的过程中，屋里的电灯忽然亮了。女孩仰起头，怯生生地望着电灯。那种表情恰似一个人看到了惊人的发现。她吹灭了蜡烛，继续做她的针线活，还时不时地抬头看看电灯泡，生怕一眨眼那光亮又会消失。

几分钟后，科克晃晃悠悠地进来了。

“是你干的吧？”我指了指电灯泡。

“是啊，”他承认道，“他们这儿有发电厂，与其让汽油渐渐挥发得一干二净，还不如干脆让我们用光得了。”

“你的意思是说，待在这儿可以一直有电？”女孩问。

“只要你不嫌麻烦打开发动机引擎的话，”科克说着，看了看她，“如果你需要灯光，那为什么不试着去发动一下机器呢？”

“我并不知道那儿有发动机。再说，我对发动机和电一窍不通。”

科克继续望着她，陷入了沉思。

“所以你就一直生活在黑暗中，”他说，“如果有很多事情等着你去做，而你却一直坐在黑暗中，你觉得这样你还能活多久？”

她被科克的语气激怒了。

“即使我摆弄不了那些玩意儿，也不是我的错。”

“我不同意你的观点，”科克告诉她，“这不仅是你的错，而且是你自己酿成的错。此外，你还自以为非常神圣，完全没有必要理会任何机械方面的东西，这纯粹是自命清高。这是某种形式的虚荣心在作怪，虽然微不足道，但愚蠢透顶。每个人生下来对任何事都是一无所知的，但上帝不仅把寻求知识的智慧赋予了男人，同时也赋予了女人。不开动脑筋并不是什么可值得称颂的美德。即便对于妇女来说，也该尽量逾越这条鸿沟。”

女孩恼羞成怒——遭到这样的批评或者说指责，又有谁不会恼火呢？然而，科克自打进门以后似乎也很生气。

女孩说：“你说得很对，但不同人的智慧分管不同的工作。男人懂得机械如何运转，电如何发挥效用，而女人则通常对此不感兴趣。”

“别净告诉我一大堆做作的假话，我不想听，”科克说，“你非常清楚，女人完全有这个能力，并且也曾经操作过最复杂、最精密的机器——只要她们不辞辛劳，肯去学习。可通常情况下，她们太懒了，除非迫不得已，她们才不得不想方设法地去做。当束手无策这种极具感染力的传统思想理所当然地成为女性的一种美德时，她们又何必自找麻烦呢？为什么不冠冕堂皇地把工作推卸到其他人身上？一般来说，这种装腔作势一旦被人戳穿，便不值得任何人同情。事实上，这种思想是慢慢被助长从而发展起来的。男人耐着性子替可怜的心上人修吸尘器，换掉烧断的保险丝，他们的能干，都助长了这种依赖心理的发展。双方都能接受这个一捅即破的伪装。棘手的实践操作助长了心灵的脆弱和令人陶醉的依赖感——那些辛勤工作的人真是十足的傻瓜。”

他向前靠了一下，继续说：

“迄今为止，对大部分人那种懒得动脑筋、寄生虫式的生活方式，我们都能负担得起，并对此习以为常、一笑置之。尽管世世代代都在讨论有关男女平等的问题，但对女性而言，既然依赖他人就能获得这么多现成的好处，她们自然也就从未想过要摆脱这种依赖心理。她们本可以稍作调整，以适应日新月异的变化，但她们总是只做最低限度的调整，而且还对此愤愤不平。”他顿了顿，继续说道：“你不相信？好，不妨这么想想：一个冒冒失失的黄毛丫头和一个有学识的女人，她们以各自不同的方式生活。可一旦战争爆发，随之而来的社会责任感和约束力都能把她们俩训练成合格的工程师。”

“但她们并非优秀的工程师，”她说，“每个人都会这么说。”

“呵呵，又是防御机制在发挥作用了。我认为，出于自身利益每个人都会这样说。不过——”他承认道，“这在某种程度上来说也是正确的。为什么呢？因为几乎她们所有人不但要在没有适当基础知识的情况下仓促地学习，还要摒弃多年来养成的习惯想法——这些事根本与女性格格不入，她们极为精致，而这些事情太过粗俗，根本不是女人该专注去做的事。”

“我真搞不懂，你为什么非要拿我开刀呢?”她说，“又不是只有我一个人发动不了那台破引擎。”

科克咧着嘴笑了笑。

“你说的没错，这对你来说确实不公平。只是我觉得要找到一台发动机是举手之劳，而这台发动机恰好又随时可以运转，但却没有一个人去做，这让我窝火，所以你只是碰巧遭遇了我的狂风暴雨而已。”

“哼，我觉得你应该把这些话讲给达兰特小姐听，而不应该在这儿跟我唠叨个没完。”

“不用急，我会跟她说的。但这也不只是她的事，事关你们每一个人。要知道，我可不是跟你说着玩的。时代已发生了翻天覆地的变化，你可不能再说：‘哦！天哪，我对这种东西一窍不通。’然后就把问题推给别人，让别人来替你完成。现在没有人会糊涂到这个地步——连无知和单纯都分不清。这简直太重要了，无知不再是可爱或有趣的事了。无知将会是危险的，非常危险。除非我们所有人都尽可能地抽时间去了解许多我们曾经毫不感兴趣的东西，否则，我们自己和那些依赖我们的人都在劫难逃。”

“我还是不明白你为什么非得把你对妇女的蔑视一股脑地发泄在我身上，难道仅仅只是因为一台又破又旧的发动机吗?”她怒气冲冲地说。

科克抬起头向上望了望。

“万能的主啊！我在这儿费尽口舌，只是想说明，如果妇女能不辞辛劳去施展能力的话，那么她们就具备了所有的能力。”

“什么？你是说我们是寄生虫？”

“我本来就不想拣好听的说。我真正想说的是，在现在这个已经一无所有的世界上，女人却依然靠扮演寄生虫的角色来获得利益。”

“你说了这么多，只不过是因为我碰巧对那台又臭又硬的发动机一窍不通罢了。”

“活见鬼！”科克说，“你就不能先别提发动机的事吗？”

“为什么——”

“发动机只不过碰巧成了一种象征。问题的关键是，我们所有人在学习时，不能仅凭自己的兴趣，而要尽可能地学会如何管理一个团队，如何让整个团队维系下去。男人不能只是填写一张选票就完事，然后把工作交给别人去做。同理，一个女人依附于某个男人为她提供舒适的环境，让她把孩子生下来，然后就可以不负责任地把孩子交给别人去教育——倘若这样，没有人会认为这个女人已经履行了她全部的社会责任和义务。”

“嗯，但我还是搞不懂这跟发动机有什么关系……”

“听着，”科克耐着性子说，“如果你有个孩子，你想让他成为一个粗鲁的人，还是一个有教养的人？”

“当然是有教养的人了！”

“好，那么，你就不得不确保为他创造一个文明的环境，他才能学习各种行为规范，从我们这里习得知识。为了能给孩子灌输尽可能多的知识，我们自己就必须尽可能地懂得更多知识，尽可能学会如何更明智地生活。这就意味着我们得努力工作，多多为我们所有的人着想。形势变了，意味着我们的观念也得随之改变。”

女孩收起针线活，带着不满的眼神，瞪着科克看了好一会儿。

“照你的观点来看，我觉得你与比德立先生那一派更加志趣相投。”她说，“在这儿，我们并不打算改变自己的观念，也不想放弃我们的原则，这就是我们为什么和另一派分道扬镳的原因。因此，如果道德高尚、值得尊敬的人的生活方式并不合你的胃口，我劝你最好趁早离开这儿。”说完，她哼了一声，气呼呼地走了。

科克目送她离去。门关上后，他很流利地说了一连串搬鱼工的行话①来表达自己的心情，让我开怀大笑。

“你打算干什么？”我说，“你趾高气扬地走进来，对着一个女孩子高谈阔论，那副盛气凌人的样子好像她是公开宣判大会上的少年犯，好像她得为了整个西方社会体系负全责似的。最后呢，不但把她惹恼了，你自己也觉得很惊愕。”

“我只是期望她会明白事情的道理。”他嘟囔着。

① 此处指骂人的话。

“我也不知道是什么原因，大多数人都不知道。我们只知道习惯。她会抗拒一切改变和调整，只要是与她先前受教育时所了解的正确、文明的东西相抵触，她都会抗拒——不管是否有道理。老实说，我确信她在个性上比较执拗；你呢，又太操之过急。当一个人刚刚无家可归时，你出于好心，带他到极乐世界，这时他根本不会觉得那儿有多好；让他在极乐世界待上一段时间，日子久了，他就会开始慢慢觉得极乐世界跟家差不多，只是家更温馨罢了。只有当他迫不得已时，他才会调整自己的想法，慢慢抛弃他曾经坚定的信仰。

“换句话说，必要时再慢慢调整。别想把什么事都计划好，这不现实。

“这就得靠有人倡导了，领导者会制订计划，但他很明智，并不会这么说。需要改变时，他才会很自然地将一些变化插入到计划中，而不会进行大刀阔斧的改变——以此作为对现状的一种妥协，当然这只是暂时的。但如果他是位好领导，就会顾全大局，将那些最合适的改变插入进来，任何计划都会遭到极力反对，可只有发生紧急事件时才应该让步。”我说。

“听起来很像马基雅弗利[①]嘛！我喜欢认准目标，然后径直向前迈进。”科克说。

---

① 马基雅弗利（1469—1527），意大利政治思想家，他在《君主论》（也译《霸术》）一书中提出君主为达到目的，可以不择手段，后人多把他看作玩弄权术者的象征。

“哎，大多数人不会这么干——即便他们强词夺理声称自己确实是这么做的。他们喜欢别人来劝诱自己，或者用甜言蜜语来哄骗自己，甚至还喜欢自己被别人驾驭。这样一来，他们就再也不会犯错误了。倘若真有什么错，也是由于某事或某人造成的。莽撞行事是机械论者的观点。总的来说，人不是机器，是有头脑的，但大多数是农民式的头脑，只有碰到他们熟悉不过的耕犁时才能真正发挥效用。”

“听上去，你好像并不认为比德立那一派胜算的机会更大一点。他可是经过了周密的计划啊。”

“他也有他的麻烦，但那一派不管怎么说还是作出了选择。而这些人就没有作出选择，”我指出了问题的关键，“他们就是为了抵制其他任何选择，所以才待在了这里。”我迟疑了一下，然后又补充道，“要知道，有一点被那女孩说对了，你如果加入了比德立那帮人，你的路就越走越宽了。如果你想让这些人按照你的方式来生活的话，那根本不可能，她刚才对你的反应就是一个活生生的例子。在赶着一群羊去集市时，你不可能让它们一路都沿着笔直的路线走，但总有办法可以把它们顺利地赶到那儿。”

“你老是冷嘲热讽的，今晚还拐着弯儿拿我开玩笑，这很反常。”科克说。

对此我表示反对：“我只是提到羊倌如何赶羊，并没有嘲笑你。”

“把人和羊混为一谈就容易让人产生误解。”

“但倘若把他们看作是很多能用思想遥控的汽车底盘的话，就不会那么具有讽刺意味了，就更值得深思了。”

“嗯，”科克说，“我会好好琢磨琢磨这个比喻的精妙之处的。”

第十一章

再踏征程

第二天早上，我无所事事，只是四处看看，偶尔给别人搭把手帮个忙，顺便也打听一些事。

昨晚直到躺下后，我才完全意识到自己是多么渴望能在泰恩沙姆找到约瑟拉。尽管一天的旅途奔波让我筋疲力尽，但我还是辗转难眠。黑夜中，我躺在那儿，感到束手无策，无从下手。以前，我太过自信，想当然地认为她会和比德立那帮人在一起，因此便以为只要加入他们的行列就行了，不必考虑其他计划。现在，我才一下子明白过来，即便我追上了比德立他们，也有可能找不到她。因为我去威斯敏斯特找她时，她应该才刚离开不久。不管怎样，她肯定远远落在了大部队后头。显然，我接下来要做的事情，就是把近两天才到泰恩沙姆的所有人的详细情况都打听一番。

我只能暂时假定她走了这条路，这也是我唯一的线索。这是假设她又回到了大学塔、也发现了用粉笔写着的地址而得出的结论。然而，她可能压根儿就没有再回大学塔；相反，由于厌倦了目前这种生活，她可能抄近路离开了臭气熏天的伦敦。

她可能患上了导致我们之前各自组织分崩离析的那种疾

病——我极力不去考虑这样的想法。我一遍遍对自己说——不到万不得已，我是绝不会考虑那种可能性的。

凌晨时分，我依然无法入睡，清醒异常。我突然发觉，与希望找到约瑟拉的强烈愿望相比，我加入比德立团队的愿望其实并不强烈。如果我真的找到了比德立他们，而她又不在其中……那样的话，下一步就只能伺机而动了，但我绝不会就此停下寻找约瑟拉的脚步……

我醒来时，科克的床上早已空无一人，我决定早上尽可能多地打听一些情况。但问题是，似乎没有人会留意那些对泰恩沙姆不感兴趣、选择继续前行的人的姓名。几乎每个人都对约瑟拉这个名字一无所知，有的人还记得几个来过庄园的人，可即便如此，他们也似乎不记得约瑟拉了。虽然我描述了一下她的模样，却仍然无法唤起他们的回忆。当然，我已经证实了，这儿没有身着海蓝色滑雪衫的女孩，可我又不敢断定她是否依然是这副打扮。我没完没了地问个不停，最后，大家都被我问烦了，我只得打住，心里越发失落。不过据他们所说，在我们到泰恩沙姆的前一天，有个女孩来了又走了。那个女孩有可能就是她，可我又觉得，约瑟拉给人留下的印象应该不会只有那么一点儿，即便你不怎么喜欢她，对她持有偏见，可不管怎么说，她也应该会给人留下颇为深刻的印象……

午饭时，科克又露面了。他一直忙于对整个庄园做全面的检查。他记下了牲畜的数量，清点了一下其中瞎眼牲畜的头数，还检查了农场的设备和机器，找到了纯净的水源，调查了物资的储备情况，包括人吃的食物以及牲畜吃的饲料。他发现其中有几个女孩在灾难降临前就已经失明，他安排这些女孩尽其所能地训练其他盲人。

他还发现大多数男人十分抑郁——那是牧师善意鼓励的结果。他告诉他们仍有很多有意义的事等着他们去做，诸如编篮子呀，织布呀，等等——牧师使出浑身解数向他们展望了无限美好的未来，想消除他们心中的阴影。

碰到达兰特小姐时，科克还告诉她，除非计划一下，让失明的女人为视力正常的人分担一部分工作，以减轻他们的负担，否则整个团体不出十天就会垮掉。同样，如果牧师撇开这儿的实际情况，一味祈求更多盲人加入他们的行列，也是完全行不通的。他还想进一步说，有必要立即储备粮食，并着手制造一定的设备，以便让失明的男子也能够干些活儿。正在这时，她突然打断了他。看得出，达兰特小姐远比口头上自己所承认的要焦虑得多，但她既然已下定决心同另一派一刀两断，便还是毫不领情地数落了科克一番。说到最后，她告诉他，据她所知，他和他所阐述的观点不可能被整个团体所接受。

“那个女人的问题就在于她总想做一把手，”他说，“这种想法是与生俱来的，与崇高的信仰风马牛不相及。”

“胡说，”我说，“你的意思是说，她的指导原则毫无问题，以至于任何事情都属于她的责任范围，所以，引领他人就成了她当然的义务。"

"差不多是这个意思。"他说。

"但这么说听起来就好多了。"我说道。

他沉思了片刻。

"如果不能赶快把大家组织好，她会把这里弄得一团糟的。你有没有仔细查看过这个地方？"

我摇摇头，告诉他这个早上我都干了些什么。

"看上去你并没有收获有用的消息，你打算怎么办呢？"

"我想继续去追赶比德立他们。"

"如果，她没和他们在一块儿呢？"

"现在我只能希望她是和他们在一块儿的，一定是这样。不然，她又会去哪儿呢？"

他张了张嘴，欲言又止。然后，他接着说：

"我跟你一起去，那帮人很可能跟这里的人一样不欢迎我——这种可能性很大，尤其是把前因后果都考虑进去的话。但我想以自己的实际行动，让他们慢慢原谅我以前的过错。我曾亲眼看着一个团体一点一点地垮掉，我认为泰恩沙姆的这帮人也会落得同样的下场。唯一不同的是，后者或许更慢一点，但也可能更惨。很奇怪，是不是？照目前来看，体面的计划反而是最危险的。真该死！这儿本该井井有条，不管有多少盲人。所需的一切都近在咫尺，而且短时间内还不会耗尽，缺乏的只是管理而已。"

"还要有服从组织管理的意愿。"我补充道。

“没错，”他表示同意，“要知道，问题就在于，尽管一些事情已现端倪，但这些人并不明白，更要命的是他们也不希望明白。在他们内心深处，大家都在等，浑浑噩噩地等待着一切。”

“话虽没错，但这不足为奇，”我承认道，“我们也是看了很多事情才明白了这一切的，而他们并没有看到我们所看到的一切。从某种程度上来说，一切也还不是那么不可救药吧。而且，这是在乡下，远离城市，还不至于立即就天下大乱吧！”

“呃，如果他们想渡过这个难关，那就得尽快意识到这一点，”科克说着，又环顾了一下大厅，“不会再出现什么奇迹来拯救他们了。”

“给他们点时间，他们便会像我们一样逐渐清醒过来的。你总是那么着急。要知道，现在时间已不再是金钱了。”

“金钱也已经不再重要了，但时间很重要。你们应该考虑到，庄稼要收割了，得收拾一间磨坊来磨面粉，还得准备一些牲畜过冬的饲料。”

我摇了摇头。

“这还不急，科克。城里一定有大量的面粉储备，照现在的情况来看，是粥多僧少，我们还可以靠储备再维持一段时间。如今的燃眉之急是，在盲人们还未真正到非着手干活不可的境地之前，就教会他们如何干活，如何工作。”

“同样，除非采取一些措施，否则这里视力正常的一些人会累垮的。只要有一两个视力正常的人撑不住了，这儿就真的会一片混乱了。”

对这一点，我深有同感。

下午晚些时候，我们终于找到了达兰特小姐。其他人似乎都不知道、也不在意迈克尔·比德立和他的追随者到底去哪儿了，但我不相信比德立这帮人会不给将来或许会追随自己的人留下一点儿找寻的线索。达兰特小姐似乎有点儿心情不佳。开始我以为她会拒绝告诉我实情，不仅仅是因为我在话语中透露出更想投奔另一伙人的意思，还因为在这种情形下失去一个体格健壮、有视力的男人——即便志不同、道不合——无疑也是重大损失。可尽管如此，她并没有表现出任何软弱，也没有恳求我留下来。最终，她只是简短地说了一句：

“他们打算去多塞特郡，应该离比敏斯特不远。我只能告诉你这些了。”

我回到大厅，把情况告诉科克。他环视了一下周围，然后摇了摇头，脸上流露出一丝遗憾。

“好吧，”他说，“我们明天就离开这个鬼地方。”

“你还挺有拓荒者的勇气呢，”我对他说，“与其说你是个英国人，倒不如说你是个美国的西部牛仔呢。”

第二天上午九时，我们已经在路上行驶了将近二十公里。

与以前一样，我们一人开一辆卡车。我们曾经考虑过要不要换一辆更轻便的车子，而把两辆卡车留下来，供泰恩沙姆的人使用。但我不愿丢下自己的车子，车上装载着的东西全是我一手收集的，我知道里面都有些什么。其中有一箱对付三尖树的枪支，这是迈克尔·比德立反对的。另一辆车上的东西品种略微有些复杂。另外，还有一些是我考虑再三才选定的，这些东西在大城市以外的地方很难找得到，例如，一个小小的照明装置、几台水泵、几箱有用的工具，等等。虽然这些东西在以后的搜寻中也能看到，但有相当一段时间我们可能必须要远离任何一个城镇。待在泰恩沙姆的人有办法从其他没有任何疾病侵袭的城镇获得食物，再说两卡车的物资对他们来说可能也算不上什么。因此，我们上路时还是开上了那两辆卡车。

天气依旧晴朗。大多数村庄依旧散发着令人恶心的臭气，尽管大多数村庄已经不适宜居住了，但在田野里或者马路边，我们几乎看不到躺着的尸体。在一定程度上，城镇周围生命的气息似乎已经被隐匿起来，就像在伦敦时一样。多数村庄的街道冷冷清清，附近的乡村也渺无人烟，似乎全村的人和动物都不翼而飞了。一路上的情形都大同小异，直至我们来到斯蒂普尔·哈尼。

在下山的路上，斯蒂普尔·哈尼的风光尽收眼底。它在一座石桥的一端，那座拱形石桥横跨在波光粼粼的湖面上。此地虽小，却很幽静。正中央矗立着一座死气沉沉的教堂，四周有粉刷得雪白的村舍点缀其间。看上去，在长达一个世纪或更长的时间里，从来没有任何事情打破过这里的平静。但与其他村庄一样，现在这儿已经没有人烟了。车子开到半山腰时，我突然注意到村子里好像有动静。

在桥墩的另一端，也就是我们的斜对面，有一座房子微微倾斜地立在路边。一家小客栈的招牌从墙壁的支架上垂了下来。在招牌的斜上方，有一扇窗户，窗外有个白乎乎的东西在不停地飘舞。等车子渐渐开近了，我才看清那是个男人。他正从窗口探出身来，发疯似的朝我们挥着毛巾。我断定他是个瞎子，不然的话他完全可以走出来，到路上来拦住我们。对一个病怏怏的人来说，他挥舞得算是够起劲儿的了。

我向后面的科克示意。过桥之后，我把车停了下来。站在窗边的那个男人抛掉了手中的毛巾，冲我们嚷着什么。由于引擎发出的声音太嘈杂，我听不清他到底在叫什么。随后，他不见了。我们把车熄了火，四周顿时静了下来，连男人踩在木楼梯上发出的沉重脚步声也听得一清二楚。他推开门走了出来，双手往前方摸索着，突然，他左边的树篱丛中有什么东西如闪电般地窜出来，猛地击中了他。他发出一声尖叫，倒了下去。

我忙拿起猎枪，跑出驾驶室。转了一圈之后，我才看清有棵三尖树隐藏在灌木丛的阴影里。我一枪打飞了它的顶萼。

科克也下了车，紧挨着我站着。我看了看躺在地上的那个人，又看了看被我打飞了顶萼的三尖树。

“这是——不，该死的！它该不会是在等他吧？”他说，

“一定是碰巧……它不可能知道他会从那扇门里走出来……我是说，它不可能知道，是不是？”

“很可能它是知道的，你瞧，它干得多么干净利落。”我说。

科克望着我，一脸的忧虑。

“简直太利落了，令人难以置信……”

“这是个阴谋，对于三尖树我们坚决不能相信，”说着，我又补充道，“或许附近还有更多的三尖树。”

我们仔仔细细地把周围可疑的地方检查了一遍，一无所获。

“我想来点儿喝的。”科克说。

若不是柜台上布满了灰尘，这家客栈中的小酒吧与一般的酒馆看上去并没有什么两样。我们俩倒了点儿威士忌。科克一饮而尽，然后满面愁容地回过头来看着我。

“我不喜欢那玩意儿，一点儿也不喜欢。比尔，对这种该死的东西你了解的应该比大部分人多得多。它不可能……我是说，它是碰巧在那儿的，一定是这样的，对吗？”

“我觉得——”我刚开口，忽然听到屋外传来时断时续的敲击声。我蹑手蹑脚过去打开窗户，对着那棵刚刚被我射中的三尖树又是一枪。这次刚好打在树干上，敲击声戛然而止。

“哼，又是该死的三尖树在捣鬼，”我们各自倒了一杯酒，然后我说，“而我们对它们又不太了解。”我把沃尔特提出过的几个理论告诉了他。听完后，科克开始发问：

“当它们‘咯咯’地发出声响时，你是说它们在交谈，这该不会是真的吧？”

“我也无法确定，”我坦言，“我只能说，这是一种暗号，但沃尔特认为这是真正的‘谈话’。在我所认识的人当中，他确实比其他任何人都了解三尖树。”

我退出空弹壳，重新装上两颗子弹。

“他真的提到过三尖树比瞎眼的人更有优势？是吗？”

“起码几年前他是这么说的。”

“但现在情况确实如此，这真是个有意思的巧合。”

“你的性子还是那么急，”我说，“其实命运的任何一次安排都可以称得上是‘有意思的巧合’。”

喝完酒，我们准备起身离开。这时候，科克不经意地朝窗外瞥了一眼，然后，他紧紧地拽住我的胳膊，用手指了指。顺着他手指的方向，我看到两棵三尖树正大摇大摆、摇头晃脑地拐弯，朝树篱那边走去。那儿正是原先那棵三尖树的藏身之地。等它们停下来时，我开枪打下了它们的顶萼。我们一边往卡车那边走，一边小心翼翼地朝四周张望。

“是一次巧合，还是它们想出来看看同伙到底出了什么事？”科克问道。

我们驶离山庄，在一条乡间小路上行驶。在我看来，这次看到的三尖树远比我前一次在旅途中看到的要多，不知要多多少倍。难道是我这次比较留意的缘故？也有可能是因为我们之前都走大路，所以碰上三尖树的几率比较小。以往的经验告诉我，它们往往不走坚硬的路面，也许是因为太硬了，令它们那几条腿状的根茎感到不舒服。看来，我们将会看到更多的三尖树，而且，它们并不是完全对我们无动于衷。偶尔，我们会看到三尖树穿过田野，慢慢地向我们靠近。但我始终无法判断这是否只是凑巧。

后来，发生了一件更具决定意义的事——当我开车经过一丛灌木树篱时，一棵三尖树霍地从树篱丛中窜出来，挥舞着刺藤朝我猛抽过来。幸亏车子在行进，它没有瞄准。它在我眼前一闪而过，挡风玻璃上便留下了斑斑点点的毒液痕迹。还没等它再次袭来，我就已经开远了。从此以后，只要开车，再热我都会把车窗关得死死的，不留一点儿空隙。

一个星期或者更长一段时间以来，只有在碰见三尖树时，我才会想起它们。在约瑟拉家里见到的三尖树，以及在汉普斯特荒原附近偷袭我们整个团体的三尖树，都曾让我忧心忡忡。可大多数时候，还有更多紧急的事等着我去操心。现在回头想想我们一路上看到的景象，再想想达兰特小姐用猎枪铲除三尖树之前泰恩沙姆会是怎样一番情形，以及途经的一个个村庄所呈现出的萧条，我开始怀疑，这么广阔的地区，连一个人影也看不到，这究竟和三尖树有没有关系啊？

到达下一个村庄时，我故意放慢车速，以便能观察得更仔细些。我看见几具尸体横在他们自家门前的花园里，显然已经有些时日了。在尸体的旁边，无一例外总能看到三尖树的身影。看样子，三尖树只埋伏在泥土松软的地方。在临街的房门前，我几乎看不到尸体，也不见三尖树的踪影。

凭猜测我敢说，在大多数村庄里，当村民出门寻找食物时，他们通常走铺砌而成的道路，这相对来说比较安全，可一旦他们没走这种地方，或更有甚者，从紧挨着花园的围墙或篱笆穿过时，他们的处境就危险了。此时，三尖树的刺藤会毫不留情地朝他们猛抽过去。有些人一遭到攻击，就会大喊大叫，而由于不见他们回来，只能听到他们的尖叫，待在家里的人就愈发感到害怕。时不时地会有人因为饥肠辘辘、迫不得已而出去找食物。只有几个幸运的人回来了，大多数人却迷路了，只得一直徘徊，不知何去何从，直到倒下为止；也有一些人稀里糊涂就闯入了三尖树的地盘。他们到底发生了什么，剩下的那些人也能猜个八九不离十。在有花园的地方，余下的人大概都会听见三尖树“嗖嗖嗖”地挥舞着刺藤的声音。他们心里也明白，知道自己将面临两种抉择：要么守在房子里，等着饿死；要么迈出房门，落得和其他人同样的下场。但很多人仍留在屋里，足不出户，一边靠现成的食物度日，一边等待着救援——但始终都没能等到救兵。待在斯蒂普尔·哈尼的小客栈里的那个男人，一定也陷入了同样进退两难的境地。

在我们途经的其他村庄里，可能也零零散散地有幸存者，他们住在一起，龟缩在某间房子中，不过这种想法让人很难受，因为这些人没有未来，命运已然确定，只是早晚的问题。这样一来，又冒出了一个问题，与我们在伦敦时所面临的问题一模一样。按照文明的准则来说，一个人理应想方设法找到这些幸存者，并为他们做点什么。但就像以前那样，一想到任何努力都终将功亏一篑，谁都会感到沮丧。

又回到最初的那个问题上来了：好心肠的人除了增加那些已经丧失视力的人的痛苦之外，又能做些什么呢？只不过是暂时抚慰一下自己的良心罢了，紧接着会又一次发现自己的努力是徒劳的。

我不得不告诫自己，一旦地震来临，一幢接一幢的大楼纷纷倒塌，即便此时你走进震区，也爱莫能助。只有当地震过后，你才能采取措施进行抢救或者给予帮助。此时，感情用事解决不了任何问题，可要对自己进行心理上的调适又谈何容易，不少资源医生都深知这绝非易事，确实如此。

三尖树事件错综复杂，令人始料未及。没错，我们公司的种植园旁的确有很多三尖树的苗圃。公司培育三尖树有时是作为观赏，至于推销给个体老板或者一些相关的行业，则主要是利用三尖树的提取液。由于气候的原因，大部分三尖树生长在南方。我们所看到的三尖树，只不过是一些不知从哪里“逃”出来以后又散布在各地的样本。若真是那样，那么它们的实际数目一定远比我所料想的要多。我估计，随着时间一天天过去，会有越来越多的三尖树长成，而那些修剪过的三尖树也会慢慢地长出新的刺藤。一想到这些，我就忐忑不安……

路上，我们只停了两次车，一次是为了找吃的，另一次是为了加油。我们把时间控制得挺好，下午四时半，我们就驶入了比敏斯特。没有任何迹象表明比德立那帮人曾在这里逗留过，于是，我们便径直来到这个城镇的中心地带。

一眼看去，这儿死气沉沉，与我们之前所看到的其他地方一样，没有任何生机。我们来到主要的商业街，那儿也是空荡荡的，什么也没有，只有两辆卡车还停在一边。我顺着这条街刚行驶了二十米，一个男人冷不丁地从一辆卡车后窜出来，朝我举起了步枪。他故意让子弹从我的头顶呼啸而过，然后又把枪口朝下了一点儿。

第十二章

山重水复

这是一种警告，此时我不敢轻举妄动，便乖乖地把车停了下来。

只见一个身材魁梧、满头金发的男人，正娴熟地摆弄着手中的枪。他继续用枪对着我，头朝路边努努嘴。我明白，这是示意我下车。我照做了，向他摊摊双手，表示手中空无一物。我慢慢地朝停着的另一辆车走去。这时，从那辆车后方又走出一个男人，旁边还跟着个女孩。

只听见科克在我身后大叫道：

“伙计，你最好把枪放下。你们一个个都暴露了，我不费吹灰之力就能把你们撂倒。”

金发男人把视线从我身上移开，四处搜索着科克。此时，如果我趁机朝他扑过去，完全可以把他制服，但我没有，只是说：

“他说得没错。不管怎么说，我们没有恶意。”

男人稍稍压低了步枪，但还是有点儿不相信我们。我的汽车刚好挡住了科克的车门，在这样的掩护下，科克走了出来，说：

“你们到底想干吗？想狗咬狗吗？自相残杀？”

“就你们俩?”第二个男人问。

科克看着他说:

“你以为呢?还希望我们有一大帮人?是的,就我们俩。”

那三个人大大地松了口气。金发男人解释说:

“我们还以为你们是从某个城市来的一个帮派,到这儿来抢夺食物的呢。”

“哦,”科克说,“照这样看来,最近你们没去过城市吧。如果仅仅为此担心,那大可不必,你们倒不妨干脆把这事忘掉呢。如果真有什么帮派,照目前来看,他们也正在以其他方式运作呢。事实上,他们正在干着——如果我可以这么说的话——干着你们正在做的差事呢。”

“你觉得他们不会来?”

“我可以打保票,”他看了看那三个人,问,“你们是比德立那一伙儿的吗?”

他们没什么反应,根本不知所云,我确信他们跟比德立应该没有什么关系。

“真可惜,”科克说,“一直以来我们都运气不佳,刚才我还以为这次终于交上了好运,没费多大劲儿就找到他们了呢。”

“比德立,哦,不,比德立那帮人到底是干什么的?”金发男人问。

在太阳炙烤的驾驶室里开了几个小时的车,我觉得浑身乏力,嘴唇发干,于是建议大家最好别当街站着,不如找个舒服点儿的地方聊一聊。经过他们的货车时，我们发现杂七杂八的东西乱糟糟地堆在那儿，看上去非常眼熟——一盒盒的饼干、整箱整箱的茶叶、几块熏肉，还有一大袋一大袋的白糖、一块块的盐巴以及其他一些东西。我们绕过货车，到了隔壁一家小酒吧。喝了点儿东西后，我和科克把我们的经历以及了解的情况都简要地告诉了他们。接着，就轮到他们说说自己的情况了。

他们一共六人，而他们三人是其中比较积极活跃的，剩下的还有两个女人和一个男人，留在“家”里。他们已占用了一座房子，并把那儿当作基地。

五月七日星期二——那场灾难就发生在当天——的中午时分，那个金发男人和其中一个女孩一起驾车去西部旅行，他们打算去康沃尔郡度假两周。一路上都比较顺利，但在克鲁肯附近，有一辆双层巴士不知从什么地方突然窜了出来，撞上了他的车。之后，金发年轻人便什么都不知道了，最后的印象是那恐怖的一幕：巴士的车身倾斜地高耸着，犹如悬崖峭壁，恰好在他们的头顶上方。

醒来后，他发现自己躺在床上，与我当时的情形差不多。他觉得四周静得出奇；除了身上有点儿疼、擦破了点儿皮、脑袋“嗡嗡”作响以外，其他并无大碍。据他说，当时不见一个人进来。他仔细地看了看那个地方，发现那是一家乡村小医院。在一间病房里，他找到了那个女孩以及另外两个女人。其中有一个神志清醒，而另一个则因为一条腿和一

BUS

条胳膊都打上了石膏，动弹不得。在另外一间病房里，他又找到了两个男人，其中的一个就是他现在身旁的那位同伴，另外一个男人一条腿断了，也上了石膏。在那个地方，一共有十一个人，其中八个能看得见。在瞎眼的人当中，有两位重病在身，卧床不起。而且当时那儿根本看不到医护人员的影子。

应该说，他比我经历了更多的挫折。他们待在那家小医院里，竭尽全力去照顾那些无助的人，不知道接下来会发生什么事。他当时非常希望能有人出现，来帮帮他们。他们不知道那两个瞎眼的病人到底得了什么病，也不懂得该如何治疗。他们所能做的就是，喂点儿东西给他俩吃，并尽力让他们放宽心。第二天，那两人都死了。另外一个男人失踪了，谁也没看到他去了哪儿。巴士撞翻后受伤的都是些当地人，他们痊愈后就都各奔东西，去投靠各自的亲戚了。于是，人数锐减到了六个，其中有两个胳膊和腿上有伤。

直到那时，他们才恍然大悟，这场灾难影响的范围不小，这意味着他们至少得照顾自己相当长一段时间，但他们还远远没有真正意识到事态的严重性。他们决定离开医院，找一个生活更便利的地方。当时他们想，在城里，视力正常的人会更多，并认为在这种混乱的状态下，一定会有暴徒横行霸道。于是，他们终日都处于戒备状态，以为等城里的食物消耗殆尽后，暴徒们就会像贪吃成性的蝗虫一样穿过田野，蜂拥而至。因此，他们最关心的就是把所有储备的食物聚集在一起，做好随时对付暴徒的一切准备。

我们一再向他们保证，这种事几乎不可能发生。他们听后面面相觑，满脸的凄凉无助。

这是一个奇特的三人组合。最后我们得知，金发男人曾是证券交易所的工作人员，名叫斯蒂芬·布伦内尔。与其相伴而行的那位姑娘面容姣好，身材一流，只不过偶尔会耍耍小脾气。但对以后的日子该如何过，她一点儿也不感到诧异。她曾经做过时装模特，推销过衣服，还在电影里跑过龙套，却错失了进军好莱坞的机会，还在不知名的俱乐部里做过女招待——诸如此类的兼职她都干过。只要有机会，类似的工作她都会插上一手。这次到康沃尔的度假计划显然也是这么回事。一直以来，她都坚定不移地认为，美国肯定不会发生什么严重的事，只要他们咬牙挺一挺，过不了多久，美国人就会来摆平这一切。自那场大灾难发生以来，她是我所碰到过的最无忧无虑的一个人，只不过时不时地也会急切地盼望着能有救星到来。她热切地期盼着美国人能来拯救英国，让一切重新步入正轨。

第三个年轻人皮肤黝黑，满腹牢骚。他卖命地工作，勒紧裤带攒了一笔钱，开了一家小小的无线电器材商店，一副雄心勃勃的样子。

“瞧瞧福特，”他对我们说，“再看看纳菲尔德子爵，他靠一个卖自行车的商铺起家，并不比我的无线电器材商店大多少，再看看他取得的业绩！这本是我下一步准备干的事。可眼下，这该死的一切，一塌糊涂。太不公平了！”在他看来，命运不再需要更多的福特或者纳菲尔德了，但他并不打算就此罢休，他固执地认为这只是中间的一段小插曲，是上帝在考验他，总有一天，他会回到他的商店，东山再起，在通往百万富翁的阶梯上迈出坚实的第一步。

发现他们对迈克尔·比德立一无所知，无疑是让我最为沮丧的事情了。事实上，他们只碰到过一次陌生人。那是在刚过了德文郡边界的一个村子里，有两个手持猎枪的男人劝他们别再走那条路。据他们说，那两人很明显是当地人。科克则认为那应该是一个小团体。

“如果他们属于一个大团体的话，就不会那么神色慌张，反倒会对你们有一种好奇感，”科克断言，“但要是比德立那伙人果真在这附近，无论怎么样，我们总能找得到他们。”他又对金发男人说：“嘿，我们跟你们待在一起，怎么样？我们各干各的，互不相干。如果我们真的找到他们，这对大家都有好处。”

他们三人带着询问的眼光互相看了看，然后点了点头。

“成交！来，把这些货搬开，让我们共进退吧！”金发男人同意了。

查科特老屋本是一座庄园，曾经修筑过防御工事。现在，新一轮布防又紧锣密鼓地展开了。以前，环绕在四周的护城河曾一度被排干。斯蒂芬认为，既然他已经把排水系统毁了，那么水会慢慢地重新涨起来。他打算把那些填埋进来的东西炸开，再重新修建一条护城河。但我们认为这样做没有必要。这使他微微有些伤感，看上去有点儿失望。这幢房子的一堵堵石墙都厚厚的，前面起码有三扇窗户上架着机枪，他还指点着说，在屋顶上还有两架。在正门里边，迫击炮和炸弹堆成堆，俨然是一个小小的军火库。他得意扬扬地向我们展示了其中的几个火焰喷射器。

“我们发现了一个军火库，”他解释说，“然后花了整整一天时间，总算把它们堆放在一块儿。”

我仔细瞧了瞧这些玩意儿，第一次意识到，尽管这场灾难的杀伤力非常彻底，但还是比较“仁慈”的，而这些杀伤性武器虽然不会带来彻底的毁灭性灾难，却显然要比这场“流星雨”残忍得多。如果有10%—15%的人口毫发未损的话，那么像这样的小团体为了保全自己的性命，就可能真的需要与饥肠辘辘的另一帮人搏上一搏了。然而，事实上，斯蒂芬做好的这些类似迎战的准备工作简直是白费心机，哪儿还能剩下那么多人打仗啊。不过，其中有一样东西倒能派上用场。我指了指火焰喷射器，说：

“这些用来对付三尖树可能会比较奏效。”

他咧着嘴笑了。

“你说得对，非常有效。这是我们用来对付它们的杀手锏。说来也巧，据我所知，这也是唯一能击退三尖树的武器。

你们可以一直对着它们喷射火焰，烧呀烧，一直烧到它们四分五裂，再也不能动弹为止。我猜，或许它们还不知道是何方神仙在对它们大开杀戒呢！现在，只要它们一碰到热乎乎的东西，就会猛然躲开，唯恐被烧成焦炭。”

“在使用过程中，碰到过麻烦吗？”我问。

看起来，他们并没有碰到过麻烦。偶尔可能会撞见两三棵三尖树，但它们都因怕被烧焦而逃之夭夭。他们比较幸运，好几次都顺利地逃脱了三尖树的魔爪。在通常情况下，他们只在建筑物比较多的地方下车，因为这种地方一般不会有潜伏的三尖树。

天黑以后，我们全都爬上了屋顶。月亮还没升起来，放眼望去，一切都笼罩在黑暗之中。我们努力地搜寻，哪怕一丁点儿灯光也不放过，可还是一无所获。我又问他们在白天是否曾不经意间注意到有炊烟或烟雾升腾的迹象，可大家再三回忆，也没有线索。于是我们只得下去，回到点着灯的起居室。这时，我心里沮丧极了。

“嗨！我说啊，就剩下最后一个办法了。”科克说，“我们把整个区域分成几个小块，然后挨个儿找。”

他说这话时，底气明显不足。我怀疑他也跟我一样，只是觉得比德立那帮人有可能会趁着夜幕故意点着一盏灯，或者发出其他信号；而在白天，他们可能会点火放烟。

除此之外，没有更好的建议。于是，我们马上动手，把地图上的区域分成了几小块，尽可能保证每一小块地方都有高地，可以让视野更开阔些。

第二天，我们驾驶一辆货车来到镇上，然后，各自开着小一点儿的汽车分头去找。

自从我在威斯敏斯特附近独自徘徊，想找到约瑟拉以来，这无疑是我最抑郁的一天了。

一开始还不算太糟。阳光照耀着大地，道路开阔，到处泛着一片初夏独有的嫩绿。另外，路上还有路标，上面标明了“埃克塞特及其西部”，似乎依旧在发挥着原有的作用。偶尔，也能看到小鸟，但很少。路边盛开着不知名的野花，跟以前没什么区别。

可另一幅画面就不那么赏心悦目了。田野里，成群的牛不是断了气、躺在那儿一动不动，就是在那儿瞎游荡。无人看管的奶牛痛苦地“哞哞”叫着。绵羊宁可顺从地站着慢慢死去，也不愿从刺藤或带刺的铁丝网中挣脱出来。它们漫无目的地啃着草，或者心甘情愿地在那里挨饿，瞎掉的眼中流露出一丝哀怨。

农场已面目全非，变得十分可怕，让人不敢靠得太近。为了安全起见，我只给自己在车窗的上方留了一个两三厘米的通风口。前方路上，只要一看到农场，我立马把窗户关得紧紧的。

三尖树四处横行。有时候，我看着它们穿过田野逍遥得意地向远处走去，或者干脆倚着树篱，站在那儿，纹丝不动。

在很多农场里，它们一看到粪堆就喜出望外，一屁股蹲在上面，等候着旁边牲畜的尸体慢慢地腐烂……一看到这些貌似道貌岸然的三尖树，我便陡生一种恶心的感觉，这种感觉以前从未有过。从某种程度上说，我们中的一些人创造了这种令人恐怖的怪物，而另外一些人呢，出于贪婪，无所顾忌地在全世界范围内大面积种植。可以这么说，它们是被人类培植出来的，一如培育出美丽的鲜花或逗人的小狗……现在，我开始讨厌它们，不仅仅是因为它们以腐尸为食，更重要的是，它们似乎想在我们遭受灾难时趁火打劫，趁机繁衍开来，占领整个地球。

随着日子一天天过去，我的孤独感与日俱增。每到一座小山上，我都会停下来，用双筒望远镜朝乡村极目远眺。有一次，我看到了烟雾，便一路寻去想看个究竟，结果是一列小火车在铁路上被燃为了灰烬。我始终弄不明白，一切怎么会变成这个样子，四周怎么竟然连一个人影也没有？还有一次，看见一根杆子顶上飘着一面旗子，我便兴冲冲地赶到那座房子前面，结果发现屋里没有人，四周也没有一点儿动静。再有一次，远处的山坡上有白色的东西在飘舞，引起了我的注意。等我把望远镜对准那儿时，才发现只不过是六只慌不择路的绵羊在那儿痛苦地绕着圈子，一棵三尖树的刺藤正雨点般地朝它们毛茸茸的背上抽去，幸好够不着，而四周不见一个人影。

停下来吃东西时，我三下五除二便吃完了，不想逗留太多的时间。与此同时，周围的寂静压迫着我，啃噬着我的神经。我急不可耐地想赶快上路，那时至少可以听到点儿汽车的声音。

渐渐地，我开始产生幻觉。有一次，我看到一条胳膊在一个窗口挥舞，但等我到那儿定睛一看，原来是一根树枝在窗前摇曳。我曾看到一个男人在田地中央行走，又停了下来，还回过头来看了看。可透过望远镜，我发现他不可能会停下来，更不会把头扭过来——那是个稻草人。我听到有声音在向我呼唤，虽然有引擎发出的噪音，但那呼唤声仍然依稀可辨。可当我停下车，把引擎关掉后，却声息全无，什么也没有，只是从很远很远的地方传来一声声抱怨——那是一头还没挤过奶的奶牛。

我想，一定会有男男女女稀稀落落地散布在英国大地的土地上。他们很孤独，自以为是唯一的幸存者。我为他们感到难过，也为卷入这场灾难中的所有人感到哀伤。

那天下午，我垂头丧气，几乎不抱什么希望，但我还是执意把我搜索的那个区域又分成四部分，因为我实在不死心。尽管如此，最后我又安慰自己，如果真有一定数量的人生活在我所划分的这个区域内的话，那么他们肯定是故意隐藏起来了。我的脚步虽不可能遍及每一个胡同、每一条小路，但我敢发誓，我的汽车喇叭声绝不微弱，在我所辖的范围之内，每一寸土地上都能听到汽车喇叭声。收拾停当后，我开车回到了我们停货车的地方，心里甭提多沮丧了。其他人一个也没露面。为了消磨时间，同时也为驱散心底的那股寒意，我拐进附近的一家酒吧，倒了一杯上好的白兰地。

接着斯蒂芬也回来了。我向他投去询问的眼光，他无声地摇了摇头，似乎这次搜索对他的影响很大，一如对我的影响，因为他径直伸手去拿我刚打开的酒瓶。十分钟后，无线电野心家也加入了我们的行列，随他而来的还有一个衣衫不整、目光涣散的年轻人。看上去，他已经有好几个星期没洗脸、没刮胡子了。这个人原先一直到处流浪——那是他唯一的职业和“爱好”。整个晚上，他都不能准确说出自己到底是在哪一天找到了一个舒适的粮仓，然后在那儿过了一晚。由于那天他比平时多走了几公里，所以一躺下就睡着了。第二天早上，他从噩梦中猛地惊醒过来，似乎仍糊里糊涂，不知是这个世界出了什么乱子，还是自己神志不清。我们觉得，他有一点儿疯癫，不过并不严重。不管怎么说，至少他还知道向我们要啤酒喝。

半个小时后，科克终于回来了。他牵着一条德国牧羊犬，还带了个老太太。这位老太太简直不可思议，她把最好的衣服穿在了身上，穿戴如此整洁，相形之下，我们就显得有些不修边幅了。在跨过酒吧的门槛前，她彬彬有礼地迟疑了一下。科克介绍道：

“这位是福斯特太太，福斯特旅业集团的老板。这个旅业集团下辖十个村舍、两个酒吧，还有一个教堂，而且福斯特太太烧得一手好菜。大家请注意，她会做饭！”

福斯特太太温文尔雅地朝我们打了声招呼，便信心十足地迈步走了进来，然后小心翼翼地找了个位置坐下。在我们的一再邀请下，她同意喝一杯波尔图葡萄酒。接着，又是一杯。

经我们询问，她才说，从那个致命的夜晚到第二天夜里，她一直睡得特别沉。至于是什么原因，她没提，我们也没追问。由于当时没有什么东西把她吵醒，她便一直这么睡着。等第二天也过去了一半，她才醒了过来。当时她觉得浑身不舒服，便没有起床，一直睡到了下午三时半左右。怎么没人敲门叫她开张呢？她觉得蹊跷，但这也许是上天的故意安排。终于，她起床了，走到门口一看，有一棵酷似三尖树的可怕玩意儿正站在花园里。在她门外的路上，躺着一个男人，至少，她能看得见他的腿。她想跑出去，到他身边看个究竟。就在这时，她看到三尖树动了。见状，她连忙闩上了门。那一刻，对她来说极其触目惊心。现在回想起来，她仍然胆战心惊，于是又给自己倒了杯波尔图。

自那以后，她就一直住在那儿，等待着有人来把三尖树赶跑。然而，奇怪的是左等右等，都不见有人来。不过，靠着店里的存货，她生活得挺舒服。她就这样一直等啊等，说着，她又下意识地倒了第四杯波尔图。最后，科克出现了——是她火炉里冒出的烟引起了科克的注意。他一枪击落了三尖树的顶萼，想进去看个究竟。

她给科克做了顿饭。作为回报，科克给了她一些建议。可要想让她明白事情的真相也并非易事。最后，他建议她到村子里去转转，但千万要提防三尖树，并告诉她，他会在五时回来听听她的感受。等他回来时，发现她已穿戴整齐，收拾好行囊，做好了离开的一切准备。

那天晚上，回到查科特老屋以后，我们又围拢在地图四周。科克已经标出了新的搜寻地点。我们看着他，并没有表现出太大的热情。最后，倒是斯蒂芬说出了我们所有人的想法——当然也包括我和科克的想法。

“瞧，在方圆二十五公里以内，所有地界我们都找遍了。显然，他们没待在附近。要么是你的情报有误，要么就是他们决定不留在这儿，而是继续向远方进发。依我看，再像我们今天这样继续找下去，纯粹是浪费时间。”

科克放下手中的圆规。

“那你有什么好主意？”

“嗯，我有个想法，如果从空中搜索的话，我们就可以在最短的时间内看到最广阔的地区，而且也比较容易发现目标。我敢打赌，任何人一听到飞机引擎的声音，准会跑出来，到开阔的地带发出某种信号。”

科克摇了摇头，说：“得了吧，你以为我们以前没想到过吗？需要一架直升机，那是自然。可到哪儿去弄架飞机呢？又由谁来驾驶呢？”

“噢，我能使那玩意儿飞起来。”无线电技师自信地说。

他似乎话中有话。

“你以前开过吗?”科克问。

“没有，”他坦言，“但我想只要掌握了要领，应该不会有太大的问题。”

“哼!”科克看着他，仍不大放心。

斯蒂芬想了起来，在离这儿不远的地方有两个皇家空军基地，提供出租飞机的服务。

我们找到了空军基地。尽管我们仍对那个无线电技师夸下的海口半信半疑，但他似乎对自己在机械方面的天赋很有信心，认为自己绝不会让大家失望。练习了半个小时之后，他居然真的让直升机飞了起来，而且驾驶飞机飞回了查科特。

飞机在更广阔的范围内盘旋了四天，其中两天由科克观察，另外两天由我来观察。加起来，我们一共发现了十个小团体。他们中没有一个人知道比德立那帮人的任何信息，约瑟拉也不在他们中间。每看到一伙人，我们都会着陆。通常，每伙人都是三三两两结伴而行，最多的有七人。他们一看到我们就欢呼雀跃，满怀希望。过不了多久，等他们发现我们并不是大规模救援组织的先遣部队，只不过是一个跟他们差不多的小团体时，他们的热情就立刻降到了冰点。他们得不到的东西，我们也无法给予。一些人还失去理智，开始破口大骂。失望之极，他们谩骂的语气中似乎都带着一丝威胁。

但大多数人只是垂头丧气地走了。在一般情况下，他们似乎不希望加入其他团体，宁愿听天由命，舒舒服服地待在自己营造的避难所里。他们深信，自命不凡的美国人一定会有办法的。大家都这么执着地认为。我们说，那些侥幸存活下来的美国人应付自己国内的事情都忙不过来呢，可大家都认为这是给他们泼冷水。他们信誓旦旦地告诉我们，美国人是绝不会允许自己的国家发生类似的事的。有不少米考伯①式的人，对那些在他们心目中一定会赶到英国来雪中送炭、提供无私帮助的美国人心存幻想。尽管如此，我们还是给每一伙人留下了一张地图，上面对已经找到的各个团体的大概位置做了标记，万一他们突然改变主意，想与我们会合并进行自救的话，可以找到我们。

这次的飞行肩负着任务，绝不是什么享受，但至少为地面上那些孤独的人群带来了福音。不过，四天过去了，仍是一无所获，大家只得决定放弃。

但这是其他人的决定，并不是我的想法。我的搜索完全是出于个人目的，可他们不一样。不管他们找到了谁，不管是现在还是最后，对他们来说，找到的都是些陌生人。而我呢，寻找比德立那帮人也只是一种手段罢了，并不是最终的目的。即便找到他们，如果我发现约瑟拉没有与他们在一起的话，我还是会继续找下去的，不过我已不想让其他人因为

① 狄更斯作品《大卫·科波菲尔》中的人物，他无忧无虑，目光短浅，只想交上好运。

我的缘故再花更多时间去搜寻了。

我忽然惊讶地意识到，自始至终，我所碰到的人中没有一个是在寻找另一个人的。除了斯蒂芬和他的女朋友一起出车祸外，其他任何人似乎都与过去的朋友或亲戚断了联系，开始与邂逅的结伴过一种新的生活。在我看来，只有我自己迅速地和另一个人建立了一种新的纽带，而且在那么短的时间内，当时我几乎还没意识到这有多重要……

大家已经决定不再搜寻，科克说：

“好吧，我们应该考虑一下，接下来该做些什么。”

“靠储存的食物过冬呗，就像现在这样继续活下去，我们还能做什么呢？”斯蒂芬问。

“我一直在考虑这个问题，”科克告诉他，“这样做或许能解一时之需，但以后怎么办？”

“如果真的没有食物了……呃，周围还有很多粮食呢，只要我们认真找的话。”无线电技师说。

“在圣诞节之前，美国人就会来了。”斯蒂芬的女朋友说。

“听着，姑娘，”科克耐心地对她说，“暂时还是把美国人看成可望而不可及的东西吧，把他们看作死后才能享受到的幸福，行吗？试着去想象一下如果没有美国人来拯救的世界。你做得到吗？”

姑娘目不转睛地盯着他说：“他们一定会来的！”

科克悲伤地叹了口气，把注意力转移到无线电技师身上。

储备食物并非取之不尽，用之不竭。依我看，我们已经在一个陌生的世界里占了很大的优势。一开始，我们几乎要什么就有什么，但这种情况不可能持续到永远。如果把堆在那里的东西全部拿来的话，我们可能吃不光——但前提是得能保存下来，再说早晚也有吃光的一天，难道我们能保证几代人都吃不光吗？但事实上粮食根本无法长久地保存下来，很多东西马上就会变质——不仅仅是食物，所有的东西都会慢慢坏掉，只不过有些东西变质的速度极其缓慢，但都不可避免地会一点点变成碎屑，化作齑粉。如果明年我们还想吃新鲜的东西，我们就得自己去种。可能现在说这话为时尚早，但那一天肯定会到来。到那时，所有的东西都得靠我们自己去种。到了一定时候，所有的拖拉机和汽车都将报废或者锈迹斑斑，也没有汽油，全都发动不了。不管怎么说，我们将倒退到原始时代，并把马奉为神物——如果那时我们还有马的话。

这只是个插曲——一个上天故意安排的小插曲。当我们从最初的震惊中缓过神来，就会发现那充其量只是个插曲而已。之后，我们就得去耕地。再以后，我们要学会如何制造犁铧。再以后，我们要学习如何把熔化了的铁铸造成铧。我们现在正一步一步地倒退，一直倒退到我们什么都得自己制造为止。如果我们真的能活下去的话，我们就得把耗尽的东西重新造出来。只有到那时，我们才能在这条通向野蛮、原始的道路上停下脚步。一旦我们能做到这些，我们这个民族就能慢慢地重新站立起来，开始真正地前进。

他环视了一圈，看看我们有没有听懂他的意思。

如果我们愿意这么做的话，我们肯定能够做到。在我们一开始所占的优势中，最有价值的那部分莫过于知识了。这是一条捷径，可以让我们不必像我们的祖先那样从零做起。只要我们肯不厌其烦地去找，答案都在书里。

其他人都饶有兴致地看看科克，这是他们第一次听他高谈阔论。

他继续说：

根据我对历史的了解，我觉得运用知识得具备一个必要的前提，那就是空余时间。所有的人为了谋生都不得不拼命地干活，他们就没有闲暇时间去思考，于是知识也就没用了，有学问的人也派不上用场，英雄无用武之地。大多数时间，是那些不直接参与生产的人在思考，是那些看似依赖别人生活的人在思考。但事实上，这是一种长期的投资。学问是在大城市和大型研究机构中一点点积累下来的。而农民则要通过劳动来供养他们，使他们能进行思考和研究。这种观点，你们同意吗？

斯蒂芬把眉头蹙成了一团，说："差不多吧——但我不知道你说这番话的真正用意何在。"

就是指这个——经济的规模。我们目前这么小的一个团体充其量只能勉强支撑下去，然后慢慢消亡。要是我们像现在这样一直下去的话，虽说目前有十个人，可最后呢？注定会逐渐消失。如果有小孩，我们就得从劳动中挤出点儿时间来，给他们进行基础教育，仅此而已；再下一代，可能就会出现野蛮人，还有近亲通婚的傻子。为了我们自己，为了使我们学到的知识能保存下来，我们还需要教师、医生，还要有领头人。这些人帮助我们，我们也必须供养他们。

"哎，头儿（请注意，这家伙居然唤科克"头儿"）你就直说吧，你到底有什么建议？"过了一会儿，斯蒂芬问。

在泰恩沙姆时，我和比尔曾见过一个地方。我一直在考虑，以前，我们也曾对你们说起过。那个地方现在由一个女人管理，她需要帮助，急需帮助——她手头上有五六十号人，其中只有十二个左右能看得见。她不可能成功，她自己也知道，只是不肯当着我们的面承认罢了。她不愿意拉下脸，恳请我们留下来，她怕欠我们的情。但是如果我们最终回去的话，她一定会非常高兴的，而且也一定愿意接纳我们。

“天哪，”我说，“你不是说她故意把我们引上歧途吗？”

我这么说可能对她不太公平。但我们没有看到比德立那伙人，也没有听到有关他们的一点儿音讯，这实在是很奇怪，难道不是吗？是不是她随便指了个方向，让我们徒劳无功地瞎找一气，希望我们找不到就打道回府呢？无论如何，不管她是否有意让我们回去，这都是唯一可行的办法了。我已经决定了，回到她那儿去！如果你们一定要我说理由的话，有两条：第一，那地方如果没人管，肯定会垮掉的。这样的话，对于待在那儿的人来说，不仅白费心血，而且是一种劫难；第二，那里的地理位置比这儿好，有个农场，不用投入太多就能打理得井井有条，设施一应俱全，如果需要的话，还可以进行拓展。而这儿呢，要想真正运转起来，不知得花多大力气。

更重要的是，在那儿有充裕的时间来教学，既教那些失明的人，也教以后他们生下来的视力正常的孩子。

> 我相信这能行得通，而且我会尽力去做。如果自以为是的达兰特小姐不接受的话，那就干脆让她去跳河吧。
>
> 问题的关键在这儿。从现在的情况来看，我想我能做到上述的一切，而且我也知道，如果大家都打算去那儿，不出几个星期，那个地方就能被整理得井井有条，运转得很好。然后，我们生活的这个团体会逐渐壮大，也会渐渐地实现自主运转。另一个选择就是，我们留在这个小小的团体里，随着时间的推移，人数会慢慢减少，我们也就越来越孤独。那么，大家觉得应该怎样？

虽然大家在一些细节上还有争议，但都没有太多的迟疑。我们这伙人中，出去搜索过的人都隐隐地感到可怕的孤独即将到来。对现在的这座房子，没有人会恋恋不舍。当初之所以选中它，主要是它能起保护作用，除此之外，就没有什么值得留恋的了。大部分人都感觉到，离群索居的滋味在他们周围蔓延，令他们喘不过气来。一想到将会有个偌大的团体陪伴着自己，而且什么样的人都有，大家就禁不住有些神往。

一个小时以后，我们开始讨论运输问题，还有回去的途中可能会碰到的细节问题。我们决定接受科克的建议，至少大致就这么定了，只有斯蒂芬的女朋友仍表示怀疑。

“泰恩沙姆——地图上有吗？”她忐忑不安地问。

“别担心，”科克安慰她，“每张正规一点儿的美国出版的英国地图上都会有标识。”

次日凌晨，我忽然觉得自己并不想跟其他人一起去泰恩沙姆。将来，我可能会去，但至少不是现在……

我最初打算跟随他们一起去那儿，目的仅仅是为了从达兰特小姐口中“套出”一点儿关于比德立那帮人的真正去向。但不久我又不得不去考虑那个恼人的问题，我不知道约瑟拉是否跟他们在一起。再加上我所收集的信息确实表明，她很可能没有与他们在一起，那就是说，很有可能她没有路过泰恩沙姆。如果她没去找比德立他们，那又会去哪儿呢？或许从大学塔出发还有第二条她可能会走的路，也就是一条我错过的路……

突然，我的脑海中犹如电光火石般地闪过一个念头。我想起来了，在暂时栖身的房子里，我们曾讨论过这么一个问题。当时，她穿着蓝色礼服坐在那儿：“苏塞克斯郡的唐斯镇怎么样？我知道在北边有座古色古香的农舍，非常不错……”这时，我忽然明白自己接下来该怎么做了……

早上，我把这一切告诉了科克。他深表同情，又对自己没有点燃我对泰恩沙姆的热情感到沮丧。

“好吧，就照你的最佳方案去做吧，”他同意了，“我希望——哦，不管怎么说，你知道我们在哪儿。你们俩都可以来泰恩沙姆，给那个达兰特小姐点儿颜色看看，让她明白事理。”

出发的那天早上天气突然转阴。我刚爬进那辆熟悉的货车，就下起了倾盆大雨。尽管如此，我还是兴高采烈，心中充满了希望——雨再大十倍也不会让我消沉，更无法改变我的计划。科克出来为我送行。我知道他为什么要这么郑重其事。不用他说，我也能猜个八九不离十。他一定是想起了自己当初的轻率行动，这次行动所酿成的后果令他坐立不安。他站在驾驶室边上，头发贴在了一起，雨水顺着他的脖子流了下来。

他抬起手，说："比尔，小心点。这年头没有救护车。她肯定希望你能平安到达。祝你好运。还有，当你找到她的时候，请转告她，如果以前我有什么冒犯，那么对不起，替我向她赔个不是。"

他说话时用了一个"当"字，但语气中透露出的却是"万一"。

我也祝愿他们在泰恩沙姆一切平安。随后，我踩下油门出发了，身后的车道上，留下了泼溅了一地的泥浆。

第十三章

柳暗花明

几次小意外让我觉得那天早上颇为不顺。开始是汽车化油器进水；接着，我意识到自己其实是向北行驶了十二英里——而此前我却一直以为自己在向东行驶，并且为一直沿这个方向行驶而煞费苦心。还没等我完全回到原地，点火装置又出了毛病，那是一条荒凉的山地公路，前不着村后不着店，随便往哪个地方走都有好几英里的路程。不知是因为耽搁了这一下，还是出于本能的反应，总之，早上一开始满怀憧憬的心情荡然无存。等我把这些麻烦解决之后，已经是下午一时了。

这时，天已放晴，太阳也露出了笑脸，一切看上去都那么明朗、清新。接下来的二十英里很顺利，可即便如此，还是无法驱散又一次笼罩在我心中的孤独和沮丧。我们分头去找迈克尔·比德立那天，那种孤独感就曾让我窒息，今天又是如此，而且变本加厉，一波强过一波……之前，我一直把孤独看得很消极——那是一种因为缺少同伴而产生的暂时感觉，仅此而已……可直到那天，我才意识到不仅如此。它能让人感觉到压力和压抑，把正常的东西扭曲，专门捉弄人的思想。它还潜藏在人们的思绪中，随时伺机为非作歹。它使人精神紧张，到达一种濒临崩溃的边缘。它总是提醒着人们，没有人会给予他们帮助、关心。它犹如飘浮在广袤空间中的一颗原子，伺机吓唬人，制造恐慌。这就是孤独的真正用意。善良的比尔啊，但我们千万不能让它得逞……

动物生性喜欢群居，倘若这种权利被剥夺，那就无异于截去它们的四肢……囚犯和修道士都知道，纵然流落异乡，也需要成群结队。他们自己就是活生生的例子。而当人群不复存在，喜欢群居的生物就不再属于实体单位，不归属于任何一个完整的体系，只是沦为一个流离失所的人。假如他又丧失了理智，那他就在真正意义上迷失了方向，而且是完完全全、非常可怕地迷失了方向。他的生存意义也就无异于死尸肢体的最后一次抽搐。

与以前相比，我现在更需要抵御孤独感的能力。我希望在旅途的终点，能够找到我的心上人。现在支撑着我的，只剩下这股强烈的愿望了，这使我无论在多大的压力面前都不会退缩，都不会回到科克和其他人那里寻求慰藉。

沿途看到的一幕幕几乎或者根本阻止不了我前进的步伐。尽管其中有些场景看上去的确很恐怖，但现在对于这些我已经无动于衷了——恐惧感也荡然无存，一如许多大战所带来的恐慌，在历史的变迁中渐渐淡化。我不再认为是这些场景组成了一场触目惊心的大悲剧。我所有的挣扎其实都是与人类的本性相冲突的，即使接连不断地采取防卫措施，也没有成功的可能。在我内心深处，我清醒地知道，如果我就这样孤军奋战下去，是撑不了太久的。

为了分散注意力，我把车开得飞快。在一个已经忘记名字的小镇里，我转了个弯，迎头撞上了一辆货车。这辆货车把整条街都堵死了。幸好我那辆车比较坚固，只是留下了几道划痕。但糟糕的是，两辆车非常“独具匠心”地彼此钩在了一起。要想在有限的空间里仅凭我一人之力把两辆车分开，可并不容易。我足足花了一个小时才把问题解决。不过，这样也好，毕竟我的心思已转移到解决实际问题上来了。

此后，我驾驶得更加谨慎，只是在进入新福里斯特的几分钟之后才有过一次闪失。当时，我瞥见有架直升机一晃而过，飞得不是很高。当那架飞机就要飞越我前面的道路时，不巧的是，道路两旁的树木荫蔽遮天，完全把飞机挡住了。那时我开得很快，差点儿撞到飞机上。等我开到一个比较开阔的地方时，飞机早已飞远了，我只能看到在北边的天空中有一个小黑点在移动。然而，飞机的出现也给我带来了一点儿鼓励。

我继续向前开了几英里，驶入了一个小村庄。整个村庄环绕在一个三角形的草地周围，看上去整整齐齐的。乍一看，茅草屋和红瓦房与各自的花园浑然一体，相映成趣。如此迷人的景色只能在图画书中才能看到，但经过一座座花园时，我并没有仔细欣赏。许多花园里，三尖树那奇特的身影若隐若现，它们耸立在花丛中，显得格格不入。我正想离开，这时，一个小小的身影从最后一座花园的门中走了出来，挥舞着双手，跑上了公路，向我奔来。我停下车，下意识地朝四周张望了一下，看看是否有三尖树。然后，我拿起枪，下了车。

这个小孩身穿一件蓝棉袄，脚上穿着白色的袜子，一双凉鞋，看上去十岁左右；一头深棕色的头发乱蓬蓬地打着卷儿，脸上满是污垢，泪迹斑斑，但我看得出她是个漂亮的小姑娘。她使劲扯了扯我的袖子。

“求求你，求求你了，”她焦急地说，“求求你过来看看，汤姆到底怎么了？”

我站在那里，低头望着她。一天以来充斥在心中的那种可怕的孤独感顿时烟消云散。我仿佛一下子从孤独的桎梏中挣脱了出来。我恨不得一把抱起她，将她紧紧搂在怀里。我能感觉到泪水已在眼眶里打转。我向她伸出手，她也拉住了我的手。我们手拉手穿过她刚才跑出来的那扇门，走了进去。

“汤姆在那儿。”她用手指了指。

只见一个三四岁的小男孩躺在花坛间一块小小的草坪上。他怎么会躺在那儿，我一看便知。

“那东西打了他，”她说，“然后他就倒下了。我想去帮他，可那东西还想来打我，太可怕了！”

我抬起头，猛地看见一棵三尖树正从花园边上的篱笆丛中贼头贼脑地探出直挺挺的身体。

“快，用双手捂住耳朵，我要开枪了！”

她照我的话做了。然后，我一枪把三尖树的顶萼打了个稀烂。

“这东西太可怕了！”她又说了一遍，“它死了吗？”

我正要向她保证，那棵三尖树的小枝条又开始“咯咯咯”地有节奏地敲击树干，就像当时在斯蒂普尔·哈尼的那棵一样。于是，我又补了一枪，“咯咯咯”的响声戛然而止。

“是的，”我说，“这会儿是真死了。”

我们走到小男孩身边，刺藤攻击时留下的鲜红印迹在他苍白的脸颊上，这肯定是几小时之前发生的事。小女孩轻轻跪倒在他的身旁。

“这样并不能挽回这一切。”我尽量想给她以慰藉。

她抬起头，眼里闪着泪花。

“汤姆也死了吗？”

我在她身旁蹲下来，点了点头，说：

“恐怕是的。”

过了一会儿，她说：“可怜的汤姆！我们把他埋掉，好吗？就像埋小狗一样。”

“好的。”

这是我在这场势不可挡的灾难中挖的唯一一座坟墓，而且非常小。她采来一束小花，把它放在坟顶。然后，我们开着车走了。

她叫苏珊。她模糊记得，很多天之前，她父母不知出了什么事，都双目失明了。她父亲出去寻求帮助，但一去不复返。后来，母亲也出去了。离开之前，她对孩子们千叮万嘱，叫他们千万不要离开家门一步。她回来时，哭得像个泪人似的。第二天，她又出去了，这一次她再也没回来。孩子们把能找到的食物都吃光了，肚子饿得咕咕叫。最后，苏珊实在饿得不行了，只好违背妈妈的嘱咐，去向开店的沃尔顿夫人求助。店门敞开着，但不见沃尔顿夫人。苏珊叫了几声，也无人应答。于是，她决定把一些蛋糕、饼干和糖果先拿回去，以后再告诉沃尔顿夫人。

在回家的路上，她看到了那样东西，有一棵还朝她击打过来，由于不知道她的准确高度，刺藤恰好从她的头顶上飞了过去。她吓坏了，一路跑回了家。从此，她就对这些东西格外小心。以后，每次出门时，她都不忘提醒汤姆要防着点儿。可汤姆年纪太小了，今天早晨他到外面玩耍时，根本没注意到有一棵三尖树就躲在另一个花园里。苏珊想把他拽回来，并试了多次，每次她都看到三尖树轻微地摇摆在附近，尽管小心翼翼，终究没能把弟弟救回来……

我们又开了大约一个小时，我想是时候停车过夜了。我把苏珊留在车上，自己去看看前面是否有一两间小屋可供我们过夜。最后，我终于找到了一间比较合适的。然后，我们张罗着一起做了点儿东西吃。我对小女孩的饭量不太了解，但眼前的她竟然能把那么多东西吃得一点儿也不剩。她一边吃，一边说，以前总是以饼干、蛋糕和糖果充饥，既吃不饱，也吃不好。饭后，在她的指点下，我用梳子帮她梳理了一下乱发。我对自己给她梳理之后的效果感到沾沾自喜，而她似乎已把刚才的一切忘得一干二净，完全沉浸在跟我谈话的喜悦之中了。

我能理解，并且自己也感同身受。

等她上床之后，我才下楼。没过多久，我就听到了她的啜泣声。我又马上回到了她身边。

“没事的，苏珊，”我说，“没事的。其实可怜的汤姆一点儿也不痛。那怪物下手可快了。”我挨着她，在床边坐了下来，握着她的手。她不哭了。

“不仅仅是汤姆的事，”她说，“汤姆死后，我就没有亲人了，一个亲人也没有了。我害怕……”

“我明白，”我对她说，“我真的明白。以前，我也很害怕。”

她抬头看了看我。

“你现在不害怕了？”

“对，现在不怕了；你也不怕了。你看，我们待在一起，两个人就都不怕了。”

“是的，”她认真地考虑了一会儿，说，“我想一切都会好起来的……”

于是，我们继续聊了一些事情，一直聊到她入睡。

“我们要去哪儿？”第二天早晨开车出发的时候，苏珊这样问我。

我说，我们要去找一位女士。

“她在哪儿？”

“我也不知道。”

“那我们什么时候才能找到她呢？”

对这个问题，我也不是十分肯定。

“她漂亮吗？”

“是的。”这一次，我总算能给她一个明确的答案。为此，我感到很高兴。

出于某种原因，苏珊对这样的回答也很满意。

“好极了！”她赞许道。

因为有她在场，我尽可能地绕过一些比较大的城镇。但在农村，要想避开许多令人感到不舒服的景象，简直是不可能的事。于是，我转念一想，决定不那么做了，就装作没看见；苏珊也用同样漠然的眼光看着眼前的场景，与她欣赏普通的风景并没什么两样。尽管她感到迷惑不解，问了许多问题，但眼前的景象并没有吓着她。我小时候学会的掩饰和避讳对她以后在这样的一个世界中成长几乎派不上一点儿用场。想到这些，我尽量对令人恐怖的一幕幕场景与令人惊奇的一幕幕场景都一视同仁，抱着同样客观的态度来对待一切。事实上，这么做对我个人也不无裨益。

正午，天空乌云密布，接着又下起了雨。下午五时，在一个离珀伯乐不远的地方，我们把车停了下来。这时，瓢泼大雨依旧下个不停。

“我们现在去哪儿？”苏珊问。

“这个……”我实事求是地说，“正是问题所在，就在那边吧，就在那边的某个地方。”说着，我朝南边笼罩在一片雾气之中的唐斯镇方向挥了挥手。

我绞尽脑汁地去回忆，试图想起关于这个地方，约瑟拉是否还说过其他什么话。可我什么都想不起来了，只记得那座房子坐落在山的北面。在我的印象中，它好像正对着一个遍布沼泽、地势低洼的地区，而且这个地区就横在唐斯与珀伯乐之间。另外，她还说，唐斯镇向东向西都延伸出几英里，一马平川——这条线索显得十分含糊，因为我走了这么远，发现符合条件的地方有很多。

“或许我们的第一个任务就是看看对面有没有烟升起来。”我说。

“雨下得这么大，怎么可能看得清。”苏珊的话虽直接，但很有道理。

半小时后，老天爷“开恩”，雨竟然停了。我们下了车，肩并肩地坐在一堵墙上，密切地注视着一座座低矮的小山丘。但是，无论苏珊的眼光有多敏锐，也不管我用望远镜怎么使劲儿地瞭望，都根本看不见一丝烟缕或者任何活动的迹象。

不一会儿，雨又下起来了。

“我饿了。”苏珊说。

我几乎一点儿胃口也没有。唐斯就近在眼前，我急切地想知道自己的猜测是否正确。这种疑虑，这种想知道答案的冲动压倒了一切。苏珊已经开始吃东西，而我则毫无食欲，又沿着身后的那座山向上开了一段路，让视野更开阔些。天越来越暗，趁着阵雨的间歇，我们借着微弱的光，又把山谷的另一侧扫视了一遍，但还是一无所获。整个山谷中，除了有些牛羊，偶尔还会有三尖树大摇大摆地从山下的田野里穿过，进入无人之境。除此以外，就再也看不到任何生命的迹象，听不到任何动静了。

我突发奇想，决定到山下的那个村庄看看。我不想带上苏珊，因为我知道那儿可能有些东西不应该让她看到，但我又不能扔下她不管。犹豫再三，我还是把她带上了。等我们到那里时，我发现其实眼前的景象对她倒无大碍，却深深地震撼了我。孩子们会用一种与众不同的态度看待可怕的事物，直到有人教会他们看到什么东西应该诧异或是害怕时，他们才会真正有这种意识。

我对那里的景物感到沮丧，而苏珊却很感兴趣，丝毫没有感到恶心。她穿着那件大了好几码的红色丝绸雨衣，脸上洋溢着的兴奋表情掩盖了四周阴沉沉的氛围。后来证明，我的搜寻还是有收获的。我回到我们的卡车上，那上面有台照明灯——犹如一架小探照灯，那是我们在一辆豪华的劳斯莱斯车上找到的。

我把它临时装在驾驶室窗边的枢轴上，这样随时都能接通电源。一切都安排妥当之后，就等着夜幕降临了，我还期待着雨能早点儿停下来。

天完全黑下来以后，雨渐渐下得不那么急了，最后只剩下疏疏落落的滴答声。我打开灯，射出的光芒穿透了夜幕。我慢慢将光束在夜空中移来移去，尽量让灯光射向对面小山丘的方向。与此同时，我放眼朝这些山丘望去，焦急地期待着回应的灯光。我用探照灯持续照了许多次。每照完一次，就关上一会儿。我就这样一边照，一边搜寻着山丘那边，连眼睛都不敢眨一下，哪怕是黑夜中只忽闪了一下的灯光也不会放过。

然而，夜幕笼罩着山丘，一片漆黑。接着，雨又下了起来，越下越大。我把全部的灯光对着前方，坐在那儿，聆听着雨滴敲打在车顶上发出的“噼啪”声。苏珊倚着我的手臂，已经进入梦乡。过了一个小时，倾盆大雨逐渐变小了，只剩下滴滴答答的声音。最后，雨停了。当我把灯光对着山丘照过去时，苏珊醒了。我又朝那个方向照射了六次，每次之后都会停顿一会儿，仔细搜索那边有没有什么回应的灯光。

突然间，苏珊大叫起来：

“看，比尔！那里！那里有灯光！”

她正指着我们前方稍稍偏左的地方。我熄了灯，朝她手指的方向看过去。真不敢相信，如果不是我眼睛出了什么问题的话，远处确实有某种像萤火虫一样的东西在微微地发光。我们正在分辨，瓢泼大雨又下了起来。等我拿起望远镜再仔细看时，已经什么也看不见了。

我迟疑着，不想挪开半步。这有可能是灯光，果真如此，在地势较低的地方或许就看不见了。我用灯光又试着照了照前方，坐下来耐心地等候。又过了一个小时，雨停了，我马上把灯关了。

“是灯光!”苏珊激动地大声叫着，“看，看!”

的确如此，尽管通过望远镜我都看不真切，但那光亮那么明确，足以打消我的一切疑虑。

我把灯打开，用摩尔斯电码发出了一个“V”字形信号。由于这是除SOS呼救信号外，我唯一懂得的一个摩尔斯电码，所以也只能这样将就一下了。我们发现另外一盏灯也闪个不停，好像是特意发出了一连串长短不一的光线。但遗憾的是，我对其中的意思一窍不通。我再次回复了两个“V”字形信号，并在地图上标出了远处灯光所处的大概位置。然后，我打开了车灯。

“那是她吗?”苏珊问。

“一定是她，”我说，“一定是她!”

道路崎岖不平。要想穿过低洼的沼泽地，必须走那条稍稍偏西的路，然后再一路沿着山脚朝东折回去。可刚走了还不到一英里，不知是什么东西挡住了我们的视线，我们再也看不到灯光了。这无疑给我们在漆黑的小路上辨别方向增加了难度，偏巧这时又下起了雨。由于没人看管排水闸，一些田野被水淹没了。有几个地方，水还溢到了路上。虽然我很想踩足油门风驰电掣地开过去，但我还是小心翼翼地向前慢慢行驶。

等我们到达山谷的另一边，车子虽然摆脱了洪水的困扰，但依旧开不快，因为路上净是些乡间野路，本来就很少有人走，况且又全是弯道和急转弯。我必须全神贯注地盯着方向盘，身旁的苏珊则目不转睛地注视着山丘的方向，希望能看到灯光再次闪现。我们到了那儿，至少在地图上看就是我刚才做出标记的地方，但在附近没看到一丁点儿有光的迹象。我又试着退回来拐上另外一条上坡路。沿着这条路走了半个小时，我们到了一片石灰石的洼地。

我们继续沿着这条路顺坡下行。在我们右边的枝椏间，苏珊突然又看到一丝光亮在微微闪烁。感谢上苍，我们拐弯拐对了！在灯光的指引下，我们回到了山丘旁边的斜坡上。沿着斜坡大约行驶了半英里，我们看到了灯光，那是从一扇正方形的小窗户里透射出来的。

即便如此，而且还是在有地图可供参考的条件下，想找到通向那儿的道路也并非易事。我们继续摇摇晃晃地往前开，开得很慢，几乎跟爬一样。但每次当我们再去看那扇窗户时，都感觉它离我们越来越近了。这么笨重的卡车并不适合在小路上行驶。在那些比较狭窄的地段，我们不得不轧过灌木丛和荆棘，挤出一条路来硬往前开，而两旁的灌木丛似乎也在用力地将我们整辆车往后拖。

最后，我们终于发现前方的路上有一盏灯笼在摇晃。它渐渐向前移，晃动着，指引着我们在一片漆黑中顺利地拐进大门。然后，灯笼被摆放在地面上，一动也不动。我把车开到距灯笼大约还有一两米的地方停了下来。我一打开车门，一道手电筒的灯光突然对着我的双眼直射过来。在灯光的后面，我瞥见一个身影——一个披着雨衣的人。雨衣已被淋得湿漉漉的，在车灯的照耀下熠熠闪着光芒。

那个人想以很平静的口吻对我说话，可她的声音还是微微有些颤抖：

“喂，比尔，这么长时间，你总算来了。”

我跳下了车。

“噢，比尔。我简直不敢相信——噢，亲爱的，你知道我是多么希望……噢，比尔……”约瑟拉一边吻着我，一边说。

此时世界上好像就只剩下我们两个人了，这时，有个声音从车上飘来：

“傻瓜，都快淋湿了，为什么不上车后再亲她呢?”

第十四章

夏尔宁

一到夏尔宁农场，我就感觉自己的烦恼完全烟消云散了。这种感觉是如此神奇——此刻我才意识到一个人的感受会给他带来多么深远的影响。我终于找到了约瑟拉，并一把将她拥入怀中，这一切还算顺利。而我的预期目的是即刻带她去泰恩沙姆，但我们并没有马上成行，这也是有原因的。

自从猜到她可能会住在这里之后，我得承认，自己曾用电影的艺术手法设想了她所经历的一切，比如与大自然勇敢地作斗争等等。从某种程度上来说，她可能的确如此，所不同的只是场景与我想象中的大相径庭。本来，我以为只消对她说一句“上车，我们马上出发，到科克那帮人那儿去!”就万事大吉了。但我的愿望并没有实现。大家都知道，事情往往不会那么简单，而且有时候很奇怪，一件好事到来时往往看上去很糟糕……

如果说，从一开始我就一门心思地想去泰恩沙姆，而不想留在夏尔宁农场的话，那么这并不是事实。其实，我只是觉得加入一个更大的团体似乎是个更明智的选择。但夏尔宁农场也的确十分迷人。“农场”这个字眼只不过是对这个地方一种礼貌的称呼。这儿一度是个农场，那是在大约二十五年前。现在，它看上去仍旧像个农场，但事实上，它已成为了一座乡间别墅。苏塞克斯以及周边的郡县里，类似的别墅星罗棋布。在伦敦市区住够了的市民发现这类房屋很能满足他们的需要。房内装潢富有现代气息，几经修复，早已面目一新，不是农舍的样子，恐怕连原先房屋的主人也无法一眼就辨认出来。房屋外围也显得很整洁，庭院和牲口棚很干净，就像在城市里一样，全然不像农村的样子。看得出来，近几年，这里除了饲养一些马匹之外，就没有动物的痕迹了。晒谷场上几乎没有一丁点儿晒过东西的迹象，也没有什么乡村气息，绿油油的草皮一块接一块地紧挨着，俨然一片足球场。透过窗户，还可以看见历经风吹日晒的红瓦下，有一片片田野。那些住在更简陋的农舍里的人曾经一直在这些田野里耕种。但是，牲口棚和谷仓依旧保存完好。

约瑟拉的朋友，也就是夏尔宁农场现在的主人，雄心勃勃地想有朝一日能在一定程度上让这片农场恢复其本来面目。为了达到这个目的，他们要不断抵制诱惑——因为不少人出高价购买这个农场。约瑟拉的朋友希望将来能有这么一天，他们能攒下足够的钱，把原本属于这片地方的土地重新收购回来，可因为他们也没想到筹钱的好办法，完成这一宏愿的道路还很漫长。

这个地方有水井和发电厂，也就有了许多值得称道的资本。然而，我仔细看过一遍之后，才终于恍然大悟，科克提出分工合作的主张其实有其可取之处。我对务农一窍不通，但是我能感觉到，如果我们打算留下来，要想解决六个人的吃饭问题，那还得干很多活。

约瑟拉来到夏尔宁农场时，丹尼斯、玛丽·布伦特和乔伊丝·泰勒就已经在这儿了。丹尼斯是房子的主人，乔伊丝只是不定期地来拜访一下，刚开始只是为了给玛丽做个伴。后来，由于玛丽快要临产了，她就开始帮忙做点儿家务。

天空中出现彗星绿色闪光的那个夜晚，这儿又来了两位客人——琼和泰德·丹顿。他俩是一对夫妻，在农场度了一星期的假。他们五人全都跑到花园里观看了那场盛景。第二天早晨他们一个个醒来时，却发现眼前一片漆黑。一开始，他们立即拨打电话求救，发现电话根本打不通时，他们只得满怀希望地等着不寄宿的女用人的到来。当然，最终他们还是失望了。泰德主动提出，想出去查看一下到底出了什么事。丹尼斯本想同他一道去，但想到妻子歇斯底里的哭号，只得作罢。于是，泰德独自出去了，这一去就再也没有回来。就在当天稍晚些时候，琼没跟任何人打招呼就偷偷溜出去了——可能是去找她丈夫，一去便杳无音讯。

丹尼斯用手触摸钟表的指针，以此来知道时间。快到傍晚时，他实在没事可干，再也坐不住了。他想亲自去村里走一趟，但剩下的两个女人都极力反对，考虑到玛丽的现状，他还是妥协了。然而，乔伊丝决定去尝试一下。她手里拿着一根木棍在前面探路，走到门口，还没来得及跨出门槛，就有东西“嗖”的一声打在她的左手上，火辣辣地疼。她大叫

一声，飞快往后跳了回去。后来，当丹尼斯发现她时，她已倒在了大厅里，还有知觉，手上的疼痛让她不住地呻吟。丹尼斯一摸到那块隆起的鞭痕，马上就知道是怎么回事了。尽管他和玛丽什么都看不见，但还是想方设法替她热敷。玛丽烧了一壶水，丹尼斯则用止血带帮她把毒液尽量挤了出来，然后扶她到床上休息。她在床上一连待了好几天，毒液引起的疼痛感才逐渐消失了。

与此同时，丹尼斯试探了多次，先是前门，接着是后门，他把门打开一条缝，小心翼翼地把扫帚举到头顶的位置，然后伸出去。每次，一听到有刺藤发出的呼啸声，他就能感觉到扫帚柄在颤动。在花园的一扇窗户外试验也是如此。不过，另外几扇窗户好像都没有出现过类似的情况。他本想爬窗出去，但又怕玛丽担心，只得作罢。玛丽明白，倘若房子附近有三尖树活动的话，那么周边肯定也不会少。她不愿意让他去冒这个险。

幸运的是，他们拥有的食物足够让他们维持一段时间——尽管烹饪是一大难题。乔伊丝虽然高烧不退，但看起来对三尖树毒液带来的疼痛也还能忍受。因此，处境并没有想象中那么糟，也还没到非出去不可那种十万火急的地步。第二天，丹尼斯花了大半天的时间精心设计了一种防护帽。他手头上只有大块的铁丝网，只好将就着把好几层叠在了一起，然后扎紧。虽然做这个东西比较费时，但挺管用。他头上戴着防护帽，手上套一双厚实的防护手套，傍晚时分，他终于走了出来，还没走出家门几步，三尖树就来攻击他了。他四处摸索着，拧断了三尖树的枝干。过了一两分钟，又一根刺藤“嘭”的一声打在他的防护帽上——那棵三尖树朝他鞭打了六次才停下来，可因为看不见，他也就无法杀死那个魔鬼。他一路摸索着，找到了工具房。然后穿过工具房，来到小路上，可是攀缘茎盘绕成的三个大圆球挡住了他的去路。于是，他把它们解开，这样就可以借助这根长长的攀缘茎找到回来的路。

在这条小路上行走时，魔鬼树（对不起，这该死的三尖树只配拥有这样的头衔）的刺藤不止一次地朝他鞭打过来。虽然去村里的路只有一英里左右，可一路走来，所花的时间还是比以往要长得多。还没等他到达那里，攀缘茎就不够长了。一路上，他就这样磕磕碰碰地在一片寂静中行走。四周静悄悄的，不禁令人毛骨悚然。偶尔，他也会停下脚步，大喊几声，但无人应答。许多次，他都担心自己会迷路，可当他走上铺设得较好的路面时，他就又知道自己所处的大概位置了。等他摸到了一块路牌以后，他就更加确信无疑了。于是，他继续摸索着向前走。

似乎走了相当长的一段路之后，他才开始意识到自己的脚步声听上去有点儿异样：怎么会有微弱的回音呢？走到一旁，他感觉到前面是一条小径，一边是一堵墙。再往前走一点儿，他摸到一只嵌在砖墙里的邮筒。于是，他知道自己无疑已经到了村里。他又大叫了一声。这时传来一个声音，那是一个女人的声音。但距离很远，那个女人到底说了些什么，他压根听不清楚。他又喊了一声，同时慢慢地朝声音发出的方向走去。突然间，只听到一声尖叫，声音消失了。此后，又是一片寂静。直到这时，他才意识到，整座村庄的情况似乎比自家的情况还要糟糕。但他依旧半信半疑，于是在野草丛生的路边坐了下来，考虑着下一步的计划。

他感觉了一下空气的冷暖，估计天已经黑了。他离家也足足有四个小时了。由于没什么事好干，他只得悻悻而归。可就这么两手空空地回去也不好交代……他沿着墙根，一路用手杖“笃笃”地敲着路面，踏上了回家的路。后来，只听到手杖“当”的一声敲到了一个用镀锡铁皮做成的广告牌上——村里的商店门前都装饰着这种广告。而此前也是凶险不断，在离商店还有五六十米远的地方，魔鬼树的刺藤曾经又朝他鞭打了三次，但每次都打在他的防护帽上。当他打开店门时，又有一根刺藤打了下来。他被一个躺在路上的人绊倒了，这是个男的，身体已经冰凉。

这时，他意识到，在他之前，商店里肯定还有其他人来过。不过，他找到了一块相当大的熏肉，他把这块肉连同几包黄油、饼干和糖果一股脑儿地塞进一个布袋。如果他没记错的话，他又从一个堆放着食物的货架上拿了一些形状各异的罐头。这是沙丁鱼罐头——他绝不会搞错。哈哈，这趟可真没白来！然后，他又找了好一阵子，终于摸到了几捆绳索。于是，他把这些“战利品”放进一个袋子，背上袋子就往家里赶。

在回家的路上，他迷了一次路，不禁惊慌失措。他按原路折回，又仔细分辨了一下方向。最后，他知道自己又回到了那条熟悉的小路上。他摸索着，穿过小路以后，便找到了他在去村里的路上放置的攀缘茎，然后把它和从商店里拿来的绳子连在一起。这样，余下的一段回去的路相对来说就比较容易走了。

在接下来的一个星期里，他又去过村里的商店两次。房子四周以及路上的三尖树似乎一次比一次多。他们三人离群索居，什么也干不成，只好满怀希望地等待着。紧接着，约瑟拉奇迹般地出现了。

显然，马上动身去泰恩沙姆的念头得打消了。首先是因为乔伊丝·泰勒的身体仍旧十分虚弱。见到她时，我感到很惊讶，像这样的人居然还能活下来。多亏丹尼斯抢救及时，帮她捡回了一条命。但是在接下来的那个星期里，由于他们无法给她补充适当的营养，甚至连食物都严重匮乏，饥一顿饱一顿的，所以她的身体就恢复得比较慢。想让她在一两个星期内走很长一段路，简直是想都别想。再加上玛丽快要分娩了，根本无法长途跋涉，于是，我们只好待在原地，等渡过这些难关以后再作打算。

寻找食物再一次成了我的任务。这次，除了食物以外，我还特意去找了些其他东西，诸如照明装置使用的汽油、下蛋的母鸡和两头刚刚产过小牛犊的母牛（尽管它们瘦骨嶙峋，但仍旧活了下来）。我还为玛丽准备了一些医疗必需品，以及其他一大堆杂七杂八的东西。

与其他地方相比，这儿的三尖树更为猖獗。差不多每天早上，都会有一两棵三尖树摇头晃脑地“恭候”在房子周围。因此，每天必做的“功课”就是把它们的顶萼打掉。后来，我围了一个用铁丝网做成的篱笆，这样三尖树就无法闯入花园了。但即便如此，它们依旧很猖獗，旁若无人地在篱笆周围徘徊，随时图谋不轨，直到我们对它们采取了一些措施之后，它们才不敢那么猖獗了。

我打开装有枪支的箱子，教苏珊如何使用对付三尖树的枪。别看她小小年纪，学得倒挺快，马上就运用自如了，而且一枪就能把那东西击毙——她仍旧把三尖树叫作“那东西”。对它们实施报复，给弟弟报仇，成了她每天的职责。

我从约瑟拉那里了解到，在大学塔的火灾警报器响起之后，她所遇到的一些事。

她和我一样被科克的人抓走了。然后，她和她的同伴们也被车运到了各自的属地。至于她是如何对付那两位与她困在一起的女人的，办法很简单——她直截了当地给她们下了一个最后通牒：如果她可以摆脱任何束缚的话，那她将会尽其所能去帮助她们；可如果她们继续这样胁迫她的话，那么有一天，她们说不定喝到的会是氢氨酸，吃到的也许是氰化钾。请她们自行选择。最后，她们还算明智，都选择了前者。

接下来的几天里，发生的事就与我已讲述的大同小异了。最后，当她的团体解散时，她与我想到一块儿去了。她驾车到汉普斯特德去找我。途中，她既没有碰到我那伙人中的任何一个幸存者，也没有撞见那个身手不凡的红发男人率领的团伙。她在那儿一直待到太阳落山，然后决定去大学塔。虽然不知道会发生什么事，但她还是谨慎地把车停在了两条街以外的地方，然后才走了过去。离大门还有一段路时，她听见一声枪响。她不知道枪声意味着什么，于是就闪进了我们以前避过难的花园躲了起来。在藏身的地方，她看到科克也正小心翼翼地向前走。她不知道这正是我在广场上朝三尖树开的一枪，也不知道这枪声引起了科克的注意，她怀疑这可能是一个圈套。她不想再中计，就回到了车上。其余的那些人如果都走了，那他们会去哪儿呢？她一点儿也不知道。然后，她想到了一个地方，这是唯一一个我们两人都知道的避难之所，上次她与我闲聊时无意中也提到过这个地方。她决定去那里。如果我还活着的话，她希望我能够想到这个地方，然后想方设法去那儿找到她。

“驱车开出伦敦市区之后，我蜷缩在车后座上美美地睡了一觉，”她说，“第二天一大早，我就到了这里。丹尼斯一听到汽车的响声，就迅速跑上楼，站在窗户前，大声提醒我要当心三尖树。这时，我看到房屋周围有六棵三尖树，或许更多。它们似乎不等到屋子里的人出来，誓不罢休。我和丹尼斯你来我往大喊着进行交流，三尖树听到了动静，其中一棵还向我走来。为了以防万一，我赶忙一溜烟跑回车上。它继续朝我这边走来，我把汽车发动起来，迎头朝它撞了过去。但是，房子周围的三尖树还有很多。我身旁除了小刀，没有其他的武器。最后，是丹尼斯解决了这个问题。

‘如果你有多余的汽油，在路上洒上一些，然后用一块破布引燃，’他建议道，‘这样应该会让它们离开这儿。’

“这方法果然灵验。自那以后，我一直用花园里的喷射器对付它们。幸好，我没把整片房子一起烧了。”

参照烹饪书，约瑟拉能做出马马虎虎像样的菜了，也开始让这个地方多少步入了正轨。她忙着干活、学习、现学现做，几乎没有闲暇时间为今后几个星期的事发愁。那些天，她没有看见其他任何人，但她一直坚信，在某个地方肯定还有其他人。她环视整个山谷，白天，看看有无烟柱；晚上，看看有无灯光。在我到达的那个夜晚之前，她没有看到一丝烟柱，在她视力所及的方圆几英里之内，晚上也不见一点儿灯光。

从某种程度上来说，原有的三个人当中，丹尼斯受三尖树的危害最深，对他的影响也最大。乔伊丝的身体仍旧很虚，病恹恹的。玛丽则沉默寡言，但想到马上要做母亲了，她似乎能感到无限的欣慰，或可稍作弥补。但丹尼斯就像一只身陷囹圄的动物——其他人往往只是一味地谩骂，他却不一样。他对三尖树深恶痛绝、恨之入骨，心中十分苦闷，正是它们将他逼进了笼子，他左冲右突，可就是无法冲破藩篱，得到自由。

在我来之前，丹尼斯已说服约瑟拉，帮他从《百科全书》里找出布莱叶[①]盲文系统，把这些盲文字母压印成凹凸不平的样子，以便他学习。每天，他坚持花好几个小时用盲文做笔记，争取能复述一遍，在其余大部分时间，他因感到自己派不上什么用场而苦恼不已，但他很少提到这一点，因为没有倾诉的对象。他坚持以自己顽强的意志做这做那，让人看在眼里，痛在心里。我得全力控制自己，不主动向他提供帮助——我能来到这里照顾他们已经是巨大的帮助，相比之下已经让他很苦闷了。如果再事无巨细都主动帮助他，会让他感觉自己更没用，这反倒会让他更加痛苦。他学着去干活，摸索着自学成才，学得如此艰辛，让我感到吃惊。但给我印象最深的是，在他失明的第二天，他就为自己做成了一个铁丝网头盔，而且还非常管用。

有时候，我会叫他与我一道去寻找食物，这使他逐渐走出了阴影。如果能在搬重物时帮上一把，他会由衷地感到高兴。他迫不及待地想得到一些用布莱叶盲文写的书，可我们劝他还是先耐心等等，等到那些可能会有盲文资料的城镇里感染疾病的危险性小点儿之后再说。

---

① 路易斯·布莱叶（1809—1852），法国盲人，1829 年他创造了一种盲人使用的盲文点字符号，这项发明为广大盲人带来了很大幸福，他的奋斗经历也感人至深。

时间过得飞快，当然这是对我们三个能看得见的人而言。约瑟拉大部分时间都在屋里忙个不停，苏珊也能学着帮她做点儿事了，可还有许多工作等着我去做。乔伊丝恢复过来了，虽然面容还很憔悴，但还是下了一次床。接下来她应该会康复得更快。不久，玛丽开始产前阵痛了。

那个夜晚，对每个人来说，都比较难熬。最忐忑不安的可能要数丹尼斯了。他知道，今晚的一切全靠这两位积极肯干但又缺乏经验的女孩了，但表面上他依然镇定自若。我对他的钦佩之情也因此油然而生。

大清早，约瑟拉下了楼，走到我们身边。她看上去已精疲力竭。

“是个女孩，母女平安。”说着，她领着丹尼斯上了楼。

过了一会儿，她又折回来，喝了一点儿我为她准备好的饮料。

“谢天谢地，还算简单，”她说，“可怜的玛丽十分担心，害怕她的女儿可能也会是个瞎子，她女儿当然不会是瞎子喽。这会儿，她正哭得伤心呢，因为她看不见自己的孩子。”

我们喝着饮料。

“真是怪事，”我说，“我是说，事情的发展方式。就像一粒种子——它看上去已经干瘪了，没救了，我们原以为它快要完蛋了，谁知却没有。现在，又有了一个新生命，来到了这个……”

这时，约瑟拉双手捂着脸。

“噢，天哪！比尔，每天必须得这样延续下去吗？日复一日，无始无终？”

她也哭得像个泪人似的。

三个星期之后，我历尽艰辛来到了泰恩沙姆，想看看科克，顺便为我们的搬迁计划作些安排。我开了一辆普通的汽车，为的是一天之内能跑个来回。当我回到家时，约瑟拉早已在大厅里迎接我了。她看了看我的脸色，发觉有些不对劲。

“怎么了？”

“我们不用去那儿了，”我告诉她，“泰恩沙姆完了。”

她不解地盯着我。

“出什么事了？”

“我也不太清楚，看上去好像是瘟疫。”

我把情况简单描述了一下。不需要做什么调查就知道那里出了什么事。到那儿时，大门敞开着，该死的三尖树在公园里扬扬自得地四处转悠。见状，我的心凉了大半截，也大致猜到发生了什么事。下车时，那股刺鼻的气味扑面而来，这使我越发确信无疑。我赶紧进屋。从外表上来看，这座房子至少有两周没人住了。我把头探进其中的两个房间看了看。对我来说，只消看两个房间就足够了。我大喊一声，声音立刻在空荡荡的房子里四处回荡，却没有任何回应。我没再往前走。

在前门，有一张类似便条一样的东西用大头钉别着，只留下一个空白的边角挂在门上。我花了很长时间去找余下的那部分，肯定是被风刮到哪儿去了，反正到最后我也没有找到。后院，车子一辆也没有，储备物资也不见了，可我又不知道它们究竟会被搬到哪儿去。于是我只得上车，回来了。

“那——怎么办呢？”等我话音一落，约瑟拉连忙问道。

“那么，亲爱的，我们就待在这里。我们要学会如何养活自己。我们得一直撑下去——除非有人来救我们。大概在某个地方会有组织机构……”

约瑟拉摇了摇头。

“我想，我们最好还是别把希望寄托在别人身上。数百万人一直都在等待，企盼着救星的来临，但自始至终都没能把救星盼到。”

“有一点是肯定的，”我说，“像我们这样的小团体肯定有千千万万，遍布整个欧洲，甚至全世界。其中的一些说不定会走到一起，联手重建家园。”

“那得多久？”约瑟拉问，“需要几代人吗？或许就在我们下一代。没错，整个世界都被毁了，我们却活了下来……我们必须学会谋生。尽管不会有任何人来救我们，我们也得把生活安排得有条不紊……”她顿了顿，脸部表情很怪异，一副茫然的样子。这种表情以前我从没见过。此时，她眉头紧锁。

“亲爱的……”我说。

“噢，比尔，比尔，我不是指现在这种生活。如果你没在这里的话，我会……”

“嘘，亲爱的，”我轻声说，“什么也别说了。”我抚摸着她的头发。

过了一会儿，她又恢复过来了。

“对不起，比尔。我经常自艾自怜……还有些叛逆，以后我再也不会这样了。”

她用手帕轻轻地拭了一下眼睛，抽了抽鼻子。

“那么我将要成为一个农民的妻子了。不管怎么说，比尔，我是愿意嫁给你的——虽然这场婚姻不是很体面，也不是很合法。”

突然间，她咯咯地笑了。我已好久没听到她的笑声了。

“你笑什么？”

“我只是想到了以前我是多么害怕结婚。”

“这对你来说很正常，一般的少女都会抱有这种心态，只是有点儿出人意料罢了。”

“嗯，不全是这样。主要是那些出版商、报纸，还有那些搞电影的人。他们要是知道了这些，肯定会觉得很有趣。我那本荒唐的书就又要出新版本了——或许会新发行一部电影呢，报纸上也都刊发配有图片的介绍。我觉得你应该不会太喜欢的。”

“我想起了另一件我不大喜欢的事。”我对她说，“那天晚上，在月光下，你还提出了具体的建议呢，还记得吗？你说还要给我选两个……”

她望着我，打断了我的话：“得了吧，有些事的结局也许并不会那么糟糕。”

第十五章

世界在萎缩

从那以后，我就坚持每天做记录，写日志，里面杂糅了日记、库存清单和备忘札记，记载了我所到过的地方、收集食物的一些具体情况、现存食物的数量以及对房屋周边状况的观察记录，注明哪些东西必须首先处理掉，以防变质。食物、燃料和种子一直是我搜寻的目标，当然我绝不是仅仅需要这些。此外，还有许多比较详细的条目：大量的衣服、工具、家用亚麻布、马具、厨房用具、大量的木桩，以及各种各样的电线，当然也有书籍。

从日志上看，我从泰恩沙姆回来不到一周，就开始投入一项工作：用铁丝网围成了一个栅栏来抵御三尖树。我们已经筑起了隔离带，这样它们就无法接近花园，也无法靠近离房子较近的区域。现在，我要着手实施一个难度更大的计划，也就是使方圆几百英亩的地方都不受它们的干扰。这就需要建立牢固的铁丝网栅栏。唯有如此，原有的自然条件优势和天然屏障的作用才能发挥出来。我在铁丝网栅栏里面又稀稀落落地竖起了一排栅栏，以防牲畜或我们自己不小心走得离主栅栏太近，进入三尖树刺藤的攻击范围。这项工作繁重又令人生厌，我花了好几个月才将它完成。

同时，我也在努力学习如何耕种，从最基本的开始学起。这种东西不是光看书就能学会的。没有哪本书会教一个想做农民的人如何从零开始学习种地。因此，许多书似乎都是从中级开始讲起，写书的人想当然地认为每个人都会有基础知识，具备一定的词汇量，而这两点我却都不具备。我的生物学知识在实际问题面前派不上用场。大多数理论若想转化为实践，都需要一定的原材料和物质作基础。而这些对我来说，要么手头上没有，要么即使找到了我也不知道它的作用。不久，我开始逐渐意识到，对于一些很难再获得的东西，比如化肥、进口饲料和除了较简单的几种器皿以外的几乎所有东西，等我们把现存的储备消耗殆尽之后，就再也没有了。到那时若还想有个好收成，就必须付出更多的汗水。而最终会不会真的种出粮食来，仍然是个未知数。

书上教授的一些基本知识，像如何管理马匹、怎样操作乳品市场，以及屠宰过程中要注意哪些事项，对我来说是远远不够的。很多时候，一个人不可能把活儿干到一半再停下来，去查阅某本书上的相关章节。况且，现实生活中令人束手无策的局面层出不穷，而这些问题与书上所传授的那些浅显易懂的知识不在同一个档次上。

幸运的是我们还有充裕的时间，可以不断尝试，并从错误中不断吸取经验教训。几年以后，我们就差不多能依靠自己创造的资源生活了。想到这一点，我们就能从失望、绝望中走出来，不再迷茫，也不再绝望了。还有一点也让我们很

BUSES
LY

安心，虽然我们现在依靠储备资源生活，但我们一直非常节俭，坚决杜绝浪费现象。

为了安全起见，避免传染瘟疫或是遭遇不测，一年之后，我才再次踏上征程，向伦敦进发。那是我一年来外出收集物资斩获最多的一次，也是最令我觉得沮丧的一次。街道上的许多车辆已经开始生锈。不过，那个地方仍然会给我这样一种幻觉：好像只需某人用魔杖轻轻一点，整个城市又会变得勃勃生机了。可实际景象是：经过了一年的风吹日晒，整座城市已变得面目全非。从房屋的正面剥落的灰泥大块大块地往下掉，砸在人行道上，遍地都是。街道上还有掉下来的瓦片和烟囱帽。路旁的排水沟里杂草丛生，把下水道都堵了。落叶把排水管塞得满满的，许多野草，甚至还有小灌木丛就在这缝隙中长了出来。还有一些草在房屋檐槽的淤泥中生根发芽，长得很茂盛。几乎每一座建筑物都披上了一层青苔。房屋的顶棚因为潮湿，逐渐开始腐烂。透过一扇又一扇窗户，可以看到天花板塌了下来，脱落的墙纸也呈弧线状垂在那儿。墙壁因为潮湿而闪闪发亮。公园以及广场的花园里一片荒芜，这种荒凉的景象一直蔓延到邻近的街道上。

事实上，每个角落都布满了茂密的植被，它们在铺路石的缝隙中扎根，从混凝土的裂缝中破土而出，甚至在被丢弃的汽车座位上也能看到它们的踪影。它们从四面八方冒出来，不断蚕食着这个人类创造的世界，收复着自己的地盘。奇怪的是，这些充满生命力的东西越占上风，人的压抑感就越少。

当这一切的发展超出一定范围时，一切就会不可逆转、无法解决了，伦敦众多的废墟景象也就会随之一起慢慢消失在历史长河中了。

有一次，不是那一年，也不是之后的第二年，而是多年后的一次，我伫立在皮卡迪利广场上，看着四周一片片的废墟，竭力想在脑海中复原出它昔日的样子和曾在这里喧闹一时的人群，但我怎么也回忆不起来了。在我的记忆中，它们已经不复存在了，连一丝痕迹也没留下。它们犹如历史上的一幕幕场景，如同古罗马圆形大剧场里的观众或亚述人的军队一样，已经在记忆中消逝了。在倍感孤寂的时刻，怀旧之情慢慢占据了我的身心，比眼前所看到的那些支离破碎的景象更令人惆怅，更让人凄楚和怅惘。独自一人待在乡村里时，我会想起昔日的美好时光。但置身于这些污秽不堪、即将消失的高楼大厦之间时，我的脑海里似乎只留下混乱、挫折、漫无目的的驾驶，以及到处能听到的空瓶子里发出的叮叮当当声。我们到底失去了什么，答案也开始变得模糊起来……

第一次去伦敦时我是一个人，并没做太长时间的停留。回去时，我带了好几箱对付三尖树的枪支，还有纸张、发动机零部件、布莱叶盲文书籍，以及丹尼斯渴望已久的打字机。另外，还有一些稀罕物件儿，如饮料、糖果、唱片，也为其他人捎了很多书。过了一星期，约瑟拉又同我一起去了一次。这次是带着更加实际的目的去的，主要是去搜寻衣物，不仅仅是为整个集体中的成年人和玛丽的孩子，也为约瑟拉肚子里那个小家伙。这次旅行让她闷闷不乐，之后，她就再也没去过。

但我还是一次又一次地去伦敦，去搜寻一些短缺的必需品，而且每次总能带回少量的稀罕物品。在伦敦，可以看见几只麻雀，偶尔也能见到一棵三尖树，除此之外，别的生物一次都没见过。一代更比一代野的猫和狗，在乡村里还能找得到，可在那儿却没有了。不过，偶尔我会发现一些迹象——这些迹象表明，不止是我，其他人也习惯于一趟又一趟地到这里搜寻储备物资。但我从来没亲眼看到过他们。

在第四年年底，我又去了一趟伦敦，发现那里危机四伏，我觉得没有必要再来冒险了，从此以后就再也没去过。在城郊的一个地方，我第一次碰到了危险的信号。当时，就在我背后，突然发出一阵雷鸣般的“哗啦”声，有什么东西塌了下来。等我停下卡车，回头一看，马路上隆起了一堆碎石，一股尘烟随之飞扬起来。显然，是我的车子驶过时带来的震颤，给原本就已摇摇欲坠的房屋以最后的一击，让它彻底倒塌了。那天，我没有再引起其他房屋的倒塌，但一整天我都提心吊胆的，唯恐砖块和灰泥会如洪流般突然倾泻而下。自此以后，我就把目光投向一些较小的城镇。倘若我想到城镇周围看看，通常也是以步代车。

本来，搜寻食物应该首选布莱顿，去那儿不仅最方便，食物也最多，但我没去。等我认为有必要去看看时，发现那儿早已有人捷足先登了。他们会是谁呢？有多少人？我一概不知，只看到在马路对面有一堵用粗糙的石头堆砌而成的墙，墙上用油漆写着：

不得入内！

这时，传来一阵“噼噼啪啪”的步枪声，一股股灰尘恰好在我跟前扬起，这样的警告已经足够有威慑力了。我看不到可以与之理论的人，既然这一招是经过精心策划的，那么再怎么争辩也是徒劳的。

我掉转卡车离开了。一路上我都在想，斯蒂芬的防御措施什么时候才能真正派上用场。出于安全方面的考虑，从原先我们拿火焰喷射器用来对付三尖树的那个地方，我又运走了几挺机枪和几门迫击炮，以防万一。

第二年11月，我和约瑟拉的第一个孩子出世了，我们给他取名叫戴维。大家都为他降临到这个世上而高兴，可我在高兴之余，也有些焦虑和不安：他不得不面对这样一个世界。对此，约瑟拉并没有像我这么担心。她很疼爱他，虽然失去了许多东西，但在她眼里，戴维似乎是一种最好的补偿。于是较之以前，她反倒更加不为将来发愁了。可不管怎样，戴维有健壮的体魄，这就强有力地说明他将来有能力照顾自己。想到这些，我会强压着内心的焦虑和不安，在这片土地上加倍地辛勤劳作，期待着有一天这块土地上的收成能真正养活我们大家。

不久，约瑟拉让我多留意三尖树。多年以来，在工作中，我常常采用各种防御措施来抵御三尖树，现在它们与普通的风景并无多大区别，别人不大会去注意它们，我则注意得更少。在对付它们时，我习惯戴上有网眼的面具、手套，所以每次驱车外出时，我就会用这些东西把自己全副武装起来，这也就不足为奇了。渐渐地，我就对它们习以为常、置若罔闻了，就像人们生活在一个疟疾猖獗的地方，往往会对蚊子熟视无睹一样。一天晚上，我们都躺在床上，约瑟拉忽然提到了三尖树。此时，周围只有三尖树坚硬的小枝条拍打树干发出的“噼啪”声时断时续地从远处传来。

“最近它们敲打得更厉害了。”我一开始并没有领会她的意思。在这个我已生活、工作了这么多年的地方，这种声音早已成了家常便饭，除非我刻意去听，不然我真的很难说清这声音是不是真的存在。这时，我听了听。

“我听不出有什么区别。”

“是没有区别，只是声音更响了——因为三尖树比以前更多了。”

“是吗？我倒没注意。”我不以为意。

自从建起栅栏以来，我就一门心思扑在了这片土地上。栅栏外到底发生了什么事，我并不关心。开车外出时，我只知道大多数地方仍深受三尖树之害——跟以前一样，并没有什么区别。我还记得，当我第一次来到这里时，当地三尖树的数量多得着实让我吃惊。那时，我还在想，这个地方肯定有好几棵三尖树的苗圃呢。

“这里肯定有三尖树苗圃，明天你去看看吧。”她说。

我把这事放在了心上。第二天早晨，我一边穿衣服，一边透过窗户朝外望去。约瑟拉说对了。就在窗户外的一小段栅栏后面，三尖树的数量数以百计。吃早饭时我提到了这一点，听到这个消息，苏珊十分惊讶。

“它们一直在不断地增多呢，”她说，“你难道从没注意到？”

“需要我操心的事有一大堆呢！”她说话的口气把我激怒了，“不管怎么说，它们老实本分地待在栅栏外面，又不碍事。只要我们留点心，只要把想闯进来在里面扎根的三尖树都铲除干净就行了，至于外面的三尖树，就随它们去吧。”

“话虽这么说，”约瑟拉带着一丝不安，“可它们大规模地涌向这儿，会不会有别的原因？我觉得肯定有，我很想知道这到底是怎么回事。”

苏珊的脸上又显出一副惊讶的表情，让人看了很懊恼。

“这还用问吗？哼，就是他引来的。”她指了指我。

“别瞎说。”约瑟拉下意识地反驳道，“你这是什么意思？真的是比尔把它们引来的？”

“确实是他引来的。他发出各种噪音，然后它们就来了。”

“喂，”我说，“你在胡说些什么呢？是我在睡着时吹口哨招来了三尖树呢，还是打喷嚏时发出的怪声把三尖树引来了？”

苏珊看上去怒气冲冲的。

“那好。如果你不信，吃完早饭后，我让你瞧瞧是不是这么回事。”说完，她就气鼓鼓地不再吭声了。

等我们吃完后，她趁人不注意从餐桌边溜开了，回来时，手上拿着我十二号口径的猎枪和双筒望远镜。我们走到外面的草坪上。她不断地朝四处张望，总算看到一棵三尖树正在栅栏外边“散步”，然后她把望远镜递给我。我发现那玩意儿正蹒跚着一步一步穿过农田，朝东走去，距离我们至少还有1.5公里。

“看好了。”

说着，她朝空中放了一枪。

几秒钟后，这棵三尖树好像有知觉似的改变了行进的路线，掉头朝南走过来。

“看见了吧？”她揉了揉肩。

“嗯，看上去好像确实是这样，它听到动静之后才往我们这边移动——不过，你敢肯定吗？还是再试一次吧！”我提议。

她摇了摇头。

“不用。听到枪声的三尖树都会朝这边赶过来。过不了十分钟，它们就会停下来听一听。如果它们离这儿很近，听到我们站在栅栏边上聊天，它们就会继续朝这边走过来，如果它们离得太远，听不到什么声响，这时我们要是再放一枪，它们也会过来。如果它们听不到任何声音，就会静静地等一会儿，然后继续朝它们原来的方向赶路。”

我不得不承认，真相确实让我感到吃惊。

“嗯——呃，”我说，“苏珊，你肯定一直在观察，是吗？”

“我经常注意它们，因为我恨它们。”这样解释就已经足够了。

我们站着说话的时候，丹尼斯也凑了过来。

“苏珊，我同意你的看法，”他说，“我也讨厌它们，我自始至终都讨厌它们。这些该死的东西专门用毒液对付我们。”

“噢——”我刚开口，丹尼斯就打断了我的话。

“我跟你说，它们比我们预料的要聪明得多。它们是怎么知道的？一旦没人制止，它们就会冲垮栅栏闯进来，第二天就会把整座房子包围了。你能解释一下吗？”

“这对它们来说已不是什么新鲜事了，”我说，“在丛林包围的村庄中，它们经常在路边逗留，还常常把小村落团团围住。如果没被击退的话，它们就会侵入这个小村落。在很多地方，它们的危害性极大。”

“但这儿不是这样——这是我个人的看法。它们不能在这儿撒泼，除非条件允许，否则它们甚至连试都不会试。但是一旦可以的话，它们就会马上动手——就好像它们知道自己能行似的。”

“得了吧，丹尼斯，还是理智一点。你在说什么呀？”我对他说。

“我在说些什么，我自己心里明白——不管怎样，至少明白其中的一部分。我不是在创建什么精辟的理论，我只是想说，三尖树在利用我们的弱点。还有，它们似乎很快就会形成‘方法’之类的东西，这一点我们可以明显地感觉到。你一门心思扑在劳作上，根本没注意它们是怎样聚集起来的，也不知它们为什么会一直等待在栅栏那一边。但是苏珊却注意到了——我曾听她说起过。你认为，它们到底在等待什么呢？”

当时，我不想回答这个问题，只是说：

“为了不把它们引来，你是不是觉得我最好别用十二号口径猎枪，改用专门的三尖树枪？”

“不是用什么枪的问题，问题在于噪音。”苏珊说，“拖拉机最糟糕，它发出的噪音太大，而且一直开着，难怪它们这么容易就找到这儿来。在很远的地方，它们就能听到发动机的引擎声。每当引擎发动时，我就看到它们朝这边走来。”

“我希望，”我有点儿烦躁地对她说，“你别老是说‘它们听到’，好不好？好像它们是动物似的。它们不是动物，它们是‘听’不到的，它们只是植物。”

“没什么两样。反正它们的确是以某种方式‘听’到了。”苏珊固执己见，反驳道。

“好吧——不管怎样，我们得想办法对付它们。”我作了承诺。

我们想了很多办法。给它们设下的第一个圈套是一个做工比较粗糙的风车，它能发出锤击般的强烈噪声。我们把它搭在一英里以外的地方。真的很奏效，风车把在栅栏边或另外一些地方聚集的三尖树引开了。当风车周围聚集了好几百棵三尖树时，我和苏珊就驱车赶到那里，把火焰喷射器对准它们，烧了个痛快。第二次我们依旧如法炮制，效果也不错，但很快就很少有三尖树上当了。我们的第二个计划是在栅栏的内侧修筑一道牢固的分隔栏，然后把一部分栅栏卸掉，替换上一扇门——这扇门坐落在一个能听到发动机引擎的地方，然后把门一直敞开着。过了两天，我们关上这扇门——里面困住了好几百棵三尖树，然后聚而歼之。这个方案刚刚开始时也非常成功，但如果我们在同一个地点试上两次之后，往往就没有效果了，甚至换个地方，再用同样的方法，逮到的三尖树数量也明显减少。

每隔几天，我们就要带上火焰喷射器到边界走一圈，这样的确能有效地减少三尖树的数量，但这样做浪费时间不说，也浪费燃料。火焰喷射器耗油量极大，再说弹药库里的燃油储备也不多了，一旦用尽，我们宝贵的火焰喷射器就形同垃圾、毫无用处了。我既搞不懂高效燃料配方，也不知道该如何生产燃料。

在三尖树集中的地方，我们也尝试着用迫击炮轰炸，但使用了几次，每次效果都不尽如人意。与普通树一样，三尖树能挺过多次的摧残而不致死亡。

尽管我们设下了许多陷阱，经常能杀死一些三尖树，偶尔还能对它们进行大肆“屠杀”，可随着时间的推移，聚集在栅栏周围的三尖树仍然有增无减。它们好像没有明显的企图，也不打算干什么事，只是扭动着根扎进泥土中，然后就在那儿安顿下来。从远处看，它们一动不动，与别的树篱没什么两样。若不是其中的几棵急速地敲击着，发出“啪嗒啪嗒”的声音，它们也没有什么引人注目之处。如果有人怀疑它们是否已经变得驯良，只消驾车在小路上行驶就知道了。两旁的三尖树会左右夹攻，刺藤如雨点般地朝车上鞭打，以至于你不得不经常在空旷地段停下车来，擦掉挡风玻璃上的毒液。

我们中不时会有人想出新的招数让它们退避三舍，比如在栅栏外的地面上洒上含砷的浓溶液之类。但不管使用什么方法，它们的撤退都只是暂时的，因为三尖树很聪明，又颇有内功，任何方法只要用过两次之后就基本失效了。

一年多来，我们一直用这种或那种方法对付它们。终于有一天早晨，苏珊冲进我们的房间，对我们说，那些东西又闯进来了，而且已把整座房子团团围住。

那天早晨，与往常一样，她很早就起床去挤奶。从她卧室的窗户看出去，天灰蒙蒙的，但当她下楼时，却发现四周漆黑一片。她感到有点儿不对劲，就把灯打开了。一看到皮革般的绿叶紧贴在窗户上，她就明白是怎么回事了。

我蹑手蹑脚地从卧室这一头走到那一头，猛地把窗户关上。这时，恰好有一根刺藤从下面猛地抽了上来，“啪”的一声甩在了玻璃上。我们朝下看去，只见三尖树密密麻麻地靠墙站着，足足围了十圈或十二圈。火焰喷射器都放在我们房间之外的棚屋里，我穿上厚厚的衣服，戴上厚厚的手套，还有皮制的头盔以及铁丝网面罩，还在网罩下加了一副护目镜。我拿着手边能拿到的最大的一把刀，在一大群三尖树中砍出了一条路。三尖树挥舞着刺藤，一遍又一遍地抽打在铁丝网面罩上，把整个面罩都弄湿了，毒液从一根根枝条里喷射出来，模糊了我的护目镜。我到了外屋后第一件事就是把脸上的毒液洗干净。回来时，因为怕把房子的门框和窗架也点着，我控制着喷火量，而且使用射程短、向低处瞄准的那一个喷头，但这足以让三尖树开始焦虑不安，无心攻击，而我也就有惊无险地回到了房间。

约瑟拉和苏珊拿着灭火器站在我旁边，而我则既像一个潜水员，又像一个火星人，从房子每一边的窗口依次探身出去，对准下面正在围攻我们的这群畜生喷射火焰。不久，许多三尖树被烧成了灰烬，其余的则开始逃跑。苏珊特意穿好防护服，也拿起一个火焰喷射器，开始干她最喜欢的工作——追杀三尖树。而我此时便出去寻找这次事故的原因，其实这并不难。站在第一个山丘上我就能看到，有一处栅栏倒塌了，在那儿，一批又一批的三尖树摇摆着树干，抖动着树叶，步履蹒跚又得意扬扬，如潮水般涌进我们的围栏。在一个离房子更近的地方，它们呈扇形散开，但不管怎样，它们的目标是——冲着这栋房子复仇。

要把它们引开也很容易。在它们前面放一个火焰喷射器，就可以让它们停下来，而如果在两边各放置一个则可以让它们按原路回去。偶尔朝它们喷喷火，尤其是向它们最为集中的地方喷去，会让它们跑得更快，这样后面还没涌进来的三尖树见状也会折回去。在大约二十米开外的地方，倒塌的那截栅栏被三尖树踩得支离破碎，木桩都断了。我暂时把栅栏支了起来，然后又用火焰喷射器来来回回向周围的三尖树喷射了一番，让这些不知好歹的家伙知道火的厉害。这样，至少几个小时之内它们绝不敢越雷池半步。

我、约瑟拉和苏珊花了大半天时间才修好了栅栏缺口。两天后，我和苏珊把围栏内的角角落落都仔细搜寻了一遍，把一些侵入围栏的三尖树杀得一棵不剩。接着，我们又把所有的栅栏检查了一番，对任何可能会出问题的部分都进行了修复与加固。

四个月后，这批亡命之徒还是再次闯了进来……

这一次，我发现有许多三尖树倒在了缺口中，已支离破碎。我们猜想，在栅栏还没倒下时，它们与其他三尖树挤在一起，推着栅栏，栅栏被如此强大的力量给冲垮了，前排的三尖树也随着栅栏一起倒在地上，被接着涌进来的三尖树踩扁了。

显然，我们得采取新的防御措施了，因为余下那些没倒的栅栏并不比倒了的坚固多少。要让这批亡命之徒敬而远之，最好的办法就是给栅栏通电。为了给栅栏供电，我外出找到了一台固定在拖车上的军用发电机，把它拖回了家。然后，我和苏珊开始架线。可还没等我们完成，这群畜生+亡命之徒又从其他地方闯了进来。

如果我们能让发电机二十四小时不间断运转，或者哪怕是能让发电机在一天的大部分时间运转，我相信这一举措肯定很管用。但问题是这么做耗油量太大了。在我们所储存的物资中，汽油是最宝贵的一种。食物之类的东西我们还可以自己解决，可要是汽油和柴油都用完了，那就没办法了——这意味着我们将无法出行；不能出去就意味着无法补充储备；无法补充储备就意味着我们真的要开始过原始人的生活了。因此，为了节约起见，每天我们只给防护电线放电两三次，每次也不过几分钟。就这样，三尖树都后退了好几米，也就无法形成强大的攻势把栅栏推倒了。我们在内栅栏上装了一根报警电线，作为额外的防护装置，能通知我们及时地处理任何一个缺口，不至于让问题恶化。

令人头疼的是，三尖树尽管十恶不赦，但它们擅长“学习”，具备一种从经验中吸取教训的能力，至少在某种程度上是这样。举个简单的例子，我们通常在晚上和早晨给电线通一会儿电。对此，它们早已熟记在心。此外，我们也注意到，当我们与往常一样启动发动机的这段时间，它们一般都离电线远远的。一旦发动机停下来，它们就立即围了上来。它们会不会把发动机的响声跟电线处于通电状态联系起来呢？开始时我还不确定，但到后来我们就对此确信不疑了——它们有意识。

想让通电时间变化无常，这很简单。苏珊一直把三尖树看作不怀好意的元凶，并一直对它们作细致的研究。很快，她就断言，电击能阻止它们接近栅栏的时间越来越短了。尽管如此，让电线通电，再加上我们偶尔在三尖树密集的区域里对它们进行偷袭，一年来它们倒还没有真正对我们构成有杀伤力的大威胁。至于后来发生的一些意外，因为我们有所戒备，所以也只能算是小麻烦。

在栅栏的保护下，我们安然无恙，继续学习着如何种庄稼。这时，生活也逐渐步入正轨。

第六年夏季，有一天，我和约瑟拉一起去海滨。我们开着一辆履带式的汽车。由于路况越来越差，现在我们经常使用这种车子。对她而言，这次是去度假。她已经有好几个月没到栅栏外活动了。一直以来，她都忙于操持家务，照顾小孩，根本脱不开身。因此，除了必要的出行，她都没有外出好好放松一下。但现在不同了，我们可以把苏珊留在家里，让她看家，不必再担心什么了。翻过一座座山顶，我们也有了一种如释重负的感觉。我们把车子停在相对来说比较低矮的南坡，在那里坐了一会儿。

这是6月里很完美的一天，天空碧蓝一片，万里无云。阳光洒在海滩上，远处的海面波光粼粼，一如从前——只是曾经海滩上游泳的人数不胜数，海上一艘艘游艇星罗棋布，而眼前风景依旧，却物是人非。我们看着眼前的一切，沉默良久。最后，还是约瑟拉开口道：

“闭上眼睛，过一会儿再次睁开的话，一切又跟以前一样了。比尔，你是否仍然会有这种感觉？至少我有。”

“现在不常这样了，”我对她说，“这一切，我看得多了，比你多得多。不过，有时……”

“看看海鸥吧——它们依然跟以前一样。”

“今年，鸟儿多了许多，”我附和道，“我很高兴。”

从远处眺望小镇，好像跟以前没什么两样，依旧是红顶的房屋，那些退了休的中产阶级似乎还舒舒服服地住在里面。但这种美好的印象持续不了几分钟。尽管红色的瓦片依稀可见，而墙却几乎看不见了。原来整齐的花园现在一片荒芜，淹没在猖獗生长着的杂草丛中。还有许多花这儿一簇那儿一丛地点缀其间，就像打了令人心烦意乱的补丁似的。哎，可怜的花儿，它们的祖先曾有幸获得人们的悉心照料，到这一代就没有那么幸运了。从远处望去，路面犹如一块块狭长的绿地毯，但走近细看时，就会发现这种柔软青葱的效果只是一种错觉，里面夹杂了不少坚硬的野草。

“就在前几年，”约瑟拉若有所思地说，“人们还因为那些房屋破坏了乡村的景致而大哭大闹。现在看看那些房子吧，都已经不成样子了。”

“乡村终于报仇雪恨了，好极了，”我说，“自然界似乎也已一雪前耻了——可‘谁会想到这个老家伙竟然这么有血性呢？’”

“这让我相当恐惧，简直是不寒而栗。一切灾难似乎都爆发了，接踵而来，令人应接不暇。看到我们人类似乎走到了终点，自然界欢呼雀跃，庆幸它们终于重新获得了自由，应该是这样吧……自从出事那天开始，我们是不是一直都在自欺欺人？比尔，我们是不是真的完了？”

对于这个问题，我曾考虑过很长时间，比她想的还要多。

“亲爱的，倘若换了别人来问我，我的答案也许会充满了英雄气概——其实那可能只是痴心妄想、一厢情愿，而这又常常会被误以为是坚定的信念和坚毅的决心。”

“可如果是我来问你呢？”

“我会实话实说——我们还没有彻底完蛋，只要活着就有希望。”

我们一言不发地看着眼前的景色，沉默了一会儿。最后，我终于开腔道：

> 注意，这只是个想法而已：我们的希望不大，应该说，希望非常渺茫，要想恢复到从前的样子，那得花很长很长时间。如果没有该死的三尖树，我敢说我们的希望还会大一点儿——不过也要花很长的时间。三尖树的确是令人头痛的干扰因素，人类的任何一种文明都不曾和这种东西斗争过。最后，是它们把整个世界从我们手

中夺走呢，还是我们有能力制止它们呢？

关键问题是我们必须找到一种行之有效的简便办法来对付它们。我们的境况不好，但还不是一无是处——至少我们还能抵御它们。但是我们的子孙后代，他们该怎么办呢？难道他们得生活在人类的保护区里，花毕生的精力劳碌不休，才能免受三尖树的困扰？

我很确定有简单有效的办法。问题是这要经过相当复杂的研究才能摸索出来，可我们现在并不具备这些条件。

“我们当然有条件。跟以前一样，你可以随便去拿。”约瑟拉插了一句。

物质上我们确实有，但智力上却没有。我们需要一个小组，一个决心永远对付三尖树的专家小组。我相信可以研究出一些东西。或许是一些仅对三尖树有杀伤力的东西。如果我们可以成功研制出一种荷尔蒙，它能使三尖树体内反应失衡，同时却不会对其他生物体造成太大的影响……通过不懈的努力，这一点一定可以做到——只要有足够的脑力资源投入这项工作……

“你既然这么想，为何不试试看呢？”

“原因是多方面的。首先，我个人能力有限。我只是一个普普通通搞生化的工作人员，而且现在还是一个人单干。我需要实验室、设备，远不止这些，还需要大量的时间。就目前来说，我手头上要干的事情很多。退一步讲，即使我有这个能力，那我还得考虑怎么大批量地生产荷尔蒙，这可是需要有一个工厂才能干的活儿。在投产之前，还得先成立一个研发小组。”

“人员是可以培训的。”

“没错。当许多人能从纯粹的生存问题中解脱出来时，那才行得通。现在我已收集了许多生物化学方面的书籍，希望以后能有人用得上。我会尽我所能去教戴维，让他把学到的东西一代代传下去。除非我们有大量的闲暇时间，能让学有所长的人专门进行研发，否则，就只能待在人类的保护区里了。除此之外，在我眼中，人类不会再有更好的出路了。”

看到山下四棵三尖树如入无人之境一般，正缓步穿过一块农田，约瑟拉不禁皱了皱眉，说：

“人们常说，人类最大的敌人是昆虫。但在我看来，三尖树与一些昆虫有点儿相似。噢，我知道从生物学上来说它们属于植物。我的意思是，它们不会为集体中的任何一个个体而担心，而个体也不会为自己担心。就个体来说，它们身上有少许类似‘智慧’的东西；但从整体而言，这绝对是一种很高明的‘智慧’。它们为了一个共同目标而一起分工合作，就像蚂蚁和蜜蜂一样。但可以说它们中没有哪个个体真正了解这个目的或计划是什么，虽然每个个体都是其中的一员。

真怪——也许我们怎么都无法理解。它们太与众不同了。在我看来这似乎有悖于我们所说的可遗传性特征。在蜜蜂或三尖树体内是不是有某种社会组织基因？蚂蚁身上是不是有建筑基因？如果真有的话，为什么人类直到现在还没有发现负责语言的细胞或负责烹饪的细胞？但是，三尖树怎么看都似乎有某种类似基因的东西。可能没有一棵三尖树知道为什么它要等在栅栏外，可一旦当它们走到一起，就知道它们的目标是袭击我们——而且它们迟早都会明确无误地知道。”

“不过我们依旧可以想办法阻止它们，”我说，“我并不是有意要让你对这一切感到灰心失望的。”

“我不会失望的，不过太疲劳时就难免。我平时太忙了，根本没时间去担心几年后会发生什么事。我不会失望的，一般来说我最多不过就是有些伤感罢了——那是18世纪人们非常崇尚的一种忧郁。每次你放唱片时，我都会变得多愁善感。一小群被团团围困的人，变得越来越不开化的人，仍能听到由一个已经不存在的大型交响乐团演奏的曲子。一想到这些，我就不禁有点儿恐惧。而音乐又会勾起我的回忆，不管现在如何，想到我们听到的一切已经成为历史，我又不禁有些忧伤。你偶尔也会有这样的感觉，对吗？”

“嗯，”我承认道，“但日子一天天过去，我现在更容易接受现实了。假如能够许个愿的话，我希望再回到原来的世界——但有个前提，这你该明白。不管一切如何，在我内心深处，我比以前任何时候都感到快乐，这一切都是因为你。

约瑟拉，这一点你能明白，对吗？”

她把手放在我的手里。

“我也有同感。我为我们所失去的一切感到伤心，但更令我伤心的是孩子们将永远没有机会知道我们曾经的一切了。”

“如何让他们在成长过程中充满希望，胸怀远大抱负，这确实是个问题。”我认同她的观点，“我们都不由自主地把过去看得很重。但他们不能老是停滞不前。流金岁月已经消逝，先辈们一个个都已不再是头戴光环的魔术师——这样的传统最该死。这会让整个民族产生一种自卑感，而这种自卑感会慢慢地变成一种对过去辉煌历史传统的厌倦。我们怎样才能防止此类事情的发生呢？”

“如果我是个小孩，”她边思索边说，“我应该会想知道是什么原因导致了这一切。除非别人主动把原因告诉我，否则我就会想，我怎么会出生在一个莫名其妙就被毁了的世界里呢？我会觉得我的生活也变得毫无意义。若是这样的话，那就比较难办了，应该说这非常糟糕，因为这个世界似乎就是这个样子，跟他自己思考的完全一样，这对孩子的成长很不利……”

她顿了顿，思考了一会儿，然后又说：

“你认为我们能——你觉得我们应该堂而皇之地编个神话来帮助他们吗？告诉他们一个故事，说这个世界充满了智慧和美好，后来变得邪恶了，最终导致了被毁灭的下场——还是告诉他们，这个世界是因为意外事故而被毁的，这么说更好点儿？比如说，像大洪水之类的灾难。这样的话，他们就不会在自卑感的压迫下成长；相反，这会赋予他们一种动力，去重新建设这个世界，而且要建设得更好。”

“嗯……”我边想边说，“对孩子们说实话是个好主意。这样做，可以让今后的事情更加简单，为什么要谎称这是神话呢？”

约瑟拉并不同意我的想法。

“那你是怎么想的？这些三尖树其实是——好吧，就算它们的出现是某个人的责任，但其他人又有什么过错呢……”

“我们不应该把三尖树的出现全部归咎于某一个人。毕竟三尖树的提取液在当时那种环境下是弥足珍贵的。一项重大发明，新型发动机，或是三尖树，没有人知道它最终会导致什么后果，我们与之打交道时总是将其置于普通的情况之下。只要它们处于劣势，我们就能利用它们，从它们身上获得很多好处。”

“然而，情况有所改变，可这并不是我们的错，只是——只是因为地震或飓风之类的原因吧——如保险公司所称的天灾。可这是天谴，我们可从来没招惹过彗星啊。”

“约瑟拉，我们真的没有吗？你敢肯定？”

她回过头来，诧异地看着我。

“比尔，你这是什么意思？我们怎么可能有能力决定彗星的走向呢？”

“亲爱的，我是说——真的是因为彗星的缘故吗？你也知道，人们一直以来都迷信彗星，而且到了根深蒂固的地步。我知道，我们的思想已经比较现代了，不至于跪在街上对着彗星祈祷。可尽管如此，几个世纪以来，人们都对此感到恐惧不安，以为彗星的到来是上天发怒的不祥之兆，预示着末日的来临，于是在预言书里便有了许多故事。因此，当你看到一个非常奇怪的天象时，你就会自然而然地把它同彗星联系在一起。还有什么比这更方便吗？如果你不这么看的话，那就需要一定的时间去证实，可又苦于没有时间。于是，当灾难真正降临时，人们就越加坚信，这就是彗星闯的祸。”

约瑟拉凝视着我。

“比尔，你是不是想告诉我，你觉得不是这么回事？”

“正是。”

“但——我还是不明白。肯定是流星雨——难道还会有其他的原因吗？”

我打开一盒真空包装的香烟，给约瑟拉点上一支，自己也点上一支。

“迈克尔·比德立曾说过，这些年来我们一直都在走钢丝，命悬一线，你还记得吗？”

“记得，可——”

“嗯，我觉得，出了这种事，就相当于我们从钢丝上摔了下来，而我们中的少数人刚好活了下来，幸免于难。”

我看着大海，又看看海面上一望无垠的蓝天，狠狠地吸了一口。

“在那上面，”我指指天上，继续说，“在那上面，曾经有——现在可能还有——不计其数的卫星武器一圈又一圈地绕着地球旋转，那是大量潜在的威胁，四处巡逻，等待着某个人或某样东西让它们一触即发。那里面藏着些什么？你不知道，我也不知道。这是机密。我们虽然零零星星地听说了一些，也只不过是人们的猜测罢了，什么可裂变物质、放射性颗粒、细菌、病毒，等等。设想一下，要是其中的一种经过特别开发研制，恰好可以放射出一种令我们的眼睛受不了的射线——它会烧坏，或者至少是损伤感光神经……”

约瑟拉紧紧地抓住我的手。

“哦，比尔！不，不，不可能……这样——太残忍了……哦，我不敢相信……哦，比尔，不！”

“亲爱的，那上面所有的东西都很残忍……可能是由于过失，也可能是出于意外。如果你一定要把它说成是一场事故，一场与彗星碎屑所形成的流星雨同时发生的事故，也未尝不可。最终，它们导致了突如其来的事情……

“不少人开始探讨彗星，此时如果断然否认这个观点，似乎就有点儿缺乏政治头脑了。但不管怎么说，事情太突然了，还没有时间来验证，所以一切皆有可能。

“噢，这些东西一般都会在近地面运行，只有这样，它们的威力才可能在一个绝对可以计算好的区域范围之内发挥出来。可现在，它们被发射到太空中，抑或与大气层发生碰撞，不管是哪种情况，因为它们的波及范围非常广泛，全世界的人都直接受到了这种射线的影响……

“到底出了什么事，我不清楚，这仅仅是个猜测。但有一点我能肯定——从某种程度上来说，这是我们自己作的孽，那场随之而来的瘟疫也不例外。那根本不是什么伤寒，你知道的……

“彗星几千年来出现了多少次？唯一一次真正灾难性的彗星就出现了一次，而这一次就刚好发生在我们研制出卫星武器的几年之后，怎么会这么巧呢？在我看来，这根本不是巧合，如果认为这次彗星事件才是灾难的始作俑者，是错误的。你认为呢？我跟大家的观点不一样，我觉得我们走钢丝的时间太长了，考虑一下这样下去会发生什么事吧——迟早会出现意外的。”

“好吧，如果你这样解释的话——”约瑟拉嘟囔着，突然不吱声了。过了许久，她才接着说：

“我想，照此说来，在某种程度上，这比纯粹是自然界向我们发动的盲目袭击更可怕——虽然我并不认为这是自然界在袭击我们。不过这倒让我觉得不那么绝望了，至少一切都可以说得通。如果真是这么回事，起码有一件事可以让它不再发生——让我们的后代不再重蹈覆辙。还有，天哪，前车之鉴太多太多了！不过我们可以警告他们。”

“嗯——唔——”我说，“不管怎样，一旦他们击败了三尖树，摆脱了困境，他们又会犯一大堆新错误的。”

“可怜的小家伙们，”此时，她似乎在俯视着一排又一排不断繁衍起来的后代，“我们能给予它们的不是很多，对吗？”

“人们以前经常说：‘你想让生活怎样，生活就会怎样。’”

“噢，亲爱的比尔，这句话只有在非常苛刻的条件下才可能奏效，此外根本就没什么用，那种表面上的乐观主义在现实中往往碰壁，根本就是一坨——得了，我不想那么粗鲁，不过我记得特德叔叔过去常常把这话挂在嘴边。后来，有人扔了颗炸弹，把他的双腿炸没了，他才不这么说了，也改变了想法，从此悲观厌世起来。我没做过什么大事，也没有经天纬地之才，却让我活了下来……”她扔掉烟蒂，“比尔，我们这么幸运，到底是做了什么好事？当我不那么劳累，又不那么自私时，我经常会这么想。我觉得我们真的很幸运，我真想对此说声‘谢谢’。要是真有那么一个人可以感谢的话，我觉得这个人应该挑选一个更值得选的人，更能胜任的人，而不应该偏偏选中我，这对一个单纯的女孩来说太难了，也太复杂了。”

“而我却觉得，”我说，“如果冥冥之中真有人在操纵着我们的话，那么历史上的许多事情就不会发生了。但这并不会让我太过担忧，亲爱的，我们很幸运。如果明天一切都得改变的话，那么就让它改变吧。不管怎么变，我们曾一起走过的日子不会被带走。对我来说，这已经足够了。大部分男人一辈子也没得到过这么多幸福。”

我们看着广阔的大海，又坐了一会儿，然后驱车到了那座小镇上。

搜寻了一阵，我们把清单上所列的大部分东西都找齐了。之后，我们又驱车到阳光明媚的海滨野炊。我们身后是一大片海滨砂石，这样三尖树就不可能悄无声息地靠近我们。

“有机会的话，我们得多来这里好好玩一玩。”约瑟拉说，“苏珊已经长大了，我也用不着那么牵肠挂肚了。”

“任何人都有权利放松一下，你当然也有这个权利。”我表示同意。

其实说这话时，我心里想的是趁现在还有机会，我们俩一起跟以前熟悉的地方和事物做最后一次道别。现在，我们生活的范围一年年地在缩小。如果从夏尔宁向北前进，为了避开已沦为沼泽的村庄，就必须绕道多走好几十公里。所有的公路，经过雨水和溪流的冲刷，再加上三尖树的破坏，已是支离破碎，过不了多久，就会变得越来越糟。现在，想把运油船拖回家也越来越难了。迟早有一天，车子再也无法在小路上行走。如果地面不太泥泞的话，半履带式汽车还可以将就着跑跑。但随着时间的推移，想找一条适合半履带式汽车行驶的开阔一点儿的小路也肯定会变得越来越难。

“我们一定要玩个痛快，这是最后一次了，”我说，“你精心打扮一下，我们去……”

“嘘——嘘！”约瑟拉伸出一根手指，仔细地倾听。

我也屏住呼吸，竖起耳朵倾听。与其说空中有什么声响在有节奏地振动，倒不如说那只是一种感觉而已。刚开始还很微弱，但那声音渐渐变得清晰起来。

“那是——是飞机！”约瑟拉大叫道。

我们把手遮在眼睛上方，朝声音传来的西边望去。传来的“嗡嗡”声比虫子发出的声音响不了多少。声音逐渐由弱变强，照此判断，非直升机莫属。换了其他飞行器，一晃就飞过去了，或者即便在飞行过程中，我们也可能听不到什么声音。

约瑟拉首先发现了那架飞机。只见一个小圆点沿着海滩，慢慢从海岸的那一边飞过来，分明是朝我们这边飞来。我们站起来，朝它挥手。随着小圆点变得越来越大，我们的手也挥得越来越起劲，并且朝它疯狂地大喊大叫。如果飞行员继续朝这边飞来，在这么空旷的海滩上，他是不可能看不到我们的。可问题是，他并没有这么做。在距离我们好几英里的地方，他突然来了个急转弯，朝北边的内陆方向飞去。我们依旧发疯似的挥着手，心中仍抱着一线希望，希望他能看到我们。但飞机并没有任何犹豫，发动机的响声也没有什么变化。它似乎是故意在“嗡嗡”地响着，从容地朝群山那边飞去。

我们俩只得悻悻地把手臂放下来，面面相觑。

“如果它能来第一次，那就一定会来第二次。”约瑟拉的语气不容置疑，却很难令人信服。

飞机的出现把这一天搅乱了，我们费了九牛二虎之力才树立起来的平和心境也不翼而飞。肯定还有别的一些群体幸存下来，但他们的处境不会比我们好多少，甚至可能比我们更糟——一直以来，我们都这样自我安慰。但直升机飞过来时，我们看到的景象，听到的声音，跟过去一模一样。它不仅勾起了我们的回忆，还暗示着，在某个地方有些人可能过着比我们更好的生活，这不免让人有一丝艳羡。另外，这也让我们意识到，我们并没有丧失喜欢群居的天性——谢天谢地，我们还跟过去一样。

飞机走了，却给我们留下焦躁不安的感觉，破坏了我们的美好心情，就好像在我们平静的心湖中投入了一块石头，激起涟漪无数。我们不约而同地开始心事重重地收拾行装，然后回到半履带汽车上，准备动身回家。

第十六章

外部联络

我们驱车返回夏尔宁，大约走到一半时，约瑟拉突然发现有烟柱升腾起来。起初我们还以为那只是一团云雾，可越接近山顶，我们就越发清楚地看见那一柱烟雾在空中弥漫开来。约瑟拉用手指了指，然后扭头一言不发地看着我。这些年来，只有盛夏时我们才会在外面偶尔发现火，而且往往是自燃火。此时，我们俩都不约而同地意识到，那一团团浓烟正是从夏尔宁附近升腾起来的。

我加大了油门，把这辆半履带式汽车开到了前所未有的速度，道路崎岖不平，人在车厢里也颠来倒去。其实，由于路面破损失修，相比从前的行车速度，我们简直是在爬行。约瑟拉一直保持缄默，她双唇紧闭，眼睛一眨不眨地注视着烟雾。我知道她急切地想搞清楚，那些烟到底是从哪儿升起来的。就在夏尔宁附近，还是离夏尔宁很远？至少，千万别正好是夏尔宁着火了。随着离家的距离越来越近，疑团也应该很快就能解开了。我们全然不顾三尖树刺藤的猖獗进攻，一鼓作气把车开上了离家最近的一条小路。拐了个弯后，我们总算看清了，夏尔宁院子里一堆柴火烧得正旺，我们的房子安然无恙。

一听到喇叭声，苏珊连忙跑出屋子，站在一个安全的地方，拉着绳索把门打开。我们把车子驶进去，她冲我们大喊，但听不清喊什么，车子轰隆隆的响声把她的声音盖住了。她伸出一只手，没指向那堆火，而是指向屋子的前面。车子继续往里开，我们才发现，原来一架直升机正不偏不倚地停在屋前的草坪上。

我们从车上下来，一名男子从屋里走出来。他穿着皮夹克和马裤，身材魁梧，一头金发，皮肤晒得黝黑，乍一看我就觉得似曾相识。我们快步穿过草坪，他朝我们挥挥手，咧着嘴，露出一脸的微笑。

“想必您是比尔·梅森先生吧？我叫辛普森——伊万·辛普森。”

“哦，想起来了。”约瑟拉一下子反应过来，“您就是那晚开着一架直升机到大学塔去的那位吧？”

“对，你的记性真不错。不过，并不是只有你才有这么好的记性，你看看我说的准不准：你是约瑟拉·普莱顿，你写了那本——”

“噢，不是，”约瑟拉打断了他的话，纠正道，“我叫约瑟拉·梅森，《戴维·梅森》的作者。”

“啊，对，我一直在拜读那本书的初版呢，这本书的文笔精湛，值得称道。”

“打断一下，”我问，“那火……”

“不碍事，风不会把它吹向房子那边。不过，恐怕你们储存的柴火要烧光了。”

“怎么回事？”

“苏珊唯恐我找错地方，当她听到直升机的引擎声时，赶忙拿了一个火焰喷射器，跑出来发信号。周围什么都没有，只有柴火堆，于是她急中生智，把柴火点着了。这样，谁都会找到这个地方。”

随后我们进了屋，见到了其他人。

“顺便说一句，”辛普森告诉我，“迈克尔让我转达他的歉意。”

“向我道歉？”我有些疑惑。

“对。当初只有你预料到三尖树会给人类带来威胁，可他却没听你的劝告。”

“你是说，他知道我在这儿？”

“前几天，我们就知道了你大致的落脚点。这是从一个人那儿得知的，这个人想必大伙都认识，他叫科克。”

“什么？科克还活着！”我简直不敢相信自己的耳朵，“等我赶到泰恩沙姆时，那儿已成了一片废墟，我还以为他没逃过那一劫呢！”

吃晚饭的时候，我们一边品着上等的白兰地，一边听辛普森将一切娓娓道来。

原来，迈克尔·比德立和他的人继续上路，任由达兰特小姐的教义在那儿肆虐，这是事实。但之后，他们并没去比敏斯特，甚至没有去比敏斯特附近，而是朝东北方向前进，到了牛津郡。达兰特小姐故意误导我们，因为从来没有人提到过比敏斯特。

他们在那儿看中了一个地方，开始时，那儿似乎对整个团体来说还能凑合——他们会在那儿挖沟渠、筑防护，就像我们在夏尔宁一样。但随着三尖树的威胁与日俱增，那个地方的劣势就愈加明显。一年后，从长远角度考虑，迈克尔和上校开始意识到那儿的一些短处。第二年夏末，尽管已投入了大量的人力、物力，大家最终还是达成了共识：长痛不如短痛，尽量把损失降到最低程度。虽然建造一个新社区需要好多年，但他们心中也明白，越往后拖，难度越大，不管实施什么计划都是如此。他们迫切需要一个有足够扩建空间和发展空间的地方，这个地方得拥有自然屏障，可以有效抵御三尖树的侵袭，直至它们被消灭干净。现在他们得动用大量劳动力加固那儿的防护栅栏。一旦人数增加，防护栏的长度也得随之加长。显然，最理想的天然防线莫过于水域。为此，他们最后聚集在一起，讨论了各种各样的小岛，权衡利弊，最后选中了怀特岛，主要是因为这个小岛有得天独厚的气候条件，不过他们对那个地方也有顾虑——那儿必须要进一步清理和整顿。于是，第二年的 3 月，他们重整行装，搬了过去。

“但我们到了那里之后，”伊万说，“发现那儿的三尖树格外茂盛。我们刚在戈德希尔附近的一所乡村大院里安顿下来，数以千计的三尖树就立马“呼朋唤友”、成群结队、赶集似的沿着墙壁聚拢过来。我们先让它们肆意聚拢了两个星期左右，然后用火焰喷射器消灭了它们。

“把那部分三尖树铲除干净以后，我们又等着其余的三尖树再一次聚集起来，然后再对它们进行闪电式袭击——如此循环往复。之所以这么做，是考虑到只要将它们斩草除根，我们就不必再用火焰喷射器了。岛上三尖树的数量还是有限的，等我们把周围的三尖树一批又一批地消灭之后，那儿就会更讨人喜欢了。

“要想取得喜人的战果，同样的方法得重来十几遍。当墙壁四周黑压压地围了一圈又一圈烧焦的三尖树时，它们才会胆战心惊。可糟糕的是，它们的数量比我们预先估计的要多得多。”

“过去在岛上，至少有六个苗圃专门培植此类高档植物——这还不包括私人苗圃和公园里的三尖树。”我说。

“这一点儿都不奇怪，那儿乍一看给人的感觉是有一百多个苗圃。但要是有人问我的话，我会告诉他，出事之前，全国恐怕也只有那么几千株。可现在，有几十万株了。”

“以前确实不多，”我说，“它们在任何地方都能生长，当时经济效益也不错，可当初在农场和苗圃里栽培的似乎没有那么多，以这里现存三尖树的数量来看，这个国家肯定有很多广袤地区没有三尖树的踪影了，都跑到我们这儿来了。”

“确实是这样，”伊万对我的观点表示赞同，“可一旦你到这些广袤的地区住下来，过不了几天，它们就又会聚集到那儿。这一点在飞机上看得非常清楚。即便苏珊不点火，在空中我也能看得出这儿有人住。通常在有人居住的地方，三尖树都会黑压压地围成一片。

“我们成功地将聚集在墙壁周围的三尖树成批地消灭了。也许是它们逐渐意识到这个地方不太安全，也许是它们不想踩着那些已化成焦炭的同类尸体四处游荡，总之，它们的数量最后非常少了。于是，从那以后，我们就主动出击，向它们发起进攻，而不只是一味地被动防守。这是几个月来我们的主要工作。可以说，我们的足迹踏遍了岛上的每一寸土地——至少我们认为是这样。等我们凯旋时，全体成员聚集在一起，无论功劳大小，每人都有一份犒赏。可尽管如此，到了第二年、第三年，三尖树又死灰复燃了。现在，每年春季我们都要进行地毯式搜索，以防那些被风从陆地那边吹过来的种子在这儿生根发芽，一经发现，马上就地消灭。

“在消灭三尖树的同时，我们也形成了自己的组织。起初我们只有五六十人。我驾驶着直升机四处搜寻，一发现有团体居住的迹象，我就降落在那儿，邀请他们加入我们的队伍。有人接受了邀请，可很大一部分人却对此不感兴趣。尽管他们单枪匹马，生活艰辛，但他们不愿再受人控制。在南威尔士，有一部分人建立了一种类似部落的组织。除了他们自己的部落，他们讨厌与其他一切形式的组织团体为伍。我们发现，在其他地方，比方说煤田，也同样有人居住。通常首领们是那些当时碰巧在矿井下值班的人，因为他们从未见过绿色的彗星。至于他们是怎么爬上矿井的，只有天知道了。

“在他们中间，有些人态度更加鲜明。他们不想受干扰，甚至会朝飞机开枪。在布莱顿我就碰上了这么一群人。”

“这一点我深有体会，”我说，“他们也告诫过我，让我离开。”

“最近情况愈演愈烈，在梅德斯通、吉尔福德等地也是如此。事实上，就是因为他们的敌意，才让我们一直无法找到你们的落脚点。接近这些地盘时会让人感觉很不舒服，真搞不懂他们为什么要这么做。可能他们储存了很多食物，生怕别人去抢吧！不管怎么说，这并不值得我们为之冒险，于是，我就任由他们自作自受、作茧自缚了。

“然而，还是有很多人愿意加入我们的行列。一年之内我们的人数就上升到了三百左右，当然，并不是所有的人都能看得见，其中也有一些失明的人。

“大约一个月前，我才碰见科克和他的人。顺便提一下，一见面，他就打听你的下落。他们的日子并不好过，在刚开始时尤其艰难。

“他们刚回泰恩沙姆没几天，就有两个女人从伦敦赶到了那儿，她们那时已感染了瘟疫。科克发现苗头不对，马上就对她俩进行了隔离，可为时已晚。于是他下令迅速撤离。达兰特小姐一意孤行，执意留下来照顾病人，还说可能的话，不久她就能追上来找到他们。事实上，自那之后达兰特小姐就再也没有音信了。

“他们一行人也不幸感染了瘟疫，后来他们又迅速撤离了三次，才总算摆脱了瘟疫的纠缠。那时，他们甚至已经撤离到了德文郡的西部。不过在那儿也是好景不长。不久，他们与我们一样陷入了困境。科克在那儿坚持抗争了近三年，与我们不约而同地讨论、分析了同样的问题。不过，他没考虑去岛上，而是利用一条河流作为天然屏障，外加一排栅栏，从地图上看，他恰恰从康沃尔郡的地盘上截了一个小小的角落。在那儿，他们花了好几个月的时间忙着建造防护屏障，接着就集中消灭屏障里的三尖树——一如我们在岛上的做法。相比之下，那个地方有太多死角，他们根本无法把三尖树铲除干净。一开始，防护栅栏还算有用，但他们也不能完全依赖栅栏的防护能力，就像我们在小岛上时也不能完全依赖大海这个屏障一样。同时，巡逻也得耗费大量人力。

“但科克始终认为，一旦孩子们长大成人，到能派得上用场的时候，日子便会慢慢好过了。但他们一直步履维艰。因此，当我找到他的队伍时，他们所有人都没有太多的犹豫，便立刻加入了我们的行列。他们很快把东西装上渔船，不出两星期，就全都搬到了岛上。当科克发现你并没有跟我们在一起时，便推测你可能仍在附近这一带。”

“请你转告他，不要又没安什么好心。”约瑟拉说。

“科克非常能干，”伊万看着我，“他说你也是深谋远虑、目光长远的人，你是个生化学家，对吧？”

“确切地说，是个有一丁点儿生化知识的人。”

“好了，若是一定要划分得这么清楚，那也随你。现在的关键问题是，迈克尔打算搞一项研究，设法用科学的手段消灭三尖树。如果研究能有起色，应该可以找到办法。但目前的问题是，有资格搞这项研究的人都把以前在学校里学到的生物知识忘得差不多了。怎么样，想不想去教教他们？这是一项很有意义的工作。”

“再也找不出比这更有意义的工作了！”我脱口而出。

“这么说，你想邀请大家去你们那个安全的小岛上生活？”丹尼斯问伊万。

“可以这么说，至少我们已达成了共识。”伊万说，“比尔和约瑟拉可能还记得那晚在大学塔里拟定的规则，这些规则现在仍然有效。我们并不打算在原有的基础上去重建一个世界，而是要缔造一个全新的世界，一个比原来那个世界更好的世界。但是，有些人对此很想不通。这样一来他们对我们也就没什么用处了。我们宁愿让那些人换个地方，也不想让他们留下来，成为对那个旧世界念念不忘的遗老遗少，成为我们的反对派！”

“在这种情况下，建议他们去别的地方，听上去前景堪忧啊。”丹尼斯说。

“噢，并不是说我们要他们重新置身于三尖树的危险当中。他们也有不少人，肯定有别的地方可去。于是，就有一百多人到海峡岛去了，利用我们在怀特岛上所采取的办法把那儿的三尖树统统消灭干净。现在，他们在那儿过得也挺不错。

“现在我们推出了一个双向认可制度。新来的人可以和我们一起试着生活六个月，然后就召开议事听证会。如果他们不喜欢我们的生活方式，就可以直接提出来；如果我们觉得他们不适合待在那儿，也可以提出来。如果他们能胜任工作，那就可以留下来；否则，我们也可以负责把他们送到海峡岛。如果有些怪胎愿意回到英国大陆上来，我们也不反对。”

“听上去有点独裁的味道。你们这个委员会是怎么组成的？”丹尼斯有些不解。

伊万摇了摇头：“现在谈论法规问题会耗费过长的时间。要想了解一下，最好亲自去看一看。如果你们喜欢，不妨留下来；如果不喜欢，我倒觉得你们可以去海峡岛。若干年以后，那儿可能会比这儿更安全。”

傍晚，伊万走了，目送他的飞机消失在西南天际之后，我才回到屋里，在花园角落里的那条我最钟爱的长凳上坐了下来。

我眺望山谷，曾经那些灌溉良好、被人精心照料的草坪仿佛还在眼前。如今，一切都慢慢地回到了原先荒凉的状态。荒芜的土地上布满了灌木、芦苇丛和臭烘烘的湖泊。高大一点儿的树木也逐渐被湿漉漉的泥土掩埋了。

此时，我想了很多很多：想起了科克，还有他关于领导、教师和医生的谈论；想到仅凭这几亩地，要养活我们这些人，得付出多少汗水；想到如果我们都被禁锢于此，终会落得怎样的下场：那三个失明的人，等他们慢慢衰老，仍旧会感到一无是处，更加灰心失望；或许苏珊应该找个丈夫，生几个孩子；对戴维、玛丽的女儿，还有其他孩子而言，一旦他们长大成人，就能成为主要的劳力；而我和约瑟拉虽然会一天比一天衰老，但必须要更加卖力地干活，以养活更多的后代，今后有更多的工作需要靠双手去完成……

与此同时，三尖树仍然会耐着性子“潜伏”在那儿，伺机而动。栅栏外面有成百上千棵三尖树聚集在墨绿色的树丛中。确实到了该对它们进行研究的时候了，我们要设法找到一种对付它们的办法，比如找到它们的天敌，投放只对它们有杀伤力的毒药，或者破坏它们的生态平衡，等等。要进行这项工作，就得专门抽出时间，而且越快越好。就时间而言，三尖树似乎占着上风。它们只需静静地守候在那里，一直等到我们的资源消耗殆尽。燃料会最先用光，接着就是用来修筑栅栏的铁丝。可三尖树，以及它们的子子孙孙，会一直等在那儿，直到铁丝锈断为止……

夏尔宁曾是我们多么美好的家园啊！一想到这儿，我不禁叹了口气。

草坪上响起了一阵轻盈的脚步声，是约瑟拉来了。她挨着我坐下，我用手搂着她的肩膀。

“他们怎么想?”我问她。

“他们都非常不安，真可怜。因为看不见，所以他们肯定无法理解怎么会有那么多的三尖树等在那儿。还有，要知道，在这儿他们熟门熟路。试想，假如没有了视力，又到了一个完全陌生的地方，你会感到多么害怕。他们只知其一，不知其二，即便知道一些，那也是听我们说的。其实主要是他们搞不清楚，以后这里会变成什么样子。要不是为了孩子们，我猜他们肯定会直截了当地说‘不去’。要知道，当他们想到要离开这里、离开这里所有的一切时，他们心里会非常难受。”约瑟拉稍稍顿了顿，“其实，他们也考虑过，但考虑的并不仅仅是他们自己，这儿也是我们的家，不是吗?我们曾为之努力奋斗过。”她把手放在我的手心里，“比尔，是你让这一切成为了可能，并一直为这个家日夜操劳。你是怎么想的?我们是不是再在这里待一两年再说?”

“不，”我回答，“在此之前我得干活，是因为一切都得靠我去做。可现在回过头去想想，一切都是枉费心机，徒劳无功。”

“噢，亲爱的，千万别这么说!一个有侠义心肠的人从来都不会这样的。你为我们大家而抗争，赶走了多少恶魔啊。”

“主要是为了孩子们。”

对此，约瑟拉表示同意。

“要知道，科克说的一番话一直在我心头萦绕，什么第一代是劳力，第二代却沦为奴隶……我想，咱们最好趁一切还来得及时，乖乖投降，赶快离开这里吧！”

约瑟拉紧紧握住我的手：

“这并不是失败，亲爱的比尔，这只是——怎么说呢——只是一种战略撤退。我们之所以撤离，是为了能更好地计划，做更充分的准备，期待有一天能杀回来。迟早会有这么一天的。到时，你会告诉我们如何把这些可恶的三尖树杀得片甲不留，为我们大家收复失地。”

“亲爱的，你真是有坚定的信念啊。”

“为什么不呢？”

“好吧，至少我会坚持与它们抗争到底。不过，我们首先得离开这里。什么时候动身呢？”

“过完这个夏天再走，你觉得怎么样？这样的话，我们就不必为过冬做准备了——这对大家来说是个假期。我们也该放放假了！”

“我想应该可以。”我表示赞同。

我们坐在那儿，看着山谷慢慢融进暮色。

约瑟拉说：“比尔，真奇怪，现在可以离开这儿了，却又有点儿舍不得了。有时候觉得这儿就像座监狱，但真要离开时，却又好像背叛了什么似的。要知道，不管发生了什么事，我待在这儿的时光都是我此生中最快乐的。”

“我也是，亲爱的，我甚至觉得以前的生命都虚度了。我向你保证，我们一定会过得更好。”

“虽然哭起来会有点儿傻，但真要离开时我一定会哭的。到时，我会号啕大哭，你可别介意啊。”约瑟拉说。

但最后的情形是，我们所有的人都走得很匆忙，根本没有时间痛哭……

第十七章

战略撤离

就像约瑟拉说的，确实没有必要操之过急。眼看到了夏末，我们开始规划岛上的新家，来来回回地搬了好几趟，才把储存已久的生活必需品以及枪支器具运了过去。而柴火已烧得精光，幸亏我们需要的燃料不多，只要能让厨房再开伙几个星期就够了，因此第二天一大早，我便和苏珊出门去运点儿煤。

干这差事，半履带式车可不合适。因此，我们驾驶了一辆四轮装载卡车。虽然最近的有轨煤仓离我们只有十英里，但由于一些路段受阻，另一些路段路况又比较险恶，我们只好绕了个大圈子。短短的路程花了我们整整一天的时间，等我们回家时，已是傍晚时分。

车子行驶在小路上，当拐过最后一个弯口看到夏尔宁时，两旁的三尖树照例以排山倒海之势凶猛地鞭打着车身，与车子行驶在路面凹陷的路段时一样，有过之而无不及。接着展现在眼前的景象让我们目瞪口呆：家门外的院子里竟然停着一辆像怪兽一般的汽车。我们坐在车上，半晌才从惊愕中回过神来。苏珊戴上头盔和手套，下车拉开大院的门。

我把车子开进大院，两人一起过去仔细打量着那辆汽车。

眼前这个庞然大物的底盘下是金属履带，无疑是辆军车，但整体上给人的感觉是既像摩托艇，又像构造不到位的有篷卡车。我和苏珊看着这辆车，彼此对视了一下，皱皱眉，感到不解。我们进了屋，想看看究竟是怎么回事。起居室里除了家人，还多了四个身穿灰绿色滑雪衫的陌生男子——其中两个人的右腰间佩着枪，只不过装在了套子里；另两个则把枪搁在座椅旁的地板上。

进屋时，约瑟拉回过头来，面无表情地看着我们。

“这是我丈夫，比尔。比尔，这位是托伦斯先生，他说他是个官员，要向我们提点儿建议。”约瑟拉的语气冷冰冰的。

一时间，我不知该说什么好。那个人没把我认出来，可我却一眼就认出了他。他的面部表情，还有他第一次出现时的情景都深深地印在了我的脑海中。除此之外，最显眼的莫过于他那一头红发——就是他在汉普斯特德阻击了我们。我朝他点点头。他盯着我，问：

“梅森先生，据我所知，这里的一切都归你管吧？”

“这儿是属于布伦特先生的。”我否认了他的观点。

“我指的是，你是这群人的头儿，没错吧？”

“在某种情况下，可以这么说。”

“很好，”说着，他摆出一副我们可以进一步谈谈的架势，“我是东南地区的指挥官。”他补充了一句。

说这话时，他似乎已向我传达了某种重要的意思，可我却故意装糊涂。

“这就意味着，”他进一步说，“作为英国东南地区应变委员会的首席执行官，人员的分布与安排这方面的工作恰好由我来负责监管。”

“事实上，”我表示质疑，“我从来没听说过有这么一个——呃——委员会。”

“可能是吧。要不是昨天发现这儿有火，我们也不知道这儿还住着你们这些人呢。”

我等他继续说完。

“一旦发现像你们这样的团体，”他说，“我就得对该地进行调查，并征收税款，作出必要的调整。因此，你们可以认为在这儿我是代表官方的。”

“是官方的委员会，还是这根本就是个自行选举的委员会呢？”丹尼斯质问他。

“我们可是按法规办事的。”男人的口气强硬起来。然后，他换了种口气，接着说：

“你们这地方找得可不错啊，梅森先生。”

“这儿是布伦特先生的。”我再次纠正他的话。

“我们先不提什么布伦特先生，行不行？今天，他之所以能待在这里，是因为你为他创造了留在这儿的可能性。”

我看了看丹尼斯，他铁青着脸。

“不管怎么说，这儿是他的财产。”我仍然执意与他争辩。

“不错，曾经是。但现在，认可他拥有财产所有权的社会已经不存在了，财产所有权也随之失效。再说，布伦特先生瞎了眼，无论如何也没有资格再拥有这儿的所有权了。”

“真的吗？”我语含嘲讽。

第一次见到他时，我就对他的霸道十分反感。这次经过进一步的接触，我对他的印象更坏了。他又发话了：

“我们讨论的是生死攸关的问题，绝不容许有丝毫儿女情长之类的东西来干扰我们采取切实可行的措施。好了，梅森太太已经告诉我，你们共有八个人，五个大人，一个小姑娘，还有两个小孩。除这三个人外，”——他指的是丹尼斯、玛丽和乔伊丝这三人，“你们的视力都正常。”

“没错。”我承认道。

“唔，要知道，这样很不协调，恐怕得作些调整。生活在这个时代，大家最好都现实一点。”

约瑟拉向我递了一个眼色，我知道她是在警示我。但在当时的情况下，我并不打算真的动手。看得出，红发男人是那种杀人不眨眼的角色。我想先多了解一点儿他的情况，再好思考对策。显然，那家伙也预料到了这一点。

“最好还是向你们大致说明一下，简单地说，是这么回事。伦敦那个鬼地方我们老早就待不下去了。在布莱顿，我们还可以清理一部分城镇，隔离一部分城镇，于是我们就把那个地方控制了，把区域总部也设在了那儿。布莱顿面积大，储备也一直很充足。等瘟疫风波一平息，我们就可以到更多的地方走动走动。最近，我们都是从外面运送储备。但现在却不行了，路况越来越糟，卡车根本没法开，我们的人不得不去更远的地方采集食物。这种结局迟早都要来临。我们本想在那儿再维持几年。事实上，现在依旧可以。一开始，我们能负责照顾很多人，可现在必须把人群分散。要想生存下去，只能靠当地供应给养，此外别无他法。为此，我们把全部人口分成了若干个小组，每个标准小组由一名视力正常的人和十个盲人搭配而成，外加他们的若干个小孩子。

“看起来你们这儿条件不错，完全能养活两组人。我准备再分派给你们十七个盲人，加上这里的三个，一共是二十人，另外还包括他们的孩子。”

他的话让我愕然。

“你该不是在开玩笑吧？让二十个人和他们的孩子一起生活在这片土地上？”我说，“噢，这根本行不通，我们现在是连自身都难保呵！”

红发男人自信地摇了摇头。

“这是完全可能的。我打算在这里安排两个小组，由你来负责。打开天窗说亮话吧，你若不愿意，自然会有其他人来接管这个地方。在这种情况下，我们可浪费不起时间！”

“但你瞧瞧这地方，”我又重复了一遍，“这根本不可能做到。”

“梅森先生，我向你保证，一定可以的。当然了，你们要稍稍降低生活标准。在以后的几年中，我们都不得不这么做。一旦孩子们长大成人，就可以为你们分担一部分工作。我承认，在开始的六七年里，对你们而言，这是一项艰巨的任务，因为所有的一切只能靠你们自己。不过，以后你们慢慢地就会感觉轻松起来，只需监管一下就行了。通过几年的辛勤劳动，相信你们肯定会有回报的。

“按照你们现在这样生活下去，你们的未来会是什么？什么也没有！只有辛勤地劳动，劳动，再劳动，一直劳动到死。你们的孩子仍旧得这么继续下去，只够维持，谈不上有什么别的收获。生活在这样的一个群体中，日复一日，未来在哪里？起点这么低，到哪里去找领导者和管理人员？按照你现在的方式生活下去，你们将会碌碌无为。即使过上二十年，依旧疲于奔命。你们的孩子将会成为乡巴佬。但是，照我们的方法去做，将来在你的手下会有一大帮人为你效力，而你就是他们的头儿，而且你可以把这个权力让子子孙孙世袭下去。”

他的话让我似乎有点儿领悟了，但还不完全明白。于是我疑惑地问：“你的意思是让我做个封建领主，我是不是可以这么理解？”

“啊，”他说，“你终于领会我的意思了！从目前来看，这无疑是最佳方案，既符合社会现状，又适应经济发展。”

无论这个男人怎么郑重其事地向我推荐这个计划，我都不想加以评论，只是反反复复地重申：“这个地方无论如何也养不活那么多的人。”

“无疑，开头的几年中，大多数时候，你只能把三尖树捣烂了，拿给他们吃。这东西该不会没有吧？”

“可这是喂牛的饲料！”我说。

“不过，能凑合一下。据说它们富含重要的微量元素。再说了，乞丐，尤其是一帮瞎眼的乞丐又有什么资格挑三拣四的？”

“你真的想叫我负担这么多人，还要给他们吃牛饲料？”

“梅森先生，你给我听好了。没有我们，任何一个瞎子都活不到现在，更别提他们的孩子了。他们理应乖乖地听从我们的指挥。我们给他们什么，他们就得接受什么，并对此表示感激。要是他们胆敢拒绝的话，那就是自寻死路。”

在当时的那种气氛下，直陈我对他那套哲学的看法似乎不太明智。于是我换了个角度，继续问：

“我不明白——请你告诉我，你和你们的委员会的权力分配，好吗？”

“委员会是最高权力机构，有立法权，一切都由它管理，军队也不例外。”

“军队？”这个词不禁让我一片茫然。

“当然，必要的时候，会向你所谓的领地征兵。作为回报，当你们受到外敌侵犯或有内患时，你有权向委员会求救。”

一席话压得我都快喘不过气来了。

“一支军队！可能是一支小小的侦察巡逻小分队吧？”

“梅森先生，我看你对当前的大形势了解得还不够。要知道，身处困境的并不仅仅是区区几个小岛，这可是一场世界性的大灾难。全世界的每个角落都是这样一片混乱。各国都有一些幸存者。对此，想必大家也通过不同的渠道听说了。试问，第一个重建家园并步入正轨的国家是否也能占有先机，控制其他国家呢？你觉得我们应该把这个机会拱手让给别的国家，眼睁睁地看着它们成为欧洲，乃至更广范围内的世界上崛起的一股新的统治势力吗？当然不行！让我们凭借自己的力量尽快从困境中缓过来，控制整个局势，以防一切敌对势力勾结起来对我们构成威胁，这是我们能为国家所尽的义务，是我们义不容辞的责任！因此，应该趁早组建一支武装力量，阻止一切可能的侵略者，这样才能有备无患，而且这一切要越快越好，绝对不能耽搁！”

房间里顿时陷入了沉默。过了好一阵子，丹尼斯大笑起来，笑声极其不自然：

“万能的主啊！我们历经千辛万苦才渡过难关。可现在这个男人却想蓄意发动一场战争！”

托伦斯立刻回应道：“看来你还没听懂我的意思。‘战争’？这个提法未免太夸张了。这只不过是一种部落形式罢了，用以平息叛乱，便于管理，与原始社会中那种无序状态有几分类似。”

“除非那些部落同样怀有一颗仁慈的心，万一另外一些部落的想法都跟你一致呢？”丹尼斯说。

约瑟拉和苏珊都瞪眼看着我。约瑟拉指了指苏珊，我马上就明白是怎么回事了。

“具体点儿说，你希望我们三个视力正常的人负责照管二十个失明的人和一定数量的孩子，我看——”

“那些人虽然眼睛瞎了，但不等于其他能力都丧失了。许多活儿，像照顾孩子，帮着准备饭菜，他们都能干。假如安排合理的话，可以省去许多麻烦，只需管理一下、指点一下就够了。不过，梅森先生，你们只有两个人，你和你太太，不是三个人。”

我发现苏珊今天穿了件蓝色工作服，头上扎了根红头绳，直挺挺地坐在那儿。她不时地看看我，又看看约瑟拉，眼睛里流露出恳求的神色，一副忐忑不安的样子。

“三个人。”我坚持道。

“非常抱歉，梅森先生。分配时，原则上是十人一组。至于这个女孩，可以跟我回总部。我们会给她安排一些有用的工作先做起来，等她长到足够大以后，就能自己管理一个组了。”

“我和妻子都把她当作自己的亲骨肉！”我马上说。

“我再说一遍，很抱歉。这是规定。”

我对他怒目而视，他也镇定地与我四目相对。过了好一会儿，我说：“要想让我们答应你，除非你能对这个女孩作出承诺或保证。”

我知道，在谈话期间，托伦斯有几次也紧张地喘着粗气。听到我说这句话，他的口气缓和下来。

“我们当然会给你们切实可行的保证。”

我点点头，说："请容许我再考虑考虑。这种事我从来没碰到过，真让我有点儿措手不及。我突然想到了几个问题。首先，这里的设备老化，而且根本找不到还没有破损的设备。我希望能马上向我提供一些强壮的马匹，帮我们干活。"

"找马可不容易。目前牲畜太少了，你不妨先使用人力。"

"还有，"我继续说，"就是食宿的问题。现在的外屋，就连我们几个住着都嫌挤，叫我单枪匹马为他们安排住房，我是心有余而力不足。"

"我想，这方面的困难我们应该可以帮你解决。"

接着我们又谈了一些细节上的问题，大约谈了二十多分钟。最后，他态度好了些，于是我让他在这儿四处走走看看，由苏珊带领——只是她一直绷着脸。

"比尔，究竟是什么意思——"目送他和他的随从出去，关上门后，约瑟拉问道。

我把自己所了解的托伦斯，还有他喜欢开枪解决问题的事都告诉了她。

"我一点儿都不感到惊讶。"丹尼斯听后说，"但真正让我惊讶的是，现在我突然对三尖树产生了好感。如果没有三尖树，恐怕现在像他这样的人会泛滥成灾。如果三尖树能够让他们复辟农奴制的愿望无法得逞，那我倒要祝三尖树好运了。"

"整件事从头至尾都荒唐透顶，"我说，"根本不可能。让我和约瑟拉一边养活一大群人，一边又要抵御三尖树的侵袭，怎么忙得过来？但是——”我又补充道，“面对四个荷枪实弹的男人提出的要求，我们根本不可能直截了当地说‘不’。”

“那么，你不——”

“亲爱的，”我说，“你还真以为我会愿意去做封建领主，用鞭子抽打农奴吗？哪怕三尖树泛滥成灾，我也绝不会这么干！”

“可你说——”

“听着，”我说，“眼看现在天色已晚，他们想走也太迟了，必定要在这里住一宿。估计明天他们要把苏珊带走，用她充当人质，控制我们的一举一动。另外，他们还会留下一两个人监视我们。呃，没有人愿意受这种折磨，是吧？”

“当然没人愿意，可是——”

“这样，但愿我刚才的逢场作戏能让红发男人信以为真，误认为我愿意听从他的安排。今晚我们应该准备一桌可口的饭菜，庆祝我们与他们达成了一致的协议。让大家都吃饱喝足，孩子们也不例外。摆上我们的陈年佳酿，盛情款待托伦斯和他的人，一定要让他们喝得酩酊大醉，但我们自己要适可而止。晚餐接近尾声时，我得偷偷地离席一会儿，由你负责让晚会继续进行，这样可以掩护我。给他们放热闹一点儿的唱片，尽量让气氛欢快一些，总之，大家要使出浑身解数把晚会搞得其乐融融才行。对了，还有一点很重要，谁也不许提迈克尔·比德立那帮人。托伦斯肯定知道在怀特岛有这么一个组织，他却以为我们还蒙在鼓里呢。好了，我现在需要一袋白糖。”

“白糖？”约瑟拉一脸的茫然。

“没有？那么一大罐蜂蜜也行，那同样有用！”

晚宴上，大家都十分活跃，搞得像真的在庆祝似的。气氛渐渐热烈起来，而且还愈来愈热烈，愈来愈融洽。约瑟拉见他们把酒喝得差不多了，又把自己酿制的蜂蜜酒端了上来，这酒更加浓烈。客人们玩得很开心，也谈得很舒畅。我乘他们不备，偷偷溜了出去。

我卷起一捆毛毯和衣物，还带上了一包事先准备好的食物，快步穿过院子，来到了停放半履带式汽车的棚屋里，又从储存着我们大部分汽油的油罐车上拉下了一根软管，给半履带式车加满了油，直到溢出来才罢休。然后，我又把目光转向托伦斯的那辆造型奇特的车子。借着电筒的灯光，我找到了通入汽车油箱的输油管，向里面倒入了一升左右的蜂蜜，又把余下的蜂蜜统统注入油罐车里。

在屋外我都能听到屋里面他们一伙儿人发出的欢声笑语，似乎一切都进行得非常顺利。我又往半履带式汽车上放了一些枪支，最后又想到其他一些东西，一一添置齐全之后，我才折回去继续参加酒宴。晚宴在融洽的气氛中结束了，简直能以假乱真，他们完全认为我们所做的一切都是发自内心的，绝无不良企图。

又过了两个小时，他们都睡熟了。

一轮月亮挂在天边，整座小院沐浴在一片皎洁的月光中。我忘了给小屋的门栓上涂润滑油，开门的时候，门就“嘎吱嘎吱”地响，每响一下，我心里就暗骂一声。其余的人也一个接一个尾随而出。布伦特夫妇和乔伊丝熟门熟路，无需别人引领。约瑟拉和苏珊抱着小孩紧随其后。戴维已在约瑟拉怀中睡着了，发出轻微的鼾声，约瑟拉赶忙用手遮住他的嘴。上车后，约瑟拉抱着戴维坐在前面；其他人都在后面的座位上坐下，我随即关上了车门。然后，我坐进驾驶室，吻了吻约瑟拉，长长地吁了一口气。

院子对面，四周沉寂已久的三尖树听到动静，又像往常一样聚集起来，朝门口涌过来。谢天谢地，半履带式汽车马上发动了起来。我选了低档，车猛地转向一边，避开了托伦斯的车子，径直朝大门驶去，就连坚固的栅栏也“哗啦”一声应声倒地。我驾车猛然向前冲去，车身上挂满了铁丝网和碎木片儿，撞倒了几棵企图拦截车辆的三尖树。当我们经过大门时，其余的三尖树都摩拳擦掌，高高举着枝条，肆无忌惮地向车身扑来……最后，我们总算突出重围，上路了。

车行至一处上坡路的拐角时，我们刚好可以趁机俯视一下夏尔宁。于是我停下车，关掉了引擎。只见窗户里透出点点灯光，他们的车灯打出的强光把整幢房子照得如同白昼。启动装置开始嘎嘎作响。当发动机点火时，虽然可以确定我的半履带式车比那个庞然大物不知要快多少倍，但突然间，一股莫名的不安还是向我袭来。只见车子扭动着，颠簸着向大门驶去。可它还没来得及转弯，发动机就“啪”的一声骤然熄了火。只听见启动装置呼呼地飞转，似乎十分焦躁，可车子却始终移动不了半步。

此时，三尖树已经察觉院子的前门倒塌了。借着月光和车前灯的照射，我们能够清楚地看到一个壮观的场面：一群又一群高高瘦瘦的身影摇摆着，一步一步挪动着笨拙的身子朝院子里鱼贯而入，而其他三尖树则源源不断地从斜坡上蹒跚而下，大模大样地尾随其后……

这时，我朝约瑟拉瞟了一眼，她并没有放声大哭，甚至连流泪的迹象也没有。她看了看我，又看了看在她怀里熟睡的戴维。

“我已心满意足了。”她满意地说，“比尔，总有一天你要带我们回来。”

“亲爱的，有妻子的信任最好不过了。可是——不，见鬼去吧，没有什么可是，我会带你们回来的。”

我下车把半履带式汽车前挡风玻璃上的碎片清理掉，又把车窗上的毒液擦干净，这样能看得清楚一点儿，可以继续前进。驾着车，我们翻越了一座座山，向西南方向驶去。

接下来，我的故事就与其他人没什么两样了。该故事收录在伊丽莎白·凯莉写的关于拓荒史的优秀著作里。

怀特岛汇聚了我们所有人的希望。据我们所知，托伦斯的许多封建领地依然存在，领地里的人居住在围场后面，过着邋遢、悲惨的生活，但不管怎样，他的新型封建计划不可能得逞。与以前相比，领地现在已所剩无几。时不时地，伊万会捎来消息，说又一个领地被粉碎了，并且告诉我们，聚集在领地周围的三尖树也投亲靠友、各奔东西，去与其他三尖树会合了。

漫漫长路，任重而道远，全靠我们自己了。我们觉得事情已经有点儿眉目了，不过还有许多活儿等着我们去干，还有许多研究有待开展。总有一天，我们，或者是我们的孩子，抑或是我们孩子的后代，一定能够跨越这条狭窄的海峡，把三尖树逼得步步后退，再后退，直至无路可退，最后，在陆地上把它们彻底消灭，让横行一时、嚣张一时的三尖树彻底成为——历史！

著作权合同登记号　图字 01-2016-3679

图书在版编目(CIP)数据

三尖树时代 / (英) 约翰·温德姆著;陈元飞,杨荣广译.
—北京:人民文学出版社,2016
(科幻经典)
ISBN 978-7-02-011725-3

Ⅰ.①三…　Ⅱ.①约…　②陈…　③杨…　Ⅲ.①科学幻想小说-英国-现代　Ⅳ.①I561.45

中国版本图书馆 CIP 数据核字(2016)第 127712 号

责任编辑:甘　慧　尚　飞
装帧设计:李　佳

出版发行　人民文学出版社
社　　址　北京市朝内大街 166 号
邮政编码　100705
网　　址　http://www.rw-cn.com

印　　刷　山东德州新华印务有限责任公司
经　　销　全国新华书店等

开　　本　890 毫米×1240 毫米　1/32
印　　张　11.75
插　　页　2
字　　数　227 千字
版　　次　2016 年 10 月北京第 1 版
印　　次　2016 年 10 月第 1 次印刷

书　　号　978-7-02-011725-3
定　　价　45.00 元

如有印装质量问题,请与本社图书销售中心调换。电话:010－65233595